KB272695

마치 꿈같은 이야기

정대성 판타지 장편 소설

고양이 4

정대성 판타지 장편 소설

초판 1쇄 찍은 날 § 2002년 7월 16일
초판 1쇄 펴낸 날 § 2002년 8월 10일

지은이 § 정대성
펴낸이 § 서경석

편집장 § 문혜영
편집책임 § 김희정
편집 § 장상수 · 박영주 · 권민정 · 이종민
마케팅 § 정필 · 강양원 · 김규진 · 안진원

펴낸곳 § 도서출판 청어람
등록번호 § 제1081-1-89호
등록일자 § 1999. 5. 31
어람번호 § 제1-0261호

주소 § 경기도 부천시 원미구 심곡1동 350-1 남성B/D 3F (우) 420-011
전화 § 032-656-4452 팩스 § 032-656-4453
http://www.chungeoram.com
E-mail § eoram99@chollian.net

ⓒ 정대성, 2002

값 7,500원

ISBN 89-5505-339-8 (SET)
ISBN 89-5505-420-3 04810

정대성 판타지 장편 소설
마치 꿈같은 이야기
고양이
4
남매
도서출판
책여람

목 차

제17장

남매

시가지를 가로질러 한참을 지나가면 시장이 나온다. 집에서 시장까지 가는 길에는 일종의 상가 같은 것이 형성되어 있는데, 이 상가는 4차선의 차도를 가운데 두고 양쪽의 인도를 따라 형성되어 있다. 번화가와 시장의 중간 정도 이미지인데, 시장 안이 주로 식료품을 다루는 가게들로 이루어져 있다면 상가는 분식점 같은 먹거리나 냄비, 그릇 같은 공산품을 파는 가게들, 그리고 학생들을 대상으로 한 옷 가게와 액세서리 가게 등으로 형성되어 있다.

상가는 시장 못지 않게 북적대서 차도의 1차선과 4차선은 마치 주차장처럼 불법 주차된 차들로 가득하고 사람들 역시 시장처럼 발 디딜 틈도 없을 정도는 아니지만 나름대로 많은 편이다. 사람들이 많이 찾는데도 불구하고 그렇게까지 복잡하다는 느낌을 받지 않는 것은 시장보다 통행 공간이 넓기 때문이리라. 단지 하나의 길로 이루어져 있는

남매 ㅁ

시장과 4차선의 차도와 두 개의 인도로 이루어진 상가가 아무래도 똑같이 복잡하지는 않을 테니까.

"어디 가서 뭐 좀 먹지?"

요령이는 계속해서 주위를 두리번거리며 말했다. 요령이가 저렇게 두리번거리는 이유는 간단하다. '어느 음식점을 가야 밥 잘 먹었다는 소리가 나올까?' 하고 고민하는 것이다. 정말이지 지금 다시 새삼스럽게 느끼는 거지만…….

"어떻게 입에 닭 꼬치를 물고 있는 채로 뭐 좀 먹자는 소리가 그렇게 자연스럽게 나올 수 있냐?"

요령이는 대단하다. 어떻게 닭 꼬치를 사준 게 5분 전인데 아직 다 먹지도 않았으면서 또 뭘 사달라고 하나? 나는 짝짝짝 하는 가식적인 박수까지 쳐주었고, 내 질렸다는 듯한 태도에 요령이는 오히려 내가 이상해 보이는지 어깨를 으쓱거리며 대답했다.

"간식이랑 밥이랑 같냐?"

"그래, 그렇다고 치자… 니 말이 다 맞어."

그때 옆에서 한수도 거든다.

"형, 저도 배고파요."

"그래, 그러면 어디 들어가서 일단 뭐라도 좀 먹을까? 너희 점심은 내가 사줄게."

"그럼 안 사주실라 그랬어요?"

내 말에 한수는 깜찍한 대답을 하며 천연덕스럽게 웃었다. 자식, 귀엽게 구는군 그래.

"하하, 자식, 까불긴. 그래, 일단 먹던 건 마저 다 먹고 나서 밥을 먹자고."

"에엑!"

"어? 누나, 왜 그래?"

"이거 흘렸어. 손에 묻었어."

이상한 소리에 옆을 힐끔 바라보니 닭 꼬치에서 주희의 손으로 붉은 색의 양념이 잔뜩 흘러내려 주희의 손을 지저분하게 더럽혔다. 휴~ 한수도 저런 주희를 돌보느라 힘들겠군.

"어, 누나 손에 양념 흘렸구나?"

"응, 닦아줘."

주희는 한수에게 손을 내밀었고 한수는 이미 익숙한지 아무 말 없이 품을 뒤져 손수건을 꺼내어 주희의 손을 꼼꼼히 닦아주었다.

"누나, 이런 거 먹을 땐 조심해야지."

"응, 알았어. 조심할게. 헤헤."

주희는 무안한지 괜히 헤헤거리며 웃었고 한수는 그런 주희의 모습에 아무 말 없이 미소 지으며 주희의 손을 닦아 나갔다. 정말이지 비현실적인 모습이다. 7살짜리 동생이 18살짜리 누나를 돌보는 모습이라니! 한수와 주희 중 누가 나이가 더 많은지를 뚜렷이 드러나게 해주는 겉모습만 아니라면 누구라도 오빠가 여동생을 돌보는 모습이라고 착각할 법한 모습이다.

그런데 갑자기 주희가 왼손에 옮겨 든 닭 꼬치를 바닥에 떨어뜨렸다.

툭.

"어? 누나, 왜 그래? 누나 이거 좋아하잖아. 아깝게 왜 땅에 떨어뜨리고 그래. 에이—"

주희의 행동에 한수는 또 주희가 실수를 한 것으로 받아들였는지 예사로운 표정으로 닭 꼬치를 바라보더니 아쉬운 듯 말했다. 그런데 주희의 표정은 한수의 생각과 달리 전혀 예사롭지 않았다. 주희의 얼굴이 경악으로 하얗게 질려 있었던 것이다.

"으… 으윽… 한수야… 나… 또… 아프려고 해……."

잠시 굳어 있던 주희는 이윽고 입을 작게 벌리며 힘겹게 신음인지 말인지 구별하기 힘든 소리를 내뱉었다. 그리고 한수는 무언가가 자신을 한 대 후려치기라도 한 듯 두 눈을 크게 뜨면서 황급히 주희를 바라보았다. 주희는 양손으로 가슴을 움켜쥔 채 서 있기도 힘든지 이리저리 휘청이고 있었다.

"누, 누나, 괜찮아?"

"아, 아니… 아… 아파… 안 괜찮……."

털썩!

괴로워하던 주희는 결국 그대로 바닥에 주저앉아 버렸다.

한수는 당황한 듯 주희의 어깨를 잡고 흔들었다.

"누나! 괜찮아? 괜찮아? 대답 좀 해봐! 누나!"

"아… 아파… 으흑……."

주희의 눈가에 빠르게 눈물방울이 맺히고 있었다. 그리고 결국 주희는 울음을 터뜨려 버렸다.

"으아앙~ 한수야, 나 또 아파! 아파, 아파~ 우아아앙~!"

주희는 가슴을 쥐어뜯으며 바닥에서 뒹굴기 시작했다. 그리고 나와 요령이, 그리고 가람이는 그런 주희의 모습에 깜짝 놀라 황급히 달려갔다. 주희는 몸을 바들바들 떨며 계속해서 눈물을 펑펑 흘렸다.

"주희야, 괜찮아? 괜찮냐고!"

"아파! 영준이 오빠, 나 너무너무 아파! 아아아악!! 요령이 언니! 나

너무 아파! 아악!!"

우리 주위는 어느새 몰려든 사람들로 인산인해를 이루고 있었다. 아무래도 이렇게 있어서는 안 될 것 같다. 비록 한수가 소용없다고 하긴 했지만 주희를 업고 뛰어서라도 근처에 있는 병원으로 데리고 가봐야겠다. 나는 다급한 목소리로 한수를 불렀다.

"야, 한수야! 아무래도 안 되겠다. 너희 누나 병원에 데려가야지 이대로 가다간 정말 큰일 나겠다!"

그런데 한수는 아무런 대답도 하지 않았다. 이런, 도대체 한수는 뭘 하고 있는 거야! 너무 놀라서 질려 버렸나? 나는 다시 한 번 한수를 불렀다.

"한수야!"

역시 대답이 없네? 이상하다. 나는 한수에게 다시 한 번 고함을 지르며 주희를 들쳐 업기 위해 주희의 한쪽 팔을 잡아끌었다.

"한수야! 임마! 형이 부르면 대답을 해야지!"

하지만 한수는 이번에도 역시 묵묵부답이다. 도대체 뭐야? 왜 갑자기 아무런 말이 없는 거야! 나는 주희에게서 눈을 돌려 한수를 향해 마구 소리쳤다.

"야, 한수야! 한수야!"

그런데 내 눈에 들어온 한수의 모습이 상당히 이상했다. 한수는 지금 상황에 당황해하거나 허둥대는 대신 멍하니 허공을 바라보며 무어라 중얼거리고 있었던 것이다.

"한수야! 뭐 하는 거야, 지금!"

"…아, 하지만… 그래도… 어쩔 수 없습니까? 알겠습니다……."

"야, 임마!"

"…그럼… 알겠습니다… 알겠으니 어서……."

쟤가 너무 놀라서 넋이 나가 버렸나? 나는 당황한 얼굴로 멍하니 한수를 바라보다 문득 이러고 있을 때가 아니라는 생각에 주희를 들쳐 업고 몇 번 등을 쳐올려서 주희를 안정되게 받쳤다. 이런, 아무리 여자지만 나이가 나이이니만큼 꽤 무겁다. 나는 다리에 힘을 꽉 주어 상체를 안정되게 고정시켰다. 등에서 주희의 고통에 찬 몸부림이 적나라하게 느껴진다. 주희는 계속해서 울어대는지 옷의 등 부분이 주희의 눈물과 콧물, 침 등으로 미지근하게 적셔졌다. 이런, 정말 많이 아픈가 보군. 나는 재빨리 걸음을 디뎠다. 한수 녀석은 도대체 지금 무슨 헛짓거리를 하는 것인지 모르겠지만 자기 누나를 데려가면 알아서 따라오겠지.

그런데 그때였다.

"우리 누나를 내려놔요!"

한수가 불타는 듯한 눈빛으로 나를 노려보며 소릴 질렀다. 아니, 저 녀석이 아까부터 조금 이상하더니만 갑자기 왜 저래? 미쳤나? 나는 걸음을 멈추고 의문스러운 눈빛으로 한수를 바라보았다.

"야, 왜 그래?"

"우리 누나 병원 안 가도 되니까 내려놓으라고요! 이미 정신을 잃었으니깐!"

"뭐?"

그러고 보니 확실히 등에 업힌 주희가 어느샌가 축 늘어져 있는 것 같은 느낌이 든다. 나는 살짝 주희를 등 옆으로 기울인 뒤 어깨 너머로 주희의 얼굴을 바라보았다. 한수의 말대로 주희는 정신을 잃었는지 주희의 눈은 이미 감겨 있었다. 다행히도 이제 더 이상 아프지는 않은가 보다. 눈물로 범벅이 된 채 몇 올의 머리카락이 얼굴에 달라붙은 주희의 표정은 평온해 보였다. 하지만 기절했든 어쨌든 일단 주희는 환자다. 집에 데리고 가서 쉬게 해야지, 내려놓으라니?

"야, 한수야!"

"얼른요!"

한수의 뜻이 워낙 완강해서 나는 어쩔 수 없이 주희를 조심스럽게 바닥에 눕혔다. 하지만 아무리 생각해도 이해가 되지 않는다. 왜 여기에 내려놓으라고 하는 거지? 한수는 그렇게 멍청한 녀석이 아닌데… 그러고 보니 이상한 게 한두 가지가 아니다. 아까부터 이상하게 돌변한 그 태도 하며, 너무 아파서 기절까지 한 사람에게 보이는 반응 하며… 나는 한수에게 물었다.

"한수야, 너 도대체 무슨 생각으로……."

"조용히 하고 내 말이나 들어요!"

한수가 내 말을 자르며 외쳤다. 그리고 나는 한수의 그런 무례한 행동에 기분이 조금 나빠졌다. 아무래도 이 자식, 내가 생각했던 것보다 가정교육이 조금 덜 된 놈인 것 같군.

"뭐? 야, 임마! 그게 무슨 말버……."

"내 말 안 끝났어!"

내가 막 한수를 꾸짖으려 하는데, 한수가 갑자기 눈을 부릅뜨며 버럭 소리쳤다. 그것도 반말로. 아니, 이게 정말 보자 보자 하니까 사람이 보자기로 보이나! 나는 순간적으로 솟구치는 혈압을 진정시키며 소리쳤다.

"야, 임마! 너 말하는 버르장머리가 뭐 그 따위야!"

"버르장머리고 나발이고 말 안 끝났다고! 내 말 들어!"

내가 화내는 것쯤은 신경도 쓰지 않는지 한수는 내 꾸중에 개의치 않고 빽 소리 지르곤 씩씩대며 나를 노려보았다. 나는 움찔해서 입을 다물고 화가 잔뜩 난 한수의 모습을 바라보았다. 어린애의 것이라고는 도저히 믿겨지지 않는 한수의 고함은 나를 위축시키기에 충분했던 것이다.

"좋아, 이제야 입을 다무는군. 잘 들어. 나도 이렇게까지는 하고 싶지 않았어. 하지만 너무 급하니 할 수 없지."

내가 입을 다물자 만족한 듯 한수는 오른쪽 입술을 치켜 올리며 건방지게 웃었다. 그리고 나는 나직이 한수에게 말했다.

"하고 싶은 말이 뭔데 그 난리인지 들어나 보자."

내 말에 다시 한 번 피식 웃은 한수는 잠시 입을 다물고 뜸을 들이더니 이윽고 나와 요령이, 가람이와 우리 주위를 빙 둘러싼 행인들을 한 바퀴 죽 둘러보면서 천천히 입을 열었다.

"세 발 까마귀의 패를 내놔."

"뭐?"

한수의 갑작스러운 말에 나는 입을 딱 벌렸다. 솔직히 깜짝 놀랐다! 도대체 넌 또 뭐야? 넌 뭔데 세 발 까마귀의 패를 알아? 머리 속에서 갑작스러운 한수의 말에 대한 의문이 마구잡이로 쏟아져 나왔다.

"너, 너……."

한수의 충격적인 말에 놀란 나는 무엇인가를 물어보려 했다. 하지만 너무 놀라서인지 입속에서 떠돌아다니는 단어들은 좀체로 엮이질 않았다. 그리고 한수는 그런 나의 당황한 모습을 경멸 섞인 눈초리로 바라보다 이윽고 싸늘하게 말했다.

"세 발 까마귀를 어떻게 알았냐고 묻지 마. 내가 세 발 까마귀를 왜 찾는지도 묻지 마. 그 밖에 세 발 까마귀와 관련된 궁금한 어떤 것도 묻지 마. 그냥 내놔. 형이 선택할 수 있는 길은 단 두 가지뿐이야. 말로 할 때 곱게 내놓든지 뼈마디 한두 개쯤 부러지고 울면서 내놓든지. 선택은 자유야. 어떻게 하겠어? 급하니까 빨리 결정해 줬으면 좋겠어."

으드득!

한수의 말을 듣고 있던 나는 나도 모르게 이를 갈았다. 이 자식 말하는 싸가지 좀 보게나? '아무것도 묻지 말고 그냥 내놓으라' 고? 고맙군. 마침 질문 만들기 힘들었는데 아무것도 묻지 말라니 말야. 조금씩 한수의 급격한 태도의 돌변에 대한 당황은 사라지고 대신 그 자리에 한수의 태도에 대한 분노가 자리를 잡기 시작했다. 나는 한수를 노려보며 천천히, 낮은 목소리로 물었다.

"두 개 다 싫다면?"

"미안하지만 형이 할 수 있는 선택은 오직 두 가지뿐이야. 쉽게 다시 정리해 주자면 곱게 내놓든지 몇 대 맞고 내놓든지 어느 쪽을 고르든지 세 발 까마귀를 내놓아야 한다는 결과는 똑같으니까, 현명한 선택을 바라겠어."

한수의 대답은 간신히 억제해 오던 나의 분노를 폭발시키기에 충분했다. 나는 이를 드러내고 목을 쭉 뽑아서 목청껏 소리쳤다.

"야, 이 싸가지라고는 손톱만큼도 없는 자식아! 지금 그게 형한테 할 말버릇이냐! 그래, 어디 한번 해보자. 난 절대 못 줘! 전후 사정 설명하고 날 납득시킨 다음에 달라고 사정해도 줄까 말깐데, 뭐? 맞고 줄래 그냥 줄래? 어디 한번 능력있으면 빼앗아봐라, 이 자식아! 헉! 헉!"

소리를 꽥꽥 질러댔더니 숨까지 차 오르는군. 헉, 헉! 하지만 나의 감정이 잔뜩 실린 태도에도 불구하고 한수는 한 치의 동요조차 없었다. 잠시 차갑게 나를 바라보던 한수는 이윽고 인상을 살짝 찌푸리더니 나직하게 웅얼거렸다.

"그래, 최소한 첫 번째는 아니란 거지? 흠, 실망인데. 형, 역시 팔 하나 정도는 부러뜨려야 생각이 바뀔 건가 봐?"

"…뭐?"

나는 너무도 기가 막혀 할 말조차 잊고 멍하니 한수를 바라보았다.

그런데 갑자기 한수의 표정이 묘하게 바뀌며 알 수 없는 힘이 내 왼쪽 팔을 뒤로 천천히 꺾기 시작했다.

"뭐, 뭐야! 이건… *끄아아악!*"

드드드득.

뼈가 이상한 소리를 내며 조금씩 뒤로 뒤틀리고 있었다. 분명 내 뒤에는 아무것도 없는데! 나는 팔을 꺾이지 않기 위해 몸부림을 치며 저항했지만 내 팔을 뒤트는 알 수 없는 힘은 내 팔 힘보다 몇 배는 강한 것 같았다. 결국 나는 별 저항도 하지 못한 채 팔을 뒤로 비틀려 버렸다. 나는 고통으로 이를 악물며 한수를 바라보았고, 한수는 잔인하게 미소 지으며 내 눈을 마주 보았다.

"너, 이, 이 자식……!"

"형, 다시 한 번 묻겠어. 대답 잘못하면 이번엔 진짜로 형의 왼팔은 부러지는 거야. 세 발 까마귀의 패를 내놓겠어?"

'힘'이 다시 팔을 조금씩 뒤로 꺾었다.

삐드드득.

뼈에서 미세하게 어긋나는 소리가 들려오며 형언할 수 없는 고통이 밀려왔다.

"끄아아아악!"

"그만둬!"

묵직한 고함 소리와 함께 가람이가 손에 기덩어리를 뭉쳐 그대로 한수를 향해 집어 던졌다.

쇄애애액!

바람을 가르는 날카로운 소리와 함께 푸른 빛덩어리가 길게 꼬리를 끌며 한수를 향해 똑바로 날아갔다. 하지만 한수는 재빨리 몸을 빙그르르 돌려 가람이의 공격을 가볍게 피했다. 민첩한데!

한수가 몸을 움직임과 동시에 내 팔을 잡고 있던 물리력도 사라져 버렸다. 나는 안도의 한숨을 쉬며 꺾여 있던 팔을 재빨리 풀었다.

끼이이익—

어깨에서 소름 끼치는 소리가 들렸다. 나는 작게 신음 소리를 내뱉었다.

"우우욱……."

다행히 어깨가 고장나지는 않은 것 같았다. 아프기는 했지만 그거야 비틀려 잡혀 있었는데 안 아프면 오히려 이상한 거지. 나는 왼쪽 팔과 어깨를 조심스럽게 주물러서 풀어주며 입술을 깨물었다. 한수, 저 자식! 아무리 생각해 봐도 뭔가 있어!

가람이가 던진 기의 덩어리는 가람이의 능숙한 조절 덕분인지 다행히 우리 주위를 둘러싼 행인들을 맞추지 않고 대신 그들의 머리 위를 아슬아슬하게 스치고 지나가서 근처 건물의 옥상 난간을 후려쳤다. 묵직한 충돌음이 주위로 퍼졌다.

쩌엉!

소리를 들어보니 생각보다 가람이가 힘을 덜 실었군. 아마 방금 전의 그것은 한수를 위협할 목적으로 급하게 빚느라 힘을 실지 못했는가 보다. 하지만 구경하던 사람들을 놀라게 하기엔 그걸로도 충분했는지, 사람들은 자신들이 구경하던 사람의 손에서 이상한 것이 쏘아져 나오자 공포에 질린 표정으로 비명을 지르며 순식간에 뿔뿔이 흩어져 버렸다. 차라리 잘되었군. 거치적거리지도 않고, 마구잡이로 싸워도 목격자가 없을 테니 말야. 그런데 좌가람 우요령은 대체 어디로 간 거지? 나는 재빨리 고개를 돌려 가람이와 요령이를 찾았다. 빠르게 뛰고 있는 가람이가 눈에 들어왔다.

가람이는 한수에게 기덩어리를 던지자마자 바로 한수를 향해 달리기 시작했는지 한수와의 거리를 이미 상당히 좁혀놓고 있었다.

타타탁!

가람이의 발자국 소리가 어지럽게 엉켰다. 그런데 순간,

"어억!"

가람이가 달리던 그대로 비명을 지르며 바닥에 쓰러져 버렸다.

콰당!

"뭐, 뭐……."

가람이는 채 말을 잇지 못했다. 허공으로 들려졌기 때문이다. 가람이는 허공에서 장난감처럼 몇 번 빙글빙글 돌려진 후 그대로 땅으로 던져졌다.

휘익—

"으악! 가람아!"

하지만 가람이는 땅에 곤두박질치는 대신 허공에서 몇 번 빙글빙글 돌더니 안전하게 땅으로 착지해서 땅을 박차며 다시 총알처럼 앞으로 뛰어나갔다.

"가람이 형, 대단한데? 다시 봤어!"

멀찍이 떨어진 한수의 명백히 상대를 비웃는 듯한 말투. 그리고 한수의 말이 끝남과 동시에 가람이의 진로에 있던 돌덩이 몇 개가 허공으로 떠올라 가람이를 향해 쏘아져 나갔다.

"핫!"

쉬리릭—

가람이는 빠르게 몸을 돌려 속도를 줄이지 않은 채로 그 돌덩이들을 모조리 피했다. 하지만 그 돌들은 허공에서 갑자기 멈추더니 다시 한 번 가람이를 향해 날기 시작했다. 저건 뭐야, 도대체! 물리학의 법칙을 완전히 무시하잖아! 하긴 돌이 지 멋대로 움직이는 것 자체가 물리학의 법칙을 무시하는 것이긴 하지만.

"젠장!"

가람이는 다시 한 번 몸을 신묘하게 돌리며 돌들을 피했다. 그런데 갑자기 가람이의 발 밑에 있던 보도블록이 벌떡 일어서더니 가람이의 얼굴로 날아들었다.

휘리리릭—

"우앗!"

기습적인 공격에 가람이는 깜짝 놀라며 반사적으로 보도블록을 쳐냈다.

퍼억!

보도블록이 깨지며 조각조각 흩어졌다. 그런데 그 보도블록의 조각들 역시 땅으로 떨어지는 대신 허공에서 우뚝 멈추어 서서 가람이를 향해 쏟아져 들어갔다.

"치잇! 귀찮게 구는군!"

"이 건방진 꼬마 녀석이!"

가람이의 짜증 섞인 투덜거림과 동시에 한수의 왼쪽에서 앙칼진 고함 소리가 들려왔다. 요령이었다. 요령이가 어느새 한수의 옆까지 뛰어간 것이다. 요령이는 손을 매의 발톱처럼 웅크린 채 땅을 박차고 올라 한수와의 거리를 순식간에 좁혀 들어갔다.

"어엇!"

한수는 당황한 듯 눈을 크게 떴고 요령이는 회심의 눈빛을 지으며 팔을 휘둘렀다.

쐐액!

하지만 날카로운 파공음을 낸 요령이의 공격은 한수를 낚아채는 대신 허공을 찢는 것에 그쳤다. 한수가 어느새 뒤로 미끄러지듯 물러선 것이다.

맙소사, 한수의 발은 꿈쩍도 하지 않았는데! 세상에 저게 말이 되나? 나는 한수의 발을 주의 깊게 바라보았다. 한수의 발은 놀랍게도 허공에 약간 떠 있었다. 나는 신음을 흘렸다.

"인간도 아닌가……?"

한수가 몸을 뒤로 물림과 동시에 가람이를 향해 쏘아지던 돌들이 갑자기 힘을 잃으며 흐느적흐느적 허공을 가르다 땅에 떨어졌다. 그리고 가람이는 재빨리 다시 한수를 향해 달려갔다. 첫 번째 공격을 실패한 요령이 역시 착지하자마자 다시 땅을 박차고 한수를 향해 뛰었다. 이제 2:1의 상황이다! 먼저 한수를 사정권 안으로 넣은 것은 가람이보다 한수 가까이에 있던 요령이었다. 요령이는 한수가 자신의 범위 안에 들어오자마자 방금 전처럼 손을 휘둘렀다.

쉭!

이번에야말로 잡았어!

순간 한수가 요령이의 앞에서 사라졌다.

스팟!

"뭐, 뭐야! 설마 순간 이동?"

요령이는 당황한 듯 재빨리 멈추어 서서 주위를 두리번거렸다. 그런데 갑자기 가람이가 소리쳤다.

"뒤!"

그리고 요령이는 뒤를 돌아보는 대신 반사적으로 몸을 빙글 틀면서 앞으로 뛰었다. 한수가 요령이의 뒤에서 몸을 날리며 요령이를 걷어찬 것이다. 세상에! 저런 어린애가? 하지만 요령이를 걷어차는 한수의 동작은 상당히 체계있어 보였다. 한수는 몸을 날리면서 시도했던 발차기가 실패하자, 재빨리 손으로 땅을 짚으며 두 번째로 땅을 훑어 찼다. 하지만 요령이는 이번에도 뒤도 돌아보지 않은 채 감각만으로 허공으로 뛰어 한수의 발차기를 가볍게 피했다. 한수는 다시 한 번 훑어 차던 탄력을 이용해 그대로 허공으로 튀어 올라 요령이를 걷어찼다. 다행히 이번에도 요령이는 허리를 숙여 한수의 발차기를 피했다. 그리고 세 번의 발차기를 실패한 한수는 다시 한 번 재빨리 미끄러지듯 몸을 뒤로 물렸다.

스르륵—

이번에는 요령이가 몸을 튕기듯 뒤로 돌려서 빠르게 물러나는 한수를 향해 총알처럼 쏘아져 나갔다.

그런데 이번에는 요령이가 허공으로 솟구쳐 오르기 시작했다.

"어멋! 뭐, 뭐야!"

요령이는 가람이처럼 땅으로 던져지는 대신 끝없이 허공으로 솟아오르기만 했다. 어, 어엇! 저런 높이에서 떨어지면 죽을 텐데! 나는 당황한 눈빛으로 하늘을 바라보았다. 요령이는 이미 10미터 이상을 솟구쳐 올라간 것이다.

"이 자식!"

가람이가 어느새 다시 한수에게로 달려갔다. 하지만 이미 가람이의 접근을 눈치 챘던 듯 한수는 가람이가 자신을 사정권에 넣을 수 있는 간격까지 접근하자 공중으로 펄쩍 뛰어올랐다. 가람이는 그런 한수를 향해 비웃듯 외쳤다.

"허! 어차피 다시 떨어질 것을!"

하지만 가람이의 예상은 무참하게 깨어졌다. 한수는 땅으로 떨어지는 대신 반대로 하늘로 날아올랐던 것이다. 가람이는 눈을 크게 뜨고 위로 솟구치는 한수를 멍하니 바라보았다.

"맙소사……!"

그리고 참으로 당황스럽게도 한수가 위로 날아오르자 요령이는 상승 속도가 천천히 줄어들더니 이윽고 허공에서 뚝 멈추어 버렸다.

그리고 잠시 후, 요령이는 추락하기 시작했다.

물론 당연하지만 난 비명을 질렀다.

"우아아악!"

하지만 요령이는 그리 당황하지 않았나 보다. 요령이는 떨어지면서도 침착한 목소리로 외쳤다.

"에어리얼 서번트! 어서 나와서 나를 붙잡아!"

하지만 요령이와 내가 기대하던 광풍은 일어나지 않았다. 뜻밖의 상황에 요령이는 황급히 소리쳤다. 그 목소리에 긴박감이 넘쳤다.

"뭐, 뭐야? …아차!"

맞다. 그러고 보니 제임스가 에어리얼 서번트를 소멸시켰었지! 그럼 저걸 어쩐다? 내 바람을 이끌어내는 힘으로는 도저히 저 녀석을 받을 자신이 없다. 저 녀석을 받을 정도의 바람을 만들려면 예전에 청도와 강의실에서 갇혔을 때 썼던 방법, 즉 대기의 방향을 틀어서 한데 모으는 방법을 써야 하는데, 그건 너무 시간이 오래 걸려서 지금과 같은 경우에서는 써먹을 수가 없다! 어쩌지? 도대체 어쩌면 좋지?

"젠장! 되든 안 되든 해보자!"

나는 품속에서 '치우한님의 칼'을 축소시켜 놓은 작은 막대기를 꺼내며 소리 높여 외쳤다. 쳇, 최소한 덜 아프게 떨어지게 할 수는 있겠지! 세 발 까마귀의 패에는 손을 대지 않았다. 이건 어차피 힘을 모을 시간이 없는 단판 승부이기 때문이다.

그런데 갑자기 요령이가 떨어지면서 몸을 뒤틀어 돌리더니 빠르게 수인을 맺으며 외쳤다.

"내 밑에 다 비켜어엇ㅡ!"

요령이의 예상외의 말에 나는 우뚝 걸음을 멈추었다. '도와줘!' 가 아니라 '다 비켜!' 라고? 저 녀석이 지금 무언가를 해보려고 저러는 건가?

갑자기 요령이의 주위를 붉은색의 빛이 둥글게 에워쌌다. 그리고 요령이는 빙글빙글 돌면서 땅을 향해 빠르게 다가왔다.

쉬리리리릭ㅡ 꽈아앙!

요령이는 자신의 몸 주위를 둘러싼 붉은 빛을 마치 혜성의 꼬리처럼 길게 끌며 어느 승용차의 앞부분에 떨어졌다. 요령이의 추락과 동시에, 그리고 요령이의 주위를 둘러싸고 있던 붉은 빛이 굉음과 함께 폭발했다. 잠시 뿌연 회색 빛 먼지구름이 자욱하게 피어올랐다.

"요, 요령앗!"

　나는 다급하게 요령이를 부르며 추락 현장으로 달려갔다. 추락 현장은 마치 운석이라도 떨어진 것처럼 보일 정도로 굉장한 모습이었다. 요령이가 떨어진 차의 앞부분은 무참하게 일그러진 채 차체에서 찢어져 있었고, 그 아랫부분의 도로면 역시 충격이 컸는지 자잘한 잔금이 간 채 부서져 있었다. 이 정도로 어마어마한 추락인데 요령이는 정말 괜찮은 걸까? 나는 다시 한 번 목청껏 요령이를 불렀다.

　“요령아!”

　“으… 나 멀쩡하니까 그만 불러대!”

　뿌연 먼지구름 뒤편에서 흐릿한 실루엣이 비틀거리며 일어서는 것이 보였다. 요령이었다.

　“젠장… 팔 아파 죽겠네.”

　“괘, 괜찮아?”

　나는 떨리는 목소리로 물었고 요령이는 몸에 잔뜩 묻은 먼지를 툭툭 털면서 대수롭지 않다는 듯 대답했다.

　“그냥 좀 뻐근할 뿐이야. 빌어먹을… 우리가 한수 저 자식을 너무 얕봤었나 봐. 저 자식 단순한 꼬맹이가 아니었어.”

　“아니, 도대체 어, 어떻게 그 높이에서 떨어지고도 멀쩡할 수가 있지?”

　요령이는 나를 바라보다 어깨를 으쓱거리며 대답했다.

　“난 고양이니까. 고양이는 높은 곳에서 떨어져도 다치지 않는 법을 알고 있거든. 몸에 방어막만 한 겹 두르면 그 정도쯤이야 가뿐하지.”

　“그렇구나…….”

　그때 하늘에서 경악 섞인 목소리가 들렸다.

　“멀쩡하네?”

한수였다. 한수는 허공에 둥둥 뜬 채 우리를 내려보고 있었던 것이다. 높은 곳에 있어서 얼굴 표정은 잘 보이지 않았지만 음색으로 봐서 한수는 요령이가 멀쩡하게 일어나는 모습에 당황한 듯했다. 그리고 요령이는 송곳니를 드러내는 날카로운 미소와 함께 고개를 들어 한수를 똑바로 노려보았다.

"오냐, 멀쩡하시다. 왜, 아쉽냐? 그 높이까지 올려놓은 고생이 허사가 돼서 너무 억울하냐?"

요령이의 말에 한수는 고개를 설레설레 저으며 대답했다.

"당신들, 정말 대단하군! 내 예상을 완전히 벗어나는데? 나는 '세 발 까마귀의 패'의 주인인 영준이 형만 영력자이고 나머지 둘은 별것 아닐 거라고 생각했는데 이건 예상과는 완전히 반대잖아. 영준이 형은 아무것도 하지 못하고 오히려 가람이 형과 요령이 누나가 탄성이 나올 정도로 잘 싸우고 있네? 정말이지 놀라워. 어떻게 그 높이에서 떨어졌는데도 멀쩡할 수가 있지?"

"난 잘났으니까."

요령이는 엄지손가락으로 자신을 가리키며 건방지게 대답했다.

"그런데 저 녀석, 도대체 어떻게 된 녀석이지?"

가람이가 요령이를 바라보며 물었다.

"뭐가?"

"우리를 가지고 놀 정도로 빨라. 영기의 크기는 사람까지 가볍게 집어 던질 정도야. 저 정도의 속도와 능력이라면 우리를 간단하게 제압할 수 있을 텐데, 우리의 조그만 공격조차 소멸시키지 못하고 쩔쩔매. 뭐지, 도대체?"

"뭐긴 뭐야, 저 녀석이 초능력자라서 그런 거지."

가람이의 질문에 요령이는 간단히 대답했다.

"초능력자?"

"그래, 초능력자. 척 보면 모르겠어? 한수, 저 녀석은 정신력으로 물리력을 구현할 수 있는, 즉 염력을 사용하는 초능력자라고. 우리를 가지고 놀 정도로 빨랐던 것은 녀석이 염력을 이용한 순간 이동을 사용할 수 있기 때문이고, 사람을 집어 던질 정도로 강한 물리력도 영력이 아닌 순수한 초능력이기 때문에 가능한 거야."

"…초능력자라고……?"

"그래, 초능력자. 그것도 어마어마한 능력을 가진. 하지만 저 녀석은 초능력자이기 때문에 영적 능력은 전혀 없지. 그렇기 때문에 우리가 공격하면 허겁지겁 피할 수밖에 없는 거고. 저 녀석이 엄청난 속도를 가지고 있으면서도 속도로 우리를 제압하지 못하는 것도 저 녀석이 초능력자라고 가정하면 간단히 설명할 수 있어. 초능력을 통한 순간 이동에는 정신 집중에 따른 일종의 시간 차가 있을 테니까. 원래 초능력이 정신력으로 구현되는 능력이라서 영력보다 훨씬 더 많은 집중력을 필요로 하거든."

"…그렇군."

가람이는 이해가 되었다는 듯 고개를 끄덕였다. 그거 다행이군, 나는 이해가 잘 안 되는데. 초능력자라고? 흠, 요령이나 가람이 같은 영능력자와는 조금 다른 개념인가 보지? 어쨌든 한수 저 녀석, 정말 대단하다. 어떻게 가람이와 요령이, 저 둘을 상대로 조금도 밀리지 않을 수가 있는 걸까?

요령이는 초토화가 되어버린 자신의 추락 지점에서 천천히 걸어나오며 한수를 향해 말했다.

“자, 그럼 이제 2라운드를 시작해야지? 1라운드는 무승부였으니 말야.”

화아악!

요령이의 말이 끝남과 동시에 요령이의 양손에서 검은색 불꽃이 너울너울 피어올랐다. 그리고 요령이의 손에서 불꽃이 일어나는 모습을 바라보며 가람이는 중얼거렸다.

“흠, 이제 진짜 실력을 보여야 될 때란 말이지.”

이윽고 가람이에게서 새하얀 빛이 눈이 부실 정도로 강렬하게 뿜어져 나왔다.

파아앗!

나는 순간적으로 손으로 눈을 가렸다. 잠시 후 빛은 천천히 사라지고, 대신 가람이의 전신에서 푸른색의 기의 줄기가 일렁거리며 피어올랐다.

“잠깐! 기다려! 먼저 우리 누나를 안전한 곳에 옮기고 나서 시작하자.”

한수는 말과 함께 고개를 이리저리 저어 둘러보더니 이윽고 기절해 있는 주희를 찾아내었다. 주희는 인도 한쪽 구석에서 세상 모르고 기절해 있었다. 이윽고 주희의 몸이 천천히 떠오르더니 이 주위에서 가장 높은 건물인 쇼핑몰의 옥상으로 천천히 떠올랐다. 사람 정도는 가볍게 들어 올리는군 그래. 느릿느릿 허공을 날던 주희의 몸은 잠시 후 천천히 쇼핑몰의 옥상 난간 너머로 사라졌다. 그리고 한수는 안도감과 자신감이 뒤섞인 목소리로 말했다.

“이제 나도 전력을 낼 수 있겠군.”

“역시 아직까지는 너도 온 힘을 다하지 않았단 이야기지?”

“물론이야. 누나를 다치게 할 수는 없잖아?”

요령이의 말에 한수는 고개를 끄덕인 후 잠시 우리를 바라보다가 이윽고 손을 양쪽으로 쫙 펼치며 외쳤다.

“2라운드를 시작하자!”

와장창창!

한수의 말이 끝남과 동시에 주위 모든 건물의 쇼윈도가 부풀듯 바깥쪽으로 휘다가 격렬한 소음과 함께 폭발하듯 깨져 버렸다. 그리고 쇼윈도에서 깨져 나온 유리 조각들이 허공을 온통 금빛으로 수놓으며 잠시 갈 곳 모르고 이리저리 흩뿌려지다가 이윽고 빙글 돌아 모조리 우리를 향해 날아왔다.

쐐애애액—

“이런 젠장!”

이것쯤이야! 나는 고함을 지르며 재빨리 치우한님의 칼을 들어 힘을 가했다.

“연습의 성과를 보여주지! 나의 부채!”

곧 작은 막대기의 형상이던 치우한님의 칼이 넓게 펼쳐지며 부채의 모습을 그렸다. 시간이 없다! 유리 조각들이 빛으로 파도치며 나와 요령이, 그리고 가람이를 향해 날아오고 있었던 것이다. 나는 재빨리 부채의 가운뎃살을 누르며 내 모든 힘을 부채로 쓸어 넣고 외쳤다.

“ ‘풍사님의 모범적 연습의 성과’ 1번이다! 살풀이!”

촤아앗—!

내 기합 소리와 함께 내가 보기에도 꽤 장관이 펼쳐졌다. 부채의 모든 살의 끝에서 수백, 수천 가닥의 빛의 줄기들이 뿜어져 우리 주위를 뒤덮었던 것이다.

휘리리리리릿—!

곧 이어 우리를 향해 날아오던 유리 조각들이 내가 내뿜은 빛의 가닥들과 부딪쳐 소멸하는 모습이 눈에 들어왔다. 무언가 준비를 했던 듯 손의 검은 불꽃이 커진 요령이와 몸에서 뿜어져 나오는 빛줄기가 눈에 띄게 진해진 가람이는 괜히 헛 힘 준 것이 허탈한 듯 나를 바라보며 말했다.

"놀라운데?"

"주인, 대단하군!"

어쨌든 두 번째 게임의 한수의 첫 공격을 어떻게 막아내긴 했군. 대답 대신 나는 한줄기 큰 한숨과 함께 자리에 그대로 주저앉아 버렸다.

털썩.

"후아아아!"

"왜, 왜 그러는가, 주인!"

가람이의 황망한 목소리가 들려왔다. 젠장! 미안하다, 대답 못하겠어. 지금 난 대답할 기운도 없거든. 나는 대답 대신 힘겹게 손가락을 움직여서 느릿느릿 품속을 더듬었다. 세 발 까마귀의 패를 붙잡기 위해서다. 다행히도 내가 가람이에게 하고 싶었던 말을 요령이가 대신해 주었다.

"영준이 저 녀석, 힘이 빠져서 그래."

"뭐? 힘이 빠졌다고?"

"그래, 저 녀석이 방금 펼친 기술, 우리한테는 별것 아니겠지만 영준이한테는 온 힘을 다한 공격일 게 분명하단 말야. 그러니 당연히 힘이 빠질 수밖에."

요령이의 말에 가람이는 고개를 끄덕이며 걱정되는 듯 나를 바라보

있다.

"괜찮은가, 주인?"

"그… 래, 나한테는 세… 발 까마귀의 패가 있으… 니까… 얼른 싸움에나 집… 중해."

쳇, 온몸의 힘이 모조리 빠지긴 빠졌나 보다, 말조차 제대로 나오지 않는 걸 보니. 이 정도가 별것 아니라니, 도대체 요령이와 가람이의 진짜 힘은 어느 정도란 말이지? 어쨌든 얼른 기운을 차리려면 세 발 까마귀의 패를 빨리 손에 쥐어야 되는데… 그게 도대체 어디로 갔지… 빨리 잡혀라… 빨리… 빨리…….

이윽고 따뜻한 기운이 손가락 끝에 느껴졌다. 찾았다! 나는 손을 급하게 움직여 세 발 까마귀의 패를 꽉 움켜쥐었다. 곧 세 발 까마귀의 패의 기운이 내 몸으로 왈칵 쏟아져 들어왔다. 휴… 이제야 좀 살 것 같군. 나는 비틀거리며 몸을 일으켰다. 전쟁터 한복판에서 주저앉아 있을 수는 없는 노릇 아닌가. 비록 아직 후들거리기는 했지만 어찌어찌 다리에 힘을 줘 선 채로 버티고 있을 수는 있었다.

"하, 영준이 형, 고작 그거 가지고 주저앉아 버리면 안 되지. 아직 본게임은 시작도 안 했는데!"

덜그럭! 덜그럭!

내가 힘겹게 일어서는 모습을 본 한수가 이죽대는 말이 상당히 귀에 거슬렸다. 그런데 한수가 말을 마치자마자 갑자기 내 옆 부엌용품점에서 이상한 소음이 내 귀를 자극했다. 뭐지? 나는 재빨리 고개를 돌렸다. 그리고 나는 소름 끼치는 기분에 이를 악물어야 했다.

"이런 젠장! 식칼이잖아!"

벽에 걸려 있던 수십 개의 번쩍거리는 식칼들이 일제히 땅과 수평으로 서서 덜걱거리고 있었던 것이다! 나는 주춤주춤 물러서며 손에 다시 힘을 모았다.

"가라!"

한수의 말이 끝남과 동시에 수십 개의 식칼들이 바람을 가르는 소리와 함께 빙글 회전하며 칼 걸이에서 떨어져 튀어나왔다. 그리고 요령이와 가람이 모두 당황한 표정으로 나를 향해 뛰기 시작했다.

휘리리릭—

늦다! 어느새 식칼들은 나를 향해 전광석화 같은 속도로 날아오고 있었다. 젠장! 왜 나냐! 내가 그렇게 만만해 보이냐? 그렇다면 실수한 거야! 나는 '나의 부채'에 힘을 불어넣으며 죽 잡아당겼다.

"에라, 이것들아! 감히 칼 주제에 누굴 어떻게 하려고 이리로 날아오는 거냐? 받아라! '풍사님의 모범적 연습성과' 2번이다! '전신 방패!'"

부욱—

빛줄기로 변한 나의 부채가 나를 둘둘 휘감더니 기가 담겨 빛나는 나무판으로 변했다. 그리고 나는 아예 세 발 까마귀를 그 판에 붙여 버렸다. 나무판에 힘을 계속 주입하기 위해서다.

따다다다닥—!

이윽고 방패 바깥쪽에서 주방에서나 들을 수 있을 법한, 칼과 도마 부딪치는 소리가 연속적으로 들려왔다.

"눈 구멍!"

스릇—

내 몸 주위를 마치 관처럼 둘러싼 나무판에서 내 눈 높이 부분이 스르르 사라졌다. 칼들은 이미 나를 한번 몰아친 후 포기했는지 요령이와 가람이를 향해 갈라져서 날고 있었다. 난 재빨리 손을 들어 방패를 걸었다.

"나의 부채!"

휘릭—

내 온몸을 둘러싸고 있던 나무판들이 일제히 접히며 다시 내가 '나의 부채'라고 이름 붙인 부채로 돌아왔다. 내가 이렇게 '치우한님의 칼'이 변한 모습들에 일일히 이름을 붙인 이유는, 이름을 부르면서 내가 상상하는 무기의 이미지를 떠올리기 쉽기 때문이다. 기를 사용한 술법도 마찬가지다. 난 몇 가지의 기의 응용술을 정형화시켜 놓고 그 것들에 각각의 이름을 붙여놨다. 예를 들면 방금 전에 사용한 살풀이처럼 말이다. 나는 오른손에 부채를 펴 쥐고 왼손에 세 발 까마귀의 패를 쥐고 계속 세 발 까마귀의 패에서 힘을 보충하며 주위를 둘러보았다.

따다닥!

벽에 식칼들이 부딪치는 둔탁한 소리가 들려왔다. 나는 소리가 난 쪽으로 재빨리 고개를 돌렸다. 식칼들이 요령이의 바로 뒤를 바싹 쫓으며 날아와 하나씩 요령이의 뒤에 꽂히고 있었다. 그리고 요령이는 아슬아슬하게 그것들을 몽땅 피해내고 있었다. 벽에 꽂힌 식칼들은 벽에서 뽑힌 뒤 한번 빙글 돌고 다시 요령이를 뒤쫓았다.

"한수 이 자식, 별것도 아닌 걸로 정말 짜증나게……."

요령이가 달리면서 시커먼 기의 구름으로 뒤덮인 손을 들어 화려하게 교차시켜 수인을 맺기 시작했다.

우우웅—

나직한 진동음과 함께 손에 맺힌 기운들이 꿈틀거리기 시작했다. 잠시 후, 주문이 완성되었는지 죽자고 달리던 요령이가 갑자기 펄쩍 뛰면서 뒤로 돌아 양손을 쫙 펼쳤다.

"하네! 블랙 커튼!"

휘릭!

요령이의 손에서 갑자기 넓은 기의 막이 펼쳐지더니 날아오던 식칼들을 모조리 휘감아 땅에 누른 채 폭발해 버렸다.

꽈웅!

폭발이 어느 정도 걷힌 후 보자, 블랙 커튼이 폭발한 자리에는 식칼들의 흔적으로 보이는 쇳물들만이 녹아서 흐르고 있었다. 요령이는 기세등등하게 웃으며 한수를 바라보았다.

"한수야, 이 언니는 이 정도로는 어떻게 못하거든? 호홋!"

가람이는? 요령이 쪽의 상황이 끝난 것을 확인한 나는 고개를 돌려 가람이를 찾았다. 가람이는 이미 똑바로 선 채 고개를 들어 한수를 노려보고 있었다. 그리고 가람이의 주위에는 식칼들이 모조리 찌그러진 채 흰 연기를 한 줄기씩 뿜으며 땅에 떨어져 있었다. 가람이는 이윽고 무겁게 말했다.

"…저 자식, 장난질이나 하고 있군……."

그리고 한수는 유쾌한 듯 웃었다.

"아하하하! 이거 생각보다 더 놀라운데! 정말 대단한 이웃인걸?"

하지만 다음에 이어진 한수의 목소리는 딱딱하게 굳었다.

"이제 사정 안 봐줘."

콰드득!

한수의 말이 끝남과 동시에 갑자기 요령이 주위의 보도블록들이 모조리 벌떡 일어나며 요령이에게 덤벼들었다. 한두 장이 아니었다. 수십 장의 보도블록들이 일제히 요령이에게 날아든 것이다. 아까 가람이에게 몇 개의 돌덩이가 덤벼든 정도와는 비교도 되지 않는 공격이다!
하지만 요령이의 표정은 전혀 흔들리지 않았다. 아니, 오히려 약간 짜
증까지 난 듯했다.

"이딴 걸로 장난치지… 말라니깟!"

번쩍!

요령이의 말이 끝남과 동시에 요령이의 주위를 뒤덮는 검은 반구가
뿜어져 나오며 보도블록들이 모조리 박살이 나서 날아가 버렸다. 그런
데 그때였다.

따앙!

갑자기 인도의 소화전들이 일제히 터지면서 엄청난 양의 물을 내뿜
었다. 그리고 한수는 기세등등하게 외쳤다.

"진짜는 이거라구!"

"뭐, 뭐……! 크읏!"

푸화악!

하늘을 향해 기세등등하게 뿜어지던 물줄기들이 일제히 방향을 틀
어 요령이를 향해 뿜어졌다. 그리고 요령이는 갑작스레 일어난 생각
외의 공격에 허둥대다 결국 비명조차 제대로 지르지 못한 채 엄청난
규모의 물줄기를 정통으로 얻어맞았다.

쿠르르!

물줄기는 요령이를 공중으로 붕 띄우며 휩쓸고 가더니 상가 한쪽 벽
을 후려쳤다.

쩌어엉!

나는 눈을 크게 뜨며 외쳤다.

"요령아!"

"형 걱정이나 하라고."

"주인!"

한수의 목소리와 가람이의 외침이 동시에 허공에 울려 퍼졌다. 뭐, 뭐야? 나는 고개를 돌렸다. 마, 맙소사……!

"나도 이제 돌 조각으로 장난치는 건 지겨워. 형들도 원한다니 마침 잘됐지 뭐. 이쯤에서 끝내자구."

차가, 차가 내게로 날아오고 있었다! 중형차 한 대가 육중한 몸체를 느리게 회전시키며 내게로 날아오고 있었던 것이다. 이, 이게 뭐얏―!

"제, 젠장! 전신방……!"

"하압―!"

갑자기 가람이가 차 천장 쪽으로 뛰어오르며 양손을 머리 위로 치켜들었다. 그런데 그 손에서 무언가 푸른 것이 빛나고 있었다. 거대한 기의 덩어리였다. 전에 제임스가 가람이를 향해 썼던 것에 결코 뒤지지 않는 기의 덩어리! 가람이는 크게 외치며 들어 올린 양손을 차를 향해 내리찍었다.

"붕산장!"

쩌어엉―!

쇠망치로 쇳덩어리를 내려치는 것 같은 강렬한 소리와 함께 나를 향해 날아오던 차가 육중한 소음과 함께 땅으로 주저앉았다.

꽈앙!

다, 다행이다! 사실 전신방패로 막을 수 있을까 의심스러웠는데! 가람이는 차를 처리한 뒤 공중에서 빙글 돌며 자신이 처리한 차 위로 손을 짚고 내려앉았다.

텅!

"고, 고마워, 가람아!"

"뭘, 주인. 어쨌든 다행이다."

그런데,

우지지직—

차가 찌그러지는 소리와 함께 차체가 반으로 접히며 가람이를 덮쳤다.

"우악!"

가람이는 외마디 고함과 함께 재빨리 하늘로 솟았다.

텅!

그리고 간발의 차로 차가 완전히 반으로 접혔다.

"아직 끝났다고 생각하면 오산이야."

한수의 말이 끝나자 이윽고 반으로 접힌 차체가 쿵, 쿵 뛰며 가람이를 덮쳤다.

"젠장! 끝나지 않았다는 네 생각이야말로 오산임을 확실히 보여주지!"

한수의 집요한 공격에 화가 난 가람이는 양손의 수인을 모으더니 이윽고 허공에 복잡한 문자를 그리며 내가 알아들을 수 없는 주문을 외우기 시작했다.

"깔려 죽어버렷!"

한수의 외마디 외침과 함께 지축을 울리며 쿵쿵거리던 차가 가람이를 향해 똑바로 날아들었다. 그리고 동시에 가람이는 수인을 앞으로 내뻗으며 목청껏 외쳤다.

"염옥문, 현세강림!"

퐁—

가람이의 손끝에서 엄지손톱만한, 눈을 크게 뜨지 않으면 알아보기 힘들 정도로 작은 불덩어리가 쏘아져 나갔다.

"저게 무슨 염옥문 현세강림이냐!"

나는 황당해서 외쳤다. 하지만 가람이는 내 말에 그저 씩 웃을 뿐이었다. 이윽고 무서운 기세로 날아들던 차체에 가람이가 쏜 조그마한 불덩어리가 부딪쳤다. 그리고…

번쩍!

단 1초간, 염옥이 지상에 펼쳐졌다. 검은색 문이 차의 주위로 열리면서 온 세상을 홍적색 빛이 삼켜 버린 것이다.

"우윽!"

난 눈부심에 그만 고개를 돌려 버리고 말았다. 내 귀로 괴상한 소리들이 들려왔다.

"키익― 깨엑― 푸히힉―"

염옥에 사는 귀신들이 낸 소리였을까? 그럼 정말 잠깐 동안 염옥문이 열렸단 말인가? 어쨌든, 내가 눈을 조심스레 떴을 땐 차체가 고스란히 녹아 그 흔적조차 찾아보기 힘들었다. 그뿐만이 아니라 차체가 날아오던 위치의 아스팔트까지 모조리 녹아서 줄줄 흐르고 있었다.

"끝내주는군……."

난 나도 모르게 중얼거렸다. 주술이 구현되는 걸 제대로 보지 못한 게 아쉬울 지경인데? 내가 고개를 설레설레 저으며 감탄을 표시하고 있을 때, 내 등 뒤에서 무언가 폭발하는 소리가 들렸다. 난 재빨리 뒤를 돌아보았다. 요령이었다.

"젠장……."

요령이를 짓누르던 물줄기가 어느새 멀찍이 밀려나 있었다. 그리고 요령이는 거무스름한 기운에 휩싸인 손을 쭉 뻗은 채 무형의 기운을 뿜어 물줄기를 밀어붙이며 천천히 그 아수라장에서 걸어나왔다. 요령이가 처박혔던 벽은 강한 수압 때문인지, 아니면 요령이와의 충돌로 인해서인지 움푹 패여 있었다. 이건 꼭 물에 빠진 생쥐 꼴이군.

"기분 더러운데? 빌어먹을, 이거 생각보다 아프잖아."

요령이의 나직한 중얼거림이 들렸다. 요령이는 천천히 걸어나오며 손을 팍 튕겼다.

퍼엉!

물줄기들이 산산이 흩어지며 요령이의 길을 열었다.

"기분 더러우면 어쩔 건데?"

한수가 외쳤다. 그와 동시에 허공으로 뿌려지던 물줄기들이 일제히 엉키며 큼직한 손바닥을 만들었다. 맙소사, 아무리 초능력이라지만 저런 것까지 할 수 있어?

"받아랏!"

한수는 마치 자신이 직접 내려치듯 자신의 손바닥을 휘둘렀다. 하지만 요령이는 그저 커다란 물손을 노려볼 뿐이었다. 요령이는 앙칼지게 고함을 내질렀다.

"터져 버렷!"

펑!

요령이의 몸 주위에서 시커먼 기운들이 일제히 솟구침과 동시에 물로 이루어진 거대한 손바닥이 허무하게도 맥없이 폭발해 버렸다. 마치 파편처럼 후둑거리며 떨어지는 물줄기 속에서 요령이는 한수를 노려보았다.

"흠… 일단 네놈을 거기서 끌어 내려야겠군."

"그래, 능력있으면 끌어 내려봐."

요령이의 말에 한수는 비아냥거렸다. 하지만 요령이는 신경 쓰지 않는다는 듯 빗줄기처럼 떨어지는 물줄기들 사이에서 양손을 쫙 펼치며 싱긋 웃었다.

"마침 물도 많겠다… 잘됐군, 물은 최고의 매개물 중 하나이니까. 워터 스피어!"

요령이의 말이 끝남과 동시에 땅으로 떨어지던 물들이 일제히 휘감기며 수십 줄기로 뭉쳤다.

"가랏!"

요령이의 명령에 따라 물로 이루어진 수십 줄기의 투창들이 일제히 한수를 향해 쏘아져 날아갔다.

쉬이익!

요령이는 멋들어진 고함과 함께 마치 정말로 창을 던지듯 팔을 하늘을 향해 휘둘렀다.

"고작 이거야? 하하……."

기세등등하게 날아오는 날카로운 창날들을 보면서도 한수는 별로 겁나지 않는가 보다. 한수는 작게 웃더니 다섯 손가락을 쫙 펼쳤다.

"지금 장난해?"

한수의 말이 끝남과 동시에 요령이가 던진 수창은 모조리 방향을 틀어 한곳으로 뭉쳐 거대한 물덩어리를 이루더니 허공에서 터져 버렸다.

파파팡!

"누나가 기를 이용해서 물을 엮을 수 있다면 나 역시 염력으로 물을 흩어버릴 수 있다는 걸 잊으면 안 되지. 애초에 먼저 물을 이용해 공격한 건 나거든."

　허공에서 수백만 개의 작은 물방울들이 반짝거리며 떨어지고 있었다. 그리고 요령이는 즐거운 듯 웃었다.

　"그래? 그럼 이건 어때? 워터 스피어!"

　요령이는 다시 한 번 쏟아져 내리는 물방울을 이용해서 수십 개의 물의 창을 엮었다. 터져 나간 소화전에서 물은 끊임없이 쏟아지고 있었으므로 수창을 엮는 것은 쉬웠을 것이다. 요령이는 그렇게 엮은 워터 스피어를 머리 위로 똑바로 날렸다.

　쐐애액—!

　수창들이 쏜살같이 하늘로 날아올라 구름 속으로 사라졌다.

　"무슨 속셈이지……?"

　"이럴 속셈이다, 이 머리에 피도 안 마른 자식아!"

　요령이는 회심의 미소를 지으며 찍어 누르듯 손을 아래로 내렸다. 그러자 갑자기 한수의 머리 바로 위에서 수창들이 쏟아져 내려왔다.

　"하! 소용없다니까?"

　펑!

　수창들이 한수의 머리 위에서 다시 한 번 폭발했다.

　쏴아아—

　물방울들이 마치 안개처럼 뿌옇게 한수의 몸을 뒤덮었다.

　"됐다! 걸렸어! 썬더 비드!"

　탕!

　요령이의 손가락에서 썬더 비드, 즉 번개 구슬이 쏘아져 나갔다. 쏜살같이 한수와 요령이 사이의 간격을 자르며 날아간 그것은 이윽고 한수의 몸 주위를 뒤덮은 안개구름에 부딪쳤다.

빠지지직!

"크아아악!"

비명을 지르며 한수가 땅으로 떨어져 내렸다. 요령이가 쏘아낸 번개의 구슬이 물방울구름 전체로 전기를 퍼뜨렸고, 거기에 한수가 감전된 것이다. 결국 애초에 수창은 한수를 감전시키기 위한 매개체, 즉 물방울을 한수 주위에 뿌리기 위한 도구에 불과했던 것이다. 요령이, 머리 잘 썼는데!

한수는 머리를 아래로 한 채 곧바로 떨어지다 간신히 정신을 추슬렀는지 건물 3층 높이에서 추락을 멈추고 몸을 세웠다. 그리고 증오 섞인 눈길로 우리를 바라보다 외쳤다.

"이… 씨! 아프잖아!"

"아직 안 내려왔네? 그럼 거기 똑바로 있어라!"

요령이는 대꾸할 가치도 없다는 듯 시큰둥하게 대답하며 한수를 향해 달려가더니 이윽고 펄쩍 몸을 날렸다. 맙소사, 뛰어서 어쩌려고? 한수가 있는 곳은 건물 3층 높이라고!

그런데 요령이와 한수의 거리가 순식간에 좁혀져 들어갔다.

"맙소사, 인간도 아냐!"

…흠, 생각해 보니 고양이었군. 어쨌든 요령이는 자신이 인간의 탈을 쓴 짐승이라는 것을 확실하게 증명하며 순식간에 한수의 앞으로 날아들었다. 그리고 재빨리 손을 들어 후려쳤다. 그 손은 검은색 기가 잔뜩 엉겨 있었다.

쌔액!

요령이의 손이 한수의 앞을 갈랐다.

핏!

하지만 한수는 순식간에 다시 사라졌다.

"젠장! 이번에도 순간 이동이냐!"

요령이는 이번에도 허공을 후려치고는 땅으로 떨어졌다.

텅!

물론 요령이는 3층 높이쯤은 아무것도 아니라는 듯 허공에서 빙그르르 몸을 돌려 사뿐하게 착지하며 뒤로 돌았다.

"하, 저거 사람 정말 귀찮게 하네."

한수는 우리와 멀찍이 떨어진 곳의 땅에 내려서 있었다. 한수의 눈꼬리에 계속 매달려 있던 우리를 비웃는 듯한 표정은 이미 사라져 있었다. 그 녀석은 고개를 숙인 채 눈만을 들어 우리를 뚫어지듯 바라보며 말했다.

"인간 같지 않은 것들……."

"인간 같지 않은 건 너겠지."

나는 기가 막혀서 대답했다. 내 말에 한수는 대답할 가치도 없다는 듯 코웃음 치며 말했다.

"너희가 생각보다 강한 건 인정하겠어. 하지만 난 절대 못 이길걸!"

"그건 네 착각이고!"

요령이는 대답과 함께 몸을 날려 한수에게로 뛰어 들어갔다.

"바보 같은! 받아랏!"

뻐억—!

한수의 외침과 함께 기세등등하게 앞으로 달려가던 요령이는 무언가에 얻어맞고 뒤로 날아갔다.

"우욱!"

뻐억! 뻐억! 뻐억!

다시 몇 번의 타격음이 들리며 요령이는 뒤로 날아와서 벽에 곤두박
질쳤다.

"크윽! 콜록콜록……!"

"요령앗!"

충격이 컸는지 요령이는 비틀거리며 격렬한 기침을 토해냈다. 그런
데 요령이의 입가에서 한줄기 피가 흐르고 있었다.

"야! 너, 괜찮아? 입에서 피나!"

"걱정 마… 입술 터진 거니깐. 콜록, 콜록……!"

그때 한수가 다시 손을 뻗었다.

쉬리릭!

한수의 주위에서 무형의 무엇인가가 흰색으로 단단하게 엉키더니
다시 한 번 요령이에게로 쏘아졌다.

쐐애액―!

"합!"

쩌어어엉―!

요령이에게 날아가던 흰색의 기운을 막아낸 것은 가람이었다. 가람
이는 주먹으로 한수의 공격을 쳐낸 것이다.

"뭔가 했더니 공기를 압축시킨 거군."

"빨리 알아맞히는데? 염력으로 공기를 뭉친 거다."

가람이의 말에 한수는 고개를 끄덕였다. 그리고 우리 뒤에서 요령이
가 얻어맞은 배를 감싸 쥐고 비틀거리며 일어나더니 한수를 향해 물었
다.

"콜록, 콜록, 죽겠구만… 콜록, 휴우~ 배 아퍼. 젠장! 야, 하나만 묻
자. 너… 내가 알던 그 한수가 진짜 맞는 거냐?"

"물론이지."

한수는 아무런 거리낌 없이 대답했다. 그리고 요령이는 골이 아픈지 머리를 흔들며 중얼거렸다.

"콜록, 크음… 콜록. 이거 정말 대책없는 일일세……."

휘릭— 콰앙!

머리를 감싸 쥐며 골 아픈 표정을 짓던 요령이는 그대로 빙글 돌아 땅으로 처박혔다. 그리고 한수는 이를 드러내고 낄낄거리며 중얼거렸다.

"대책없긴 뭐가 대책없어."

"이런 빌어먹을 놈이……! 콜록, 콜록. 이거 완전히 글러먹은 놈일세!"

요령이는 앙칼지게 소리치며 다시 몸을 일으키려 했다. 그런데 요령이는 끙끙대며 힘만 써댈 뿐 일어나지를 못했다. 요령이의 얼굴이 서서히 일그러졌다.

"이런… 썩을… 놈이……!"

요령이는 이를 악물며 땅을 미는 팔에 잔뜩 힘을 주었다. 하지만 팔에 핏줄만 불거질 뿐 요령이는 일어나지를 못했다. 한수는 입가에 조롱하는 듯한 미소를 띠고 그런 요령이를 바라보며 천천히 입을 열었다.

"이대로 힘을 주면 누나를 아예 납작하게 만들어버릴 수도 있어. 아까 내가 염력으로 차를 집어 던지는 것 봤지? 자, 어떻게 할 거야?"

"할 말은 끝났냐?"

"뭐?"

"대답이다!"

요령이는 한수의 당황한 얼굴에 대고 소리치며 땅을 쾅! 하고 후려쳤다. 순간 요령의 주위가 진동했다. 그리고 요령이는 그대로 한수의 힘의 공간에서 뛰쳐나와 한수를 향해 달려갔다.

"너는 잡히면 죽는 거야!"

"웃기지 마! 누나랑 형들은 절대 날 못 이겨!"

"이거나 먹어랏!"

요령이는 달리면서 그대로 두 손을 절할 때 겹치는 모양으로 겹치더니 손바닥에 기를 뭉쳐서 마구 퉁겨대었다.

콰콰콰쾅!

흙먼지가 자욱하게 일어나며 깨진 보도블록이 이리저리 튕겨 올랐다. 그리고 그 모습을 보면서 나는 한숨을 쉬었다.

"아주 시내를 박살을 내는구나……."

이거 설마 뉴스에 나오는 건 아니겠지? 으윽, 그러면 큰일인데……! 나는 순간적으로 '도시를 마구잡이로 파괴한 4명의 범죄자'라는 제목의 신문 기사를 떠올리며 머리를 감싸 쥐었다. 생각해 보니 이거 정말 뒤처리가 큰 문제겠군. 알지도 못하는 사람의 차까지 박살을 내버렸으니!

"합!"

한수의 날카로운 고함 소리가 들렸다. 순간 이동을 했는지 한수가 어느새 다시 요령이의 뒤에 뜬 채 발을 들고 있었다. 하지만 요령이는 기다렸다는 듯 팔꿈치를 들어 뒤로 찍었다.

쩌억!

요령이는 팔꿈치를 한수의 배에 박은 채 그대로 주먹을 올려 한수의 이마를 후려쳤다.

따악!

"크으윽!"

"이 자식아, 엄살 피우지 마! 힘 빼서 때렸어!"

요령이는 다시 멱살을 잡아 한수를 몇 바퀴 빙글빙글 돌리다 땅에 메다꽂았다.

콰직!

"그런 같잖은 무술 실력으로 누구를 걷어차겠다는 거야? 엉?"

"아야… 큭……!"

한수는 대답 대신 비명을 내질렀다. 그러고 보니 한수와의 싸움을 시작하고 나서 한수가 이렇게 크게 당한 것은 처음이다. 요령이는 그대로 손바닥을 한수의 몸에 들이대며 외쳤다.

"홀드 퍼슨!"

우웅─

작은 진동음과 함께 한수의 주위로 파란색의 기의 막이 둘러쳐졌다. 그리고 요령이는 한 손을 뻗어 한수를 향해 치켜든 채 득의양양한 미소를 띠었다.

"어때? 못 움직이겠지?"

"…우우…….'"

한수는 대답 대신 괴성을 흘렸다. 이상해서 한수를 자세히 살펴보니 한수는 몸을 조금도 움직이지 않고 가만히 굳어 있었다. 아마 요령이가 건 주술이 한수를 마비시키는 종류의 것인가 보다.

"자, 이제 이 누님과 진심을 나눌 생각이 좀 드냐? 응?"

한수는 눈만 희번덕거릴 뿐 아무런 대답도 하지 못했다. 그런데,

파아앗!

요령이의 주위로 아까 한수가 보여줬던 수십 개의 반투명한 공기의

덩어리들이 뭉치더니 쏜살같이 요령이에게로 쏟아졌다.

"우왁!"

퍼퍼퍼퍽!

너무 갑작스럽게 당하는 일이라 요령이는 대처할 틈도 없이 간신히 몸을 잔뜩 웅크린 채 자신에게로 날아오는 덩어리들을 고스란히 얻어 맞고 비틀거렸다. 그리고 한수는 마비가 풀렸는지 벌떡 일어나서 기세 등등하게 외쳤다.

"흥! 뇌까지 마비시키진 못했나 보지? 하하하! 어디 한번……."

그런데 갑자기 놀라운 일이 일어났다.

한수가 믿을 수 없다는 듯 눈을 잠시 크게 부릅뜨더니 천천히 허물 어지듯 쓰러져 버린 것이다.

털썩!

흙먼지가 풀썩 일었다.

"뭐, 뭐야?"

갑작스러운 일에 요령이가 놀랐는지 목소리를 높였다. 그리고 누군 가의 나직한 목소리가 들렸다.

"…시끄러운 꼬맹이 같으니라고."

가람이였다. 가람이가 손을 탁탁 털며 쓰러진 한수의 뒤에 서 있었 던 것이다.

"네가 쓰러뜨렸어, 가람아?"

"그래, 뒤통수를 한 대 살짝 쳤더니 그대로 쓰러지더군."

"…진작 그렇게 하지 그랬냐."

"아까는 틈이 없었거든. 방금 전 같은 경우는 완전히 기세등등해서 자신이 빈틈투성이인지도 모르던걸. 덕분에 쉽게 쓰러뜨렸지."

"그럼 이겼나 보네……."

요령이가 허무한 듯 중얼거렸다. 그래, 이겼나 보다. 솔직히 이렇게 쉽게 끝날 줄은 몰랐다. 긴장이 풀리자 다리의 힘이 한꺼번에 빠져 버렸다. 나는 한숨을 쉬며 그대로 주저앉아 버렸다.

털썩.

"…그런데 이걸 어쩐다냐?"

나는 주저앉은 채 주위를 둘러보며 허탈하게 중얼거렸다. 주위는 시가전이 막 끝난 전쟁터를 방불케 하는 모습이었다. 땅은 이리저리 패여 있었고, 보도블록은 마구잡이로 깨어지고 금이 간 채 이리저리 뒤집혀 흩어져 있었으며, 시커멓게 그슬린 채 땅이 녹아내린 흔적에 소화전은 터져서 아직도 거세게 물줄기를 내뿜고 있었고, 벽은 이리저리 금이 간 채 그슬려 있었다. 가람이 역시 주위를 둘러보더니 머리가 지끈거리는지 관자놀이 부근을 꾹꾹 누르기 시작했다.

"…어쩌면 좋지?"

우리는 서로의 얼굴을 바라보며 고민에 빠져들었다. 그런데 요령이가 간단하게 해결책을 내놓았다.

"고민하고 말고 할 것도 없잖아? 튀자!"

"찬성."

요령이의 말이 끝나기가 무섭게 가람이가 대답했다.

"그런데 주희는 어떻게 하지?"

나는 손가락으로 주희가 기절한 채 올려진 건물 꼭대기를 가리켰다. 그리고 요령이와 가람이는 난감한 표정이 되었다.

"흠……."

"내가 금방 가서 데리고 올게."

가람이는 시원스레 대답하고 주희가 있는 건물을 향해 달렸다. 잠시 후 가람이는 주희를 품에 안고 건물을 나왔다. 엄청 빠르네. 마음속으로 무지하게 조급했었나 보군. 어쨌든 이제 다들 챙긴 거지? 나는 기절한 한수를 들쳐 업고 외쳤다.

"가자!"

제18장

한수의 이야기

[…일어난 이 참사는 아직 그 원인이 파악되지 않았으나 경찰에서는 우선 가스 누출에 의한 폭파 사고로 단정하고 있습니다. 한편…….]

나는 안도의 한숨을 내쉬며 뻐근한 어깨를 주물렀다. 으윽. 아까 너무 긴장했었나 봐. 어깨가 완전히 돌덩이 같은걸? 아무리 목을 빙글빙글 돌리고 주먹으로 두들겨 대도 팽팽하게 당겨진 어깨는 쉽게 풀리지 않았다. 으윽, 젠장. 이럴 때 부드럽게 안마해 줄 수 있는 여자나 한 명 옆에 있으면 얼마나 좋을… 흠, 생각해 보니 비슷한 건 한 마리 있군.

"야, 요령아!"

"왜?"

요령이가 언제나 그렇듯이 퉁명스럽게 대답했다.

"와서 내 어깨 좀 주물러 봐라. 주인님 어깨 아프시다."

"흐흥, 그러서?"

그런데 요령이가 군말없이 내 어깨에 손을 얹고 주무르기 시작한다.
…혹시 얘가 뭐라도 잘못 먹었나?

"어, 시원타! 웬일이냐? 투덜거리지도 않고? 하여튼 사람이란 역시
오래 살고 볼 일이라니까."

"몇 살이나 처먹었다고 벌써부터 나이타령이냐?"

"이제 성격은 고쳤으니까 그놈의 헛바닥만 좀 어떻게 바꾸면 좋을
텐데. 어떻게 안 되냐?"

"닥치고 어깨나 똑바로 펴서."

"…아, 그래."

아, 시원타! 그런데 요령이 손의 느낌이 왠지 좀 이상하다. 눈으로
볼 때와는 달리 두껍고 둔탁한 데다 거칠거칠한 게 사람 손이 아닌 것
같은 느낌이 자꾸 드는 것이다. 나는 고개를 갸웃하다 물었다.

"야, 너 손이 뭐 그러냐?"

"뭐가?"

"너, 손 무지 거칠구나? 겉모습은 여잔데 손은 뭐 그래? 손이 완전
꽝이구만!"

"내 손이 뭐 어때서?"

"뭐 어떻긴? 이상하구만. 꼭 사람 손이 아니라 곰 발바닥 같은데?"

내 말에 요령이는 기분이 상했는지 언성을 높이며 내 눈앞에 자신의
두 손을 불쑥 내민다.

"뭐가 어떻게 이상하다는 거야?"

"어? 멀쩡하네……."

이상하다. 내 눈앞에 있는 요령이의 두 손은 모두 이쁘기만 한데…
가 아니라, 어억! 여기 양손이 다 있으면 내 어깨를 주무르고 있는 이

건 뭐냐!

나는 경악과 두려움에 차서 천천히 고개를 뒤로 돌렸다. 그리고 결국 어느 정도는 예측하고 있었지만 난 봐서는 안 될 것을 봐버리고야 말았다.

내 어깨 위에 살포시 얹어진 채 꼬물락거리고 있는 요령이의 엄지발가락을.

"이런 추잡한 것아—!"

미리 핑계를 대자면, 절대 노리고 한 짓이 아니었다. 반사적으로 한 행동이었다. 어쨌든 내 어깨 위에서 꿈틀거리는 추잡한 것에 소스라치게 놀라 버린 나는 나도 모르게 요령이의 발목을 잡고, 허리를 크게 뒤틀면서 그대로 요령이를 벽으로 던져 버렸다.

"우악! 뭐 하는 짓이야!"

빙글—

요령이는 반사적으로 몸을 틀면서 벽을 차고 멋지게 착지했다. 척.
오호~ 10점 만점에 9.8점 드리지… 가 아니라!

"뭐 하는 짓이었지, 방금……?"

"…그러는 너야말로 뭐 하는 짓이었지?"

요령이는 한쪽 무릎을 꿇은 착지 자세 그대로 고개만 들어 올려 나를 쏘아보며 말했다. 요령이의 목소리에서는 뱀이 쉭쉭거리는 것 같은 위협이 넘쳐 난다. 상대방을 반드시 제압하겠다는 저 강렬한 눈빛! 난 요령이에게 뒤지지 않기 위해 목소리를 낮게 착 깔고 요령이를 날카롭게 노려보면서 말했다.

"그 더러운 발을 누구 어깨에 갖다 대는 거야!"

"어깨에 댔다고 벽에 메다꽂으면 얼굴에 갖다 댔으면 아주 죽였겠다?"

"자꾸 이런 식으로 나올래? 사과해."

"너나 사과하시지?"

"끝까지 이런 식으로 나올 거야? 어서 사과해."

"너나 사과햇!"

요령이의 표정이 점점 더 험상궂어지고 있었다. 허, 사과? 웃기지 말라 그래! 내가 왜 사과를 해! 나는 코웃음을 치면서 대답했다.

"죄송합니다! 한 번만 봐주세요!"

…요령이 표정이 약간 무섭더라고… 쳇. 나는 풀이 죽어서 고개를 떨구었고, 나를 이긴 요령이는 득의양양하게 씩 웃으며 승리의 브이 자를 그렸다.

"까불고 있어."

씨… 결국 또 이번에도 내가 지고 말았군. 흑, 하늘이여! 대체 언제까지 이렇게 핍박받으며 살아야 한단 말입니까? 쳇, 언젠가는 너의 미래에 복수를 실은 저주의 그림자로 드리워 주지! 내가 해놓고도 무슨 소린지는 잘 모르겠다만, 여하튼 두고 보라는 의미라는 것만 기억해 둬! 으흐흐흐……!

"으흐흐흐는 뭐가 으흐흐흐야. 뭐가 좋다고 실실 웃고 있나?"

아차차… 이런. 내가 그만 너무 생각에 빠져서 그만 실수를 해버리고 말았군. 무안해진 나는 어깨를 으쓱이는 것으로 어물어물 넘어가며 말을 돌렸다.

"야, 근데 어쨌든 TV나 신문에서 별말 안 하니까 다행은 다행이다. 그치?"

"그건 그래. 시내 한복판에서 그렇게 들고 싸웠다니… 지금 생각하니까 만약 사진이라도 찍혔으면 어쩔 뻔했을까… 하는 생각이 들어서 좀 오싹해진다. 히힛.”

요령이는 괴상하게 웃으며 내 말에 대답했다. 그리고 나는 여유만만하게 웃으며 요령이의 말에 대답했다.

“오싹은 무슨 놈의 오싹? 들키지만 않으면 그만이지. 어차피 주위에 사람들도 다 도망가고 하나도 없었잖아?”

그런데 벽에 기대어앉아 조용히 티비를 보고 있던 가람이가 한마디 꺼냈다.

“꼭 그렇지도 않은 것 같다, 주인.”

“뭐?”

“텔레비전에 나오는 기사를 잘 들어봐.”

도대체 무슨 기사가 나오길래? 나는 텔레비전에 귀를 기울였다.

[…현장을 보았다고 증언하는 목격자들의 증언에 의하면 정체를 알 수 없는 사람들이 서로 뒤엉켜서 폭발물을 이용한 격렬한 싸움을 벌였다고 합니다. 경찰에서는 일단 허황된 사실이라고 판단하고 있으나 목격자들의 진술이 서로 간에 상당 부분 일치하여…….]

오싹……!

등에 소름이 쫙 끼쳤다. 이거 경찰서에 잡혀가는 거 아냐? 나는 고개를 절레절레 저었다.

“미치겠군. 도대체 누가 본 거지? 아까 사람들은 모조리 도망갔었잖아.”

“상가에 있는 상점의 주인들 아닐까? 그 사람들은 행인들이 아니라서 실내에 그대로 있었을 것 아냐.”

“그런가? 어휴… 어쨌든 이것 참 골치네. 이거 갑자기 어디서 검은

선글라스 쓰고 검은 코트 입은 사람들이라도 와서 우리를 잡아가거나 하는 거 아냐?"

"형사들 말이지?"

"뭐, 경찰일 수도 있고. 또 알아? 우리가 알지 못하는 숨겨진 기관이라도 있을지. 왜 그런 거 있잖아, 정부에서 만든 특수 집단. 만약 실제로 있다면 영화에서처럼 저 현관을 벌컥 열리도록 쾅! 하고 걷어차면서—"

쾅!

"으악! 잘못했어요! 한 번만 봐주세요!"

"오빠! 언니! 큰일 났어요! 어? 영준이 오빠, 왜 그러고 있어요?"

"아, 아무것도 아니다… 신경 쓰지 마."

문을 벌컥 연 것은 내 상상과는 다르게 잔뜩 당황한 표정의 주희였다. 나는 머쓱해하며 두 무릎을 꿇은 채 양손을 맞비비던 자세를 편하게 풀고 일어나 주희에게로 갔다. 얼굴이 화끈거리며 달아오르는 게 느껴졌다. 으윽, 젠장. 나는 요령이를 곁눈질로 슬쩍 바라보았다. 아니나 다를까, 요령이의 얼굴 전체로 짓궂은 웃음이 퍼져 있었다. 이, 이런… 또 약점 잡혔네!

"아니, 저, 그게, 요령아, 말이지……."

"어머? 왜 그렇게 말을 더듬고 그러시나? 뭐 죄졌어?"

"아니, 뭐, 꼭 죄를 지었다기보단 거시기, 그 뭐냐… 그러니깐……."

요령이는 키득거리더니 곧 남자 목소리처럼 목소리를 굵게 깔며 양손을 겹치고 사정하듯이 말했다.

"왜 당황하고 그러세요. 저 때문인가요? 죄송해요! 한 번만 봐주세요!"

“야! 하지 마!”

“아이 참, 언니랑 오빠! 제 말 좀 들어봐요! 글쎄……!”

주희는 급한 일인지 내 옷자락을 잡아당기며 어떻게든 자신을 한 번 보게 하기 위해서 열심히 애쓰고 있었다.

“하지 말래도! 주희가 할 말 있다고 하잖아!”

하지만 요령이가 먹을 것만큼이나 좋아하는 게 장난이다. 그렇게 쉽게 그만둘 리 없다.

“아차차… 말 가로막아서 죄송해요! 한 번만 봐주세요!”

“에이 씨, 하지 말라니깐!”

“왜 왔나?”

허둥대는 나와 그런 나의 모습을 즐기는 요령이의 뒤쪽에서 가람이의 질문이 낮게 들려왔다. 그리고 주희는 가람이의 말에 이제야 말을 할 만한 상대를 찾았다고 생각했는지 얼굴을 환하게 빛내며 급하게 말을 쏟아내었다.

“가람이 오빠, 가람이 오빠! 글쎄 한수가, 한수가……!”

“없어지기라도 했나?”

“예? 그걸 어떻게 아셨어요?”

주희는 놀란 듯 큰 눈을 더욱 동그랗게 뜨며 가람이에게 물었다.

“어떻게 알긴, 알 만하니까 알지.”

가람이는 대답과 함께 피식 웃으며 나를 바라보았다. 그리고 나는 주희를 향해 어색하게 웃어주었다.

“주희야.”

“네?”

“한수 말이지, 우리 집에 있어.”

"그래요? 휴— 다행이다!"

주희는 한수가 우리 집에 있어서 천만다행이라는 듯 안도의 한숨을 쉬며 가슴을 쓸어 내리곤 내게 말했다.

"한수는 너무 어려서요. 아마 나쁜 사람들이라도 만나면요, 큰~일 날 거예요. 우리 엄마도 저 어렸을 때 그랬어요. 나쁜 사람들 보면 큰일 난다고요."

"…정말 그렇게 생각하니?"

"네?"

나는 주희의 반문에 대답 대신 쓴웃음을 지었다. 한수가 '나쁜 사람들'을 만나면 큰일 난다고? 그 말엔 별로 동의할 수가 없는걸. '나쁜 사람들'과 한수가 만나면 아마 큰일 나는 건 한수가 아니라 '나쁜 사람들' 쪽일 것이다. 아니, '나쁜 사람들' 수준은 너무 약하다. 한수라면 어지간한 폭력 조직 정도라도 가볍게 박살 낼 수 있지 않을까? 하하…….

"어쨌든 한수가 오빠네 집에 있다니까 정말 다행이에요. 제가요, 아까 가슴이 너무 아파서 잠깐 잤거든요. 그런데 눈을 떠보니까 집이고요, 한수가 없더라고요. 너무 깜짝 놀라서 눈알이 튀어나올 뻔했어요."

아… 눈알이 튀어나올 뻔했었냐? …거참… 어디서 그런 바르고 고운 말을 배워와서 사람 당황스럽게 만들고 그러냐.

"그래? 그런데 아파서 잤을 때는 잤다고 하는 게 아니라 기절했다고 하는 거야. 그건 그렇고 도대체 기절이라는 단어도 모르는 애가 '눈알이 튀어나올 뻔했다' 같은 말은 도대체 어디서 배운 거니?"

"네? 전에 요령이 언니가 오빠 뒤에서 등을 치면서 '왁!' 하고 소리 질렀을 때 오빠가 요령이 언니한테 막 소리 지르면서 눈알 튀어나올 뻔했다고……."

"…내가 그랬던가?"

나는 머쓱해져서 머리를 벅벅 긁었고 요령이는 그런 나를 한심하다는 듯 보며 고개를 설레설레 저었다.

"안 봐도 뻔하지. 주희가 너 때문에 얼마나 교육상 안 좋은 일을 많이 봤는지. 뭐, 너란 인간이 언제 인류에 도움되는 짓 한 적 있냐."

"뭐라고?"

"그럼 한수는 지금 뭐 해요?"

잠시 요령이와 나 사이에 흐르는 냉기류를 뚫고 주희가 다시 한 번 나의 옷자락을 잡아당기면서 한수가 어디 있는지 물었다. 이거 대답을 해줘야 하나 말아야 하나……? 나는 대답할 말이 없어 그저 히죽 웃으며 주희의 질문을 외면했다. 하지만 주희는 뭐가 그렇게 궁금한지 계속해서 나를 보챘다.

"아이 참, 한수 뭐 하냐고 묻잖아요! 한수 자요?"

"자, 자냐구? 응, 뭐 잔다면 잔다고 볼 수도 있고. 하핫!"

나는 다시 한 번 웃으며 어깨를 으쓱거렸다. 그런데 이런 나의 모습을 보고 주희가 뭔가 의심스러운 생각이 들었나 보다. 갑자기 주희가 내 옷자락을 놓더니 무작정 우리 자취방 안으로 발을 들여놓으려 했다.

"주, 주희야! 아직 들어오면 안 돼!"

하지만 주희는 막무가내로 고개를 들이밀면서 이 말만을 되풀이할 뿐이었다.

"한수 어디에 있어요? 한수 오빠네 방에 없잖아요! 한수 어디에 있어요?"

당연히 한수가 방에 있을 리가 없지. 애타는 내 속마음을 아는지 모르는지 주희는 어떻게든 방 안으로 들어가기 위해 낑낑거리며 안간힘을 썼다.

"한수 어디 갔어요? 한수 없잖아요! 한수 어디에 있어요? 네? 한수 없잖아요! 네? 한수 어딨어요?"

"한수 자! 잔다니까!"

"거짓말! 거짓말쟁이! 한수 내놔요! 한수 내놔!"

"아, 글쎄 한수 지금 잔다니깐!"

난 나도 모르게 짜증이 솟아올라서 주희에게 소리를 벌컥 지르고 말았다. 그리고 갑자기 내가 소리를 버럭 지르며 무섭게 굴자 주희는 놀랐는지 뒤로 주춤주춤 물러서다가 결국 자기 발에 걸려서 엉덩방아를 찧으며 주저앉고야 말았다.

"우, 우흑, 우흑……."

"아, 저, 저기 말이지……."

"우아아앙~ 한수 내놔, 이 나쁜 놈아—!"

내가 채 뭐라고 변명을 늘어놓기도 전에 주희는 주저앉은 채 눈물을 터뜨리고야 말았다. 이, 이런! 나는 당황해서 얼굴을 일그러뜨리며 멍하니 주저앉아 어린애처럼 펑펑 울고 있는 주희를 바라보았다. 그리고 요령이는 옆에서 혀를 끌끌 차며 말했다.

"남이 보면 꼭 니가 무슨 큰 죄라도 진 줄 알겠다, 야."

"…뭐?"

그, 그러고 보니 이런 모습을 남들이 보기라도 한다면……! 나는 시퍼렇게 질린 채 주위를 둘러보았다. 다행히 아직 여기를 보는 사람들은 없었지만 이렇게 좁아 터진 동네, 주희가 저렇게 동네가 떠나가라 울어젖히는 소리가 남의 귀에 안 들어갈 리가 없다. 이, 이런, 젠장!

"어떻게 할 거야? 이렇게 울게 놔둘 거야?"

"놔두긴 뭘 놔둬! 일단 들어가야지!"

나는 툴툴대면서 주희의 손목을 잡고 주희를 일으켜 세웠다.

"주희야! 미안해! 내가 잘못했어! 일단 방으로 들어가자, 응?"

"어어엉—! 이거 놔, 이 나쁜 놈아! 한수 내놔! 엉엉—!"

주희는 계속해서 펑펑 눈물을 쏟으면서 나에게 끌려가지 않기 위해 발버둥을 쳐댔다. 뭐야! 아까는 방에 안 들여보내 준다고 울더니 이제 방에 들어가자는데 왜 또 이래! 나는 당황해서 주희의 손을 잡은 팔에 더욱 힘을 주어서 주희를 질질 끌다시피 잡아당겼다. 하지만 주희 역시 필사적이었다.

"어엉—! 한수 내놔! 한수 내놔, 이 나쁜 놈아! 한수 돌려줘!"

퍽! 퍽!

마치 어린애들이 울면서 아이스크림 안 사준 엄마에게 토닥거리듯이 주희가 어설프게 주먹을 움켜쥐고 내 등을 투덕거렸다. 물론 하나도 안 아프… 긴 뭐가 하나도 안 아파! 주희가 비록 정신 연령은 저래도 나이가 18살. 말만한 처녀다. 최소한의 근력은 된다는 소리다.

"아, 아파! 그만 좀 때려!"

"한수 내놔, 이 나쁜 놈아! 엉엉엉—! 우리 한수 돌려줘! 이씨! 이씨! 엉엉— 콜록콜록, 캑캑! 엉엉—!"

'이씨!'를 외칠 때마다 주희의 타격력 높은 주먹이 퍽퍽거리며 내 몸 이곳저곳을 후려쳤다. 미치겠네, 이거. 주희는 이제 울다가 사레가 들려서 콜록대고 있었다. 나는 아등바등대는 주희를 마치 억지로 말 물 먹이러 시냇가에 끌고 가듯 질질 끌고 가면서 기가 막혀 중얼거렸다.

“어이구, 정말 ‘어린아이 우는 법 교본’ 3장에 나온 것과 똑같이 하고 있군 그래!”

그리고 옆에서 나와 주희의 실랑이를 바라보던 요령이가 내 말을 듣고 황당한지 눈을 크게 뜨며 내게 물었다.

“진짜 그런 책이 있어?”

“너 같으면 따뜻한 밥 먹고 그 딴 책 쓰고 싶겠냐! 그런 쓸데없는 거 물어볼 시간 있으면 와서 좀 거들어!”

“우왕―! 이거 놔! 한수 내놔!”

잠시 투닥거리는 실랑이 끝에 간신히 주희를 방 안까지 끌고 올 수 있었다.

“가람아! 현관 닫아라!”

“알았다.”

쾅!

문 닫는 소리와 함께 내 입에서는 수천 년은 묵은 듯한 한숨이 푹 퍼져 나왔다.

“휴우우우―! 죽는 줄 알았네.”

나는 이마에 송골송골 맺힌 진땀을 닦았다. 힘들어 죽는 줄 알았다! 젠장! 주희 쟤는 호리호리하게 생긴 게 무슨 놈의 힘이 그렇게 세담? 나는 새삼 화가 치솟아 주희를 바라보았다. 주희는 여전히 펑펑 눈물을 쏟고 있었다.

“야! 너, 아깐 한수 보고 싶다며! 한수 보여준다는데 왜 그래!”

“어흑, 어억, 끅, 끄윽, 한수, 한수 내놔, 이 나쁜 놈아…… 크응.”

내가 소리를 지르든 말든 신경도 안 쓰는지 내 쪽은 쳐다보지도 않고 같은 말만 되풀이하는 주희. 이제 주희도 울다 지쳤는지 콧물을 들이키며 끅끅거릴 뿐 아까처럼 통곡을 하고 울지는 않는다. 그리고 주희의 우는 모습에 왠지 마음이 측은해진 나는 고개를 떨구었다. 이런 젠장. 그런데 가람이가 내게 말을 걸어왔다.

"어쩔 건가, 주인."

"뭘?"

"한수를 보여달라지 않나."

"뭘 어떻게 해, 어떻게 하긴. 보여달라는데 보여줘야지."

나는 툴툴거리며 대답했다. 저렇게까지 주희가 엉엉거리는데 안 보여줄 수는 없는 노릇이다. 하지만 주희의 지금의 반응으로 봐서 한수의 모습을 보면 주희가 어떤 태도를 보일지는 뻔하다. 그래서 나는 주희에게 한수를 보여주는 것이 심히 걱정되었다.

"걱정 말고 보여줘. 정 안 되면 내가 뒤에서 한 대 후려쳐서 기절시켜 버릴 테니까."

아아, 요령아, 너는 세상 단순하게 살아서 좋겠다. 하지만 뭐, 이러니저러니 걱정해 봤자 이미 우리는 주희를 방 안까지 데리고 들어와 버렸다. 할 수 없지 뭐.

"주희야, 울지 말고 뚝! 내가 한수 데리고 올게."

"흑흑, 얼른 데리고 와, 이 나쁜 놈아… 흑."

"울음 안 그치면 안 데리고 올 거야. 뚝!"

"흑, 큭, 뚝! 흑……."

"그래, 말 잘 듣는구나. 그럼 한수 보여줄게 기다려."

대충 주희를 달랜 나는 과연 주희가 어떤 반응을 보일까 약간은 기대감을 가지고 옷장의 문을 열었다.

끼이익—

어떤 낡은 물건에서나 쉽게 들을 수 있는 기분 나쁜 마찰음과 함께 옷장이 천천히 열리고, 주희는 내 예상을 벗어나지 않고 눈을 크게 뜨며 잠시 잦아들었던 울음을 다시 한 번 터뜨렸다.

"우, 우흑! 한수야!"

"주희야! 울지 말고, 잠시만……!"

"한수야! 우와앙ㅡ! 한수 풀어줘, 이 나쁜 놈아!"

이거 미치겠군. 나는 지끈거리는 머리를 탁, 치며 눈을 질끈 감았다.

우리가 기절시킨 한수를 떠메고 자취방으로 돌아와서 가장 먼저 한 짓은 한수를 비닐끈으로 친친 묶는 것이었다. 다행히 한수는 꽤 오랫동안 정신을 잃고 있었고, 그래서 작업은 수월했다. 어쨌든 그렇게 묶은 한수를 옷장 안에 넣어놓은 뒤 요령이와 가람이는 신호만 하면 온갖 주문이 쏟아져 나올 수 있도록 옷장 안에 주술을 잔뜩 걸어놓았다. 혹시 한수가 깨어난 뒤 반항할지도 모른다고 생각하고 방비를 철저히 한 것이다. 덕분에 지금 한수는 마치 미라처럼 비닐끈에 친친 감긴 채 옷장 한구석에 처박혀 있었다.

물론 자기 동생이 묶여서 갇혀 있는 것을 보며 평정심을 유지할 수 있는 누나는 그리 많지 않을 것이다.

"나쁜 놈아! 젠장할 놈아! 썩을 놈아! 멍청아! 싸가지없는 놈아! 한수 풀어줘! 엉엉!"

"…다음부터는 제발 애들 앞에서는 말을 가려서 해라……."

가람이의 어쩔 줄 몰라 하는 난처한 웃음소리와 요령이의 힘 빠진 목소리가 내 귀에 들려왔다. 이익! 저게 다 나한테 배운 거라는 증거 있어? 증거 있냐고!

발끈한 내가 막 무어라고 요령이에게 퍼부으려 할 때였다.

“으음…….”

옷장 속에서 신음 소리가 들렸다. 드디어 한수가 깨어나나 보다! 일순 울던 주희도 울음을 뚝 그치고, 계속 무어라무어라 중얼거리며 내 성질을 긁어대던 요령이도 입을 다물었다. 방 안은 순식간에 쥐 죽은 듯 조용해졌다.

“뭐야… 누나… 왜 이렇게 시끄러워……? 나 배고파… 밥 좀…….”

자기 집에서 지금껏 푹 자다 일어난 것으로 착각했는지 한수는 잠이 듬뿍 묻은 목소리로 중얼거리며 부스스한 눈으로 고개를 흔들었다.

“으음… 누나? 어딨어……?”

“어딨긴 어딨냐, 니 눈앞에 있지.”

싸늘한 요령이의 말을 들은 한수는 순간적으로 눈을 번쩍 떠서 우리 들을 똑바로 바라보았다.

“뭐, 뭐야, 너희들은!”

깨어나자마자 반말을 내뱉는 한수의 태도에 감정이 격양된 나는 한 수를 향해 한마디를 내뱉었다.

“저놈의 말버릇은 아직도 못 고쳤나, 임마! 내가 장가만 빨리 갔으면 너 같은 아들이 있었을 나이야, 임마!”

“…그건 좀 오버다…….”

요령이가 옆에서 중얼거리는 소리가 들렸지만 난 전혀 개의치 않았 다. 지금 오버고 아니고가 중요하냐! 한수는 일어나려는 듯 몸을 이리 저리 꿈지럭거리다 몸이 잘 움직이지 않는 것을 깨달았는지 급히 자신 의 몸을 이리저리 둘러보았다.

“이런……! 너희들이 묶어놓은 거냐?”

“물론이지.”

우리 셋은 동시에 고개를 끄덕이며 합창하듯 대답했다. 그리고 한수는 멍청히 우리를 바라보다가 갑자기 눈을 부릅뜨며 입술을 악물었다.

"누, 누나……."

"한수야! 우왕―!"

주희는 한수가 부르자 기다렸다는 듯이 울음을 터뜨렸다. 그리고 한수는 증오가 가득 담긴 목소리로 우리를 노려보며 물었다.

"…너희들 짓이냐?"

"뭐?"

"너희가 우리 누나를 울렸냐고!"

한수는 소리를 버럭 지르며 눈을 부릅떴다. 그 눈이 꼭 활활 타오르는 불길을 보는 듯했다. 체, 쳇. 순간적으로 겁먹어 버렸다…….

하지만 요령이는 전혀 겁이 나지 않는가 보다. 요령이는 흥흥대고 코웃음을 치며 한수를 바라보고 물었다.

"흐흥, 겁나라. 만약 우리가 그랬다면 어떻게 할 건데?"

"…뭐?"

"어떻게 할 거냐고 묻잖아!"

요령이의 목소리가 순간 날카롭게 변했다. 요령이는 외침과 동시에 한수의 눈을 똑바로 쏘아보았다. 살기가 가득 담긴 눈빛. 눈에서 안광이 번뜩이는 것 같다.

하지만 한수 또한 그런 요령이의 눈빛을 정면으로 받으면서도 전혀 기가 죽지 않았다.

"만약 우리 누나를 울렸으면… 죽여 버릴 거야……."

"흥, 니가? 나를? 내가 손가락 하나만 까딱 하면 넌 지금 바로 죽어."

　요령이는 조롱하듯 말했고 한수는 대답 대신 그저 요령이를 노려보기만 했다. 그리고 요령이는 코웃음 치며 한수에게 말했다.

　"하, 웃기지 좀 마, 이 조숙한 꼬마 자식아. 아무리 니가 그래 봤자 넌 아직 머리에 피도 안 마른 꼬맹이일 뿐이야. 분해서 씩씩거리는 거 보니까 귀엽기까지 하구나. 깔깔! 그리고 니 누나는 너 찾겠다고 와서 자기 혼자서 펑펑 운 거니까, 혹시 곱디고운 네 누나를 한 대 후려패서 너희 철 덜 든 누나가 저렇게 세상이 무너져라 우는 건 아닐까 하는 걱정은 집어치우라고. 알겠어?"

　한수는 요령이의 다른 말에는 신경을 쓰는지 안 쓰는지, 그저 저희 누나가 별일없다는 말에만 안심이 되는 듯 얼굴 표정을 조금 풀었다. 그리고 나는 그런 한수를 물끄러미 바라보다 천천히 입을 열었다.

　"염력을 쓸 생각은 안 하는 게 좋아. 아까 요령이가 말했듯이 지금 네가 들어 있는 그 옷장에는 가람이나 요령이 둘 중 한 명이 손가락만 까딱 해도 너를 가루로 만들 수 있는 주술들이 잔뜩 걸려 있으니까."

　"…그런 것쯤은 준비했을 거라 생각하고 있었어."

　"똑똑하니 다행이군."

　요령이의 비꼬는 말에 한수는 피식 웃더니 이윽고 허탈한 듯 중얼거렸다.

　"지금 이 꼴은… 아무래도 내가 졌나 보군……."

　"그래."

　요령이가 싸늘한 목소리로 대답했다. 그리고 한수는 고개를 들어 느릿하게 물었다.

　"이제 날 어쩔 생각이지?"

　"먼저 좀 묻자. 도대체 왜 이런 짓을 한 거야?"

"너희들을 공격한 이유? 벌써 잊다니 기억력이 그리 좋지는 않군. 세 발 까마귀의 패를 뺏기 위해서라고 싸우기 전에 분명히 말했을 텐데."

"내가 설마 그게 궁금해서 묻겠냐? 세 발 까마귀의 패를 가져가려고 한 이유가 뭐냐고 묻는 거 아냐!"

"내가 왜 그걸 대답해야 하지?"

한수의 너무도 태연한 대답에 요령이는 흥분해서 팔을 걷으며 목소리를 높였다.

"그래? 왜 대답해야 되냐고? 흐흠, 왜 대답해야 될까? 나도 궁금한데? 왜 대답해야 되는지 일단 몇 대 맞으면서 천천히 생각해 봐라. 생각나게 만들어줄게!"

"아, 저기 요령아, 참어."

나는 뒤에서 요령이의 어깨를 잡으며 어떻게든 요령이를 말리려 했지만 요령이는 이미 화가 머리끝까지 나 있었다. 그리고 한수의 냉소적인 태도는 요령이의 그런 태도에 불을 질렀다.

"그래, 꼭 무식한 것들이 주먹질이지."

"뭐? 무식? 그래! 유식한 너, 오늘 한 번 무식하게 맞는 게 뭔지 한번 느껴봐라!"

"누나 멋대로 해. 죽이든지 살리든지……."

한수는 계속 피식거리며 웃기만 할 뿐이었다. 그리고 요령이는 한수의 그런 태도에 길길이 화를 내며 분을 참지 못하고 가슴을 두드려 대었다.

"어휴, 저걸 그냥—!"

"…만약 네가 나였다면 어떻게 했겠는가?"

요령이가 만든 소란 속을 헤치고 들려온 가람이의 침착한 목소리였다. 그리고 가람이가 입을 열자 요령이는 씩씩대면서도 입을 다물었다. 아마도 가람이가 과연 한수를 어떻게 대하는지 보고 싶어서일 게다.

"나 말이야, 가람이 형?"

"그래."

"뭐가 네가 나였다면 어떻게 해?"

"만약 네가 너를 죽이려고 한 새파랗게 어린 꼬마 한 명을 옷장 안에 가두어놓고 있는 녀석이라면 너는 어떻게 하겠느냔 말이다."

가람이는 마치 벽을 보고 이야기하듯 한수 쪽은 바라보지도 않고 온화하게까지 들리는 목소리로 달래듯 이야기했고, 한수는 씩 웃으며 여유롭게 가람이의 말에 대답했다.

"당연히 일단 반 죽여놓지."

"알면 그렇게 안 하는 걸 고맙게 여기고 똑바로 해, 이 빌어먹을 자식아!"

번뜩―!

가람이가 이를 드러냄과 동시에 순간적으로 가람이의 몸에서 좌중을 압도하는 살기가 쏟아졌다. 이번에는 한수도 순간적으로 움찔하며 뒤로 약간 주춤거리며 물러났다. 그리고 가람이는 언제 그랬냐는 듯 다시 차분한 목소리로 말을 꺼냈다.

"…처음부터 이야기해 보자. 우선…….."

"우와앙― 가람이 오빠 무서워―!"

기껏 분위기를 잡아놓은 가람이의 말은 주희에 의해서 끊겨 버리고 말았다. 주희가 가람이의 살기 때문에 겁을 먹었는지 그만 울음을 터뜨리고 만 것이다. 이런, 정말 미치겠군! 나는 한수를 향해 불쌍하다는 듯 말했다.

“너도 참… 고생하겠다.”

“…뭐?”

“아무것도 아니다, 임마. 후…….”

나는 가람이를 바라보았다. 가람이는 어색하게 주희의 등을 토닥이며 주희를 달래기 위해 애쓰고 있었다.

“어, 저기, 내가 잘못했다. 그만 울어라.”

“으흑, 으흑! 오빠 무서워! 저리 가!”

“저, 그러니까 내가 잘못했다…….”

“으흑! 흑! 크흥……!”

“내가 나중에 맛있는 것 사줄게. 그, 그만 울어라.”

“흑, 진짜?”

주희는 눈물을 줄줄 흘리면서도 가람이를 향해 다시 한 번 확인하듯 물었고 가람이는 물에 빠진 사람 지푸라기 잡는 듯한 심정으로 황급히 고개를 끄덕였다.

“진짜다. 그러니까 그만 울어라.”

“…알았어, 안 울게. 흑.”

그리고 가람이는 뒤돌아서서 한수를 바라보며 끙 하고 신음을 내뱉었다.

“죽겠군… 으음… 어쨌든 이야기를 계속해 보자.”

“…무슨 이야기? 댁들과는 별로 할 말 없어.”

한수는 이번에도 우리들을 자극하듯 건방진 말을 툭 내뱉었지만 가람이는 전혀 동요하지 않고 차분하게 대화를 이끌어 나갔다. 정말 감정 절제를 잘한다, 가람이는. 멋있는 녀석 같으니라구.

"이봐, 한수. 그런 식으로 너무 딱딱거리지 않는 게 좋을걸? 난 아까 네가 왜 우리에게 갑자기 공격을 했는지 대충 짐작이 가는데."

"…뭐? 무슨 소리지?"

한수는 가람이의 말에 뜻밖이라는 듯 고개를 들어 가람이를 바라보았다.

"아까 네 녀석, 얌전히 있다가 너희 누나가 쓰러지니까 갑자기 허공에 대고 무어라무어라 중얼거리더군. 그리고 나서 갑자기 세 발 까마귀의 패를 내놓으라고 우리를 협박해 왔지. 결국 대충 상황을 보아하니, 네가 우리에게 덤벼든 것은 너희 누나 때문이야. 그렇지 않나?"

"…그건……."

한수는 가람이의 말에 정곡을 찔렸는지 대답을 하지 못했다. 그리고 가람이는 한수의 그런 모습을 보면서 차분히, 마치 달래듯이 이야기를 이어 나갔다.

"무슨 상황인지는 모르지만 자세히 설명해 보는 게 좋지 않을까? 우리들은 나름대로 기를 운용할 줄 알고 주술에 대한 지식도 있다. 혹시 우리가 도움이 될 수도 있지 않을까?"

가람이의 말에 한수는 고민하는 듯 눈을 가늘게 뜨고 잠시 가람이를 노려보았다. 아마도 자신의 사연을 이야기할까 말까 고민하는 것이겠지. 그리고 그런 한수의 마음을 다 털어놓는 쪽으로 기울게 하려는 듯 가람이는 계속해서 한수를 설득했다.

"어차피 네가 말을 하든 안 하든 우리와는 별로 상관없다. 하지만 너의 경우는 다르지 않을까? 만약 네가 모든 것을 털어놓는다면 우리는 너를 도울 수도 있다. 어떻게 생각하나?"

한수는 더욱 심각하게 고민하는지 고개를 푹 숙이며 자신의 생각 속으로 빠져들었다. 잠시 방 안에 침묵이 천천히 쌓였다. 잠시 후, 한수는 고개를 들었다.

"…어차피… 진 것부터가 잘못된 거야."

"결심은?"

"별로 대단한 것도 아니니 알려주지."

한수는 마음을 굳힌 듯 이를 악물고 잠시 우리를 바라보았다.

"말해 줄게. 왜 내가 형에게 세 발 까마귀의 패를 내놓으라고 하고 덤벼댔는지. 그전에 먼저 물 한 잔 주겠어?"

"어… 알았어."

나는 얼른 부엌으로 달려가 물 한 잔을 가져다 한수의 입에 대어주었다. 꿀걱거리며 물 한 잔을 순식간에 마셔 버린 한수는 크게 숨을 한 번 쉬며 말했다.

"휴— 시원하군. 사실, 뭐 아까 가람이 형의 말이 맞아. 형의 세 발 까마귀의 패가 필요한 이유는 누나 때문이었어."

"역시……."

가람이가 고개를 끄덕이며 중얼거렸다. 그리고 한수는 그런 가람이를 힐끔 쳐다보더니 말을 이었다.

"나는 어느 단체에 가입되어 있지. 뭐, 내가 하고 싶어서 한 건 아니야. 거의 반강제였지. 그것들이 누나를 잡고 협박했거든. 그래서 어쩔 수 없이 가입할 수밖에 없었지."

"…무슨 단체인데?"

요령이의 질문에 한수는 잠깐 고민하는 듯한 눈빛을 내비치더니 이윽고 대답했다.

"국제 초능력자 협회라고 불리는데 일종의 지하 단체야. 하지만 능력자들은 꽤 많이 가입되어 있지. 자의로 가입한 사람도 있고, 타의로 가입한 사람도 있는, 뭐 그런 단체야.”

“이런… 또 새로운 세력의 등장이군!”

한수의 말에 나는 어깨를 축 늘어뜨렸다. 젠장, 국제 초능력… 뭐시기는 또 뭐 하는 데냐. 내가 탄식과 같은 말을 내뱉자 한수는 의아하다는 듯 내게로 고개를 돌렸다.

“무슨 뜻이야?”

나는 황급히 한수를 향해 손을 내저었다.

“아, 아무것도 아냐. 이야기 계속해.”

잠깐 입을 다물고 의심스럽게 나를 바라보던 한수는 곧 다시 말을 이어 나갔다.

“어쨌든 나는 그 단체에서도 나름대로 높은 위치의 단원이었지. 비록 타의로 가입된 것이긴 했지만 내 능력은 협회에서도 최상위급이었거든. 물론 나는 협회 따위에는 아무런 관심도 없었어. 당장이라도 그만두고 싶었지. 사실 우리 협회가 그렇게 착한 놈들이 모여 있는 곳은 아니라서 말야.”

“그건 너도 마찬가지잖아.”

요령이가 싸늘한 목소리로 한수의 말을 잘랐다. 그리고 요령이의 갑작스러운 말에 한수는 잠깐 요령이를 노려보다가 또박또박 대답했다.

“…내가 형이랑 요령이 누나를 공격한 건 주희 누나 때문이라고 했잖아. 나도 형들을 공격한 것, 하고 싶어서 한 짓은 아니었단 말야. 어쨌든 말 끊지 않아줬으면 하는데. 이야기하는 데 방해되거든.”

“쳇. 뭐 별것도 아닌 이야기 가지고.”

“그럼 하지 말까?”

한수의 반문에 요령이는 황급히 손을 가로저으며 말했다.

"아, 아냐, 계속해 봐. 별거 아니지만 끝까지 들어봐 주지 뭐."

역시 요령이. 아닌 척해도 꽤 흥미로운 이야기였나 보군. 더구나 요령이는 호기심나는 일은 참지 못하니까. 요령이는 투덜거리면서도 입을 다물었고, 한수는 조용해지길 기다렸다가 다시 입을 열었다.

"이야기 계속할게. 어디까지 했더라… 아, 그래. 나는 이 협회를 당장이라도 때려치우고 싶었어. 하지만 그러지 못했지. 그 녀석들이 우리 누나를 인질로 잡아놓고 있었기 때문이야."

"주희를 인질로 잡아놨었다라……."

한수는 고개를 끄덕였다.

"그래. 차라리 어딘가에 가두어놓는 것이었다면 협회를 뒤집어엎어서라도 누나를 구해서 어디론가 도망쳐 버렸을 거야. 하지만… 안타깝게도 녀석들이 누나를 인질로 잡아놓은 방법은 내가 전혀 손을 쓰지 못할 방법이더군. 누나의 몸에 저주를 걸어버린 것이었지."

"저주?"

"응, 저주. 주술적 저주. 가끔 봤잖아? 우리 누나가 갑자기 심장 발작을 일으키는 모습을 말야. 그건 병이 아니야. 일정 시간이 되면 누나가 가슴을 쥐어뜯는 듯한 통증을 느끼도록 그놈들이 누나에게 저주를 걸어놓았던 거지. 또한 녀석들은 마음만 먹으면 자신들이 원하는 때에 누나에게 고통을 줄 수 있게도 해놓았어. 결국 언제든지 자신들이 마음만 먹으면 내가 보는 앞에서 누나가 고통받을 수 있도록 해놓은 거지."

"…너희들은 국제 초능력자 협회라며? 초능력자들이 무슨 안 어울리게 주술적 저주를 걸 수 있다는 거지?"

내 질문에 한수는 조용히 고개를 가로저었다.

“마스터는 할 수 있어.”

“마스터?”

한수는 고개를 끄덕였다.

“그래, 우리 협회의 마스터. 그 사람은 어느 정도 주술적 능력을 가지고 있어. 그 사람이라면 주술적 저주를 걸 수도 있지.”

“…어떤 사람이길래?”

“그 사람에 대해서 자세히 아는 사람은 없어. 이름조차 몰라서 그냥 호칭으로 마스터라고 부를 정도니까. 알 수 있는 거라고는 강한 힘을 가진 염력자라는 것과 생김새가 말쑥한 백인 신사라는 것 정도지. 내가 듣기로는 어렸을 때부터 상당한 염력자였다더군. 천성적으로 강한 힘을 타고 태어난 거지. 게다가 나이를 먹을수록 점점 그의 힘은 강해졌어. 마침내 마스터는 초능력으로는 대적할 수 있는 사람이 없을 정도로 강해져 버렸지. 그런데 그 사람은 초능력의 영역에서 정점에 오르자 딴마음을 먹기 시작했어. 주술의 세계에서도 최강의 힘을 손에 넣어서 세계에서 가장 강한 자가 되고 싶다는 소망 말야. 결국 그 사람은 주술을 연구하기 시작했고, 원래 자질도 있던 사람인데다 피나는 노력까지 겹쳐서 어느 정도 수준까지는 올라설 수 있었지. 그래도 초능력의 세계에서 그런 것처럼 독보적인 힘은 얻을 수 없었지만 말야. 우리 누나에게 저주를 건 사람도 마스터야.”

가람이는 한수의 설명에 고개를 끄덕이다 말고 무언가 의심스러운지 눈을 가늘게 뜨며 물었다.

“그랬군. 그런데 넌 왜 너희 누나에게 주술을 걸 때 저항하지 않았지? 그 정도면 너의 힘도 상당한 수준인데 말야. 마스터가 너를 꼼짝 못하게 할 정도로 강했나?”

가람이의 말에 한수는 대답 대신 재밌다는 듯 웃었다.

"하하, 가람이 형도 멍청한 생각을 할 때가 있군!"

"…뭐?"

"난 지금 일곱 살이야. 우리 누나에게 놈들이 저주를 건 것은 5년 전이고. 2살 때의 내가 뭘 할 수 있었겠어? 안 그래? 그리고 이미 저주가 걸린 뒤에는 녀석들이 마음만 먹으면 언제든지 주희 누나에게 고통을 줄 수 있으니까 도저히 녀석들에게 반항할 수가 없었지."

"그렇군."

가람이는 한수의 설명에 고개를 끄덕였다.

"여하튼 우리 마스터는 그렇게 우리 누나에게 주술을 건 뒤 나를 조종했지. 하지만 나에게 임무를 준 적은 지금까지 한 번도 없었어. 아마도 나를 꽤 좋은 패라고 생각해서 아무 곳에나 내놓지 않고 아낀 모양이야. 그래서 나는 계속 국제 초능력자 협회의 손안에서 감시되다가 마침내 이번에 첫 번째 임무를 받은 거지."

"세 발 까마귀의 패를 빼앗아 오라는?"

"응. 아까도 말했지만 마스터는 초능력과는 달리 주술적 영역에서는 어느 정도 수준에 올라가는 것 이상을 달성할 수 없었어. 그래서 어느 정도 체념하게 되었을 때 우연히 세 발 까마귀의 패라는 것의 존재를 알게 된 거지. 마스터에게 들은 바로 그것은 대단한 영적인 물건이라더군?"

"뭐… 그렇다고 볼 수도 있고……."

나는 우물쭈물하며 대답을 흐렸다. 왠지 세 발 까마귀의 패를 노렸던 녀석 앞에서 '그럼! 그건 끝내주는 물건이라고! 정말 대단해!' 따위로 대답하기가 꺼려졌기 때문이다. 하지만 한수는 처음부터 내 대답

따위는 신경도 쓰지 않았는지 내 대답은 듣는 둥 마는 둥 하며 이야기를 이어 나갔다.

"마스터는 세 발 까마귀의 패를 무척 손에 넣고 싶어했지. 언제나 입버릇처럼 '그것은 내가 벽을 뛰어넘을 수 있게 만들어줄 거야'라고 되뇌이곤 했으니까. 마스터는 국제 초능력자 협회의 정보망을 총동원했어. 국제 초능력자 협회가 여러 질 나쁜 놈들의 이익이 뒤엉킨 단체이긴 하지만 동시에 크게 보면 마스터의 사조직 같은 단체이기도 하기 때문에 그것은 아주 쉬웠어. 정보망은 참 우연히도 우리 나라를 주목하더군. 영적인 큰 싸움이 몇 번 한국에서 발견되었다는 정보가 들어온 거야. 세 발 까마귀에 대한 마스터의 추측에 따르면 세 발 까마귀의 패는 동아시아, 그것도 한국에서 발견될 가능성이 아주 높았고 말야. 그렇게 한국에서 일어난 몇 번의 큰 싸움을 토대로 세 발 까마귀의 패를 가지고 있는 사람에 대한 가능성을 점차적으로 좁혀가던 중에 영준이 형이 세 발 까마귀의 패를 가지고 있을 가능성이 가장 높은 사람으로 떠올랐어. 그리고 며칠 후 나는 이곳의 옆방으로 이사를 오게 됐지."

"그렇게 된 것이었군. 이야기 끝났어?"

"그래."

한수는 고개를 끄덕이다 이내 떨구었다. 그리고 요령이는 무언가 망설이듯 주춤주춤하더니 이윽고 조심스레 입을 열었다.

"그럼 너희 누나가 저렇게 저… 그러니까… 나이에 비해 마음이 어린 것… 무슨 뜻인지 알겠지? 음… 그러니까, 어린 것도 그 저주 때문이니?"

흠. 요령이는 단어 선택을 하느라 말을 망설였던 것이군. 전혀 안 어울리게 머뭇거리는 요령이의 질문에 한수는 고개를 저었다.

"아니… 그렇지는 않아."

"그렇다면?"

"그건 이 일과는 별로 상관이 없어… 말하고 싶지 않은데."

한수의 거부에 요령이는 할 수 없다는 듯 어깨를 으쓱였다.

"그래? 그렇다면 할 수 없지."

잠시 침묵이 흐르고 나와 가람이, 그리고 한수는 어색하게 서로의 얼굴을 바라보았다. 으흠… 한수 이 녀석도 그러니까 결국은 이용당하고 있었던 것이군. 쩝. 결과적으로 한수도 피해자 중 한 명이 되는 건가? 그렇게 생각하니까 조금은 불쌍한데.

"…이제 내가 할 말은 다 했어……."

한수의 조금은 가라앉은 듯한 목소리가 자취방을 조용히 울렸다.

"…그래, 이야기는 잘 들었어. 어쩔 수 없었다는 것도 알겠어."

나는 한수에게 대답해 주었다. 그러자 한수는 고개를 천천히 저었다.

"그 이야기를 하려는 게 아냐……."

"그럼?"

내 반문에 한수는 한참 동안이나 입을 닫고 있다가 마침내 천천히 말했다.

"도와줘… 제발… 우리 누나를……."

"뭐?"

"내가 이런 쓸데없는 이야기를 한 것도… 혹시 당신들처럼 강한 사람이라면 우리 마스터가 건 저주를 깰 수 있을지도 모른다고 생각해서야… 그러니… 부탁해……."

우리는 모두 말없이 한수의 말을 들었다. 한수의 목소리는 이제 조금씩 떨리고 있었다.

"부탁해… 당신들이 이렇게 강한 줄 알았으면… 처음부터 부탁했을 거야… 도와줘……."

한수는 점점 갈라지는 목소리를 가다듬으려 애쓰며 천천히 고개를 들었다.

"…제발… 부탁이야……."

한수는 울고 있었다. 이거, 왠지 마음이 아픈데. 가람이도 안쓰러운 눈으로 한수를 바라보고 있었다. 요령이도…… 요령아?

"이 염치도 없는 녀석아! 우리를 죽어라 몰아붙여 놓고 이제 와서 뭐? 도와달라고? 그게 지금 말이 되는 소리냐! 거기다 도와달라는 녀석이 끝까지 반말이냐? 그 태도는 또 뭐얏!"

으윽! 왜 이래 갑자기! 요령이가 지금 분위기가 어떤 분위기인지를 파악 못하는 건지, 갑자기 벌떡 일어나더니 한수를 향해 손가락질하며 소리를 빽빽 질러대었다. 그리고 한수는 할 말 없다는 듯 고개를 푹 숙이고 힘없이 요령이의 비난을 듣고만 있었다. 이, 이런! 일단 요령이부터 좀 말려야겠다!

내가 막 요령이를 향해 손을 뻗을 때였다.

"…라고 실컷 떠들어주고 싶지만 동생 잘못 만난 게 죄는 아니지… 할 수 없지. 쳇."

"…그럼?"

한수가 놀란 얼굴로 반문하고, 요령이는 불만스러운 얼굴로 대답했다.

"뭘 그럼이야 그럼은. 뻔히 알면서 능청이야. 도와주면 될 거 아냐,

까짓거. 쳇, 신파극 찍는 것도 아니고 질질 짜고 그래, 사람 짜증나게."

짜증이 덕지덕지 달라붙은 저 목소리를 들어보라! 하지만 이러니저러니해도 결국 한수의 말을 들어주고야 마는군. 역시 아무리 이러쿵저러쿵해도 요령이는 요령이야. 나는 흐뭇한 마음으로 요령이를 바라보았다.

"아, 뭘 봐? 사람 처음 봐? 얼굴에 밥풀이라도 묻었어?"

"…알면 떼."

"…진짜 묻었냐?"

황급히 얼굴 이쪽저쪽을 더듬는 요령이. 그 모습이 우스워서 나도 모르게 실없이 웃음을 터뜨렸다.

"킥."

"왜 웃어?"

"장난이었거든. 사실 네 얼굴에 아무것도 안 묻었어. 흐훗……."

뻐억—!

둔탁한 소리와 함께 뒤통수에서 불이 확 튀는 느낌이 들면서 눈앞이 갑자기 캄캄해졌다. 그리고 요령이의 목소리가 내 귀로 아른아른 들려왔다.

"우주가 어떻게 생겼나 궁금하면 또 한 번 장난쳐 봐. 자주자주 보여줄게."

눈을 뜨니 확실히 눈앞에서 별들이 가득 깔린 우주가 펼쳐지긴 하는군… 우욱. 나는 눈을 깜박이며 고개를 흔들어 정신을 차리기 위해 애썼다.

"우우… 머리 아파."

"그러게 왜 쓰잘데기없는 짓을 하고 그래."

요령이의 중얼거림이 내 귀로 들어왔다. 으음… 할 말 없군. 나는 뒷통수를 쓰다듬으며 요령이를 한번 쏘아보다가 관뒀다. 쳇. 내가 쏘아본다고 신경 쓸 녀석이면 이렇게 고생도 안 하겠지.

"가람아, 시작하자."

요령이가 나직하게 중얼거렸다. 그리고 가람이는 고개를 끄덕이며 주희의 뒤통수를 손날로 가볍게 후려쳤다.

퍽!

주희는 눈에 눈물을 그렁그렁 단 채, 지금 상황이 어떻게 돌아가는 상황인지를 파악해 보려고 이리저리 불안한 듯 주위를 둘러보다 가람이의 솜씨에 의해 깔끔하게 기절해서 바닥에 쓰러져 버렸다.

"무슨 짓이야!"

자신의 누나가 쓰러지는 것을 본 한수가 깜짝 놀라 소리쳤다. 막 가람이가 무어라 대답하려 할 때 요령이가 나섰다.

"아, 주술을 풀 때 괜히 너희 누나가 또 아등바등거리면 힘들 거 같으니까 그렇지! 끼지 좀 마라, 응? 전문가님께서 이렇게 하시면 '아, 저렇게 하는 게 맞는가 보다' 하고 그냥 입 다물고 있으면 될 거 아냐!"

한수에게 마구 쏘아붙이던 요령이는 한수의 입에 대못을 박아버리는 말과 함께 기절한 주희에게 신경을 돌렸다.

"비전문가는 좀 찌그러져 있었으면 좋겠어."

왠지 한수의 한숨 소리가 내 귀에 들리는 듯했다.

잠시 주희를 이모저모로 살펴보는 요령이와 가람이. 손에 기를 실어서 이마에 대보기도 하고, 손바닥이나 발바닥을 살펴보기도 하고, 눈을 뒤집어서 동공을 보기도 하는 등 구석구석을 조사하다가 서로 한 번 마주보고는 고개를 끄덕인다. 아무래도 대강 주희가 걸린 주술이 무엇인지 파악한 것 같다.

"야, 뭐야? 어느 정도의 주술이야?"

요령이는 한심하다는 듯 코웃음 치며 말했다.

"주술? 하긴 이런 것도 주술은 주술이겠지… 으으. 이건 정말 별것도 아닌 저주에 불과하잖아. 이런 걸로 정말 몇 년씩이나 고생했단 말야?"

"…뭐?"

한수의 반문이 끝나기가 무섭게 요령이는 손에 기를 잔뜩 모으더니 그대로 주희의 머리를 후려쳤다.

퍼엉—!

"무슨 짓……!"

"'무슨 짓이야!' 라고 외치려고 했지, 이 패턴 뻔한 녀석아? 뭐긴 뭐냐. 너희 누나 저주 풀어준 거지."

요령이의 말에 한수의 눈이 경악으로 크게 떠졌다.

"뭐, 뭐……? 서, 설마 그게 끝이야……?"

"그래. 뭐 별것도 아니더구만. 너희 누나 심장 주위에 조그만 기덩어리가 하나 달랑달랑 매달려서 귀찮게 굴고 있더라고. 그래서 떼어줬지. 이제 됐어. 저주이고 나발이고 다 풀렸다고."

요령이의 말에 한수는 잠시 믿기지 않는다는 듯 멍하니 우리를 바라보며 굳어 있다가 이윽고 허무한 듯 느릿하게 웃었다.

"하… 하하… 하… 이게… 끝이라고? 그렇게… 몇 년 동안이나 우리 남매를 괴롭혀 온… 그 저주가… 겨우… 이 정도밖에 안 되는 거였단… 말이지? 하하… 하하하하……!"

한수는 갑자기 격하게 웃음을 터뜨렸다. 그런데 그 눈은 눈물을 쏟고 있었다.

"아하하하하—! 이거 정말 미치겠군, 미치도록 재밌어! 겨우, 겨우 이거라니! 으하하하! 배가 아플 지경이야. 하하하!"

"미, 미쳤나?"

울다가 웃었다 하는 갑작스러운 한수의 감정의 변화에 깜짝 놀란 나는 어떻게 해서든 한수를 진정하게 만들어야겠다고 생각하고 몸을 돌렸다. 그런데 요령이가 내 어깨를 짚으며 고개를 가로젓는다.

"야, 왜 그래?"

"놔둬. 저 녀석, 지금 한꺼번에 억눌렸던 감정이 터져 버린 거야. 이런 때 건드리면 오히려 역효과가 나버려. 그러니 그냥 저러도록 놔둬."

"하지만……."

"하하하하! 아하하하! 아— 하하하하하하!"

한수는 눈물을 뿌리며 웃음을 계속해서 토해냈다.

울음이 가득 섞인 슬픈 웃음을.

화창한 월요일 아침이다. 햇살이 커튼처럼 이리저리 뿌리워지는 모습을 보면서 나는 기지개를 쭉 켰다. 오늘도 평화로운 하루의 시작이군. 나는 조용한 하루를 열기 위해 고개를 돌리고 소리를 한번 빽 질러 줬다.

"야! 얼른 나와!"

"잠깐만!"

"니가 화장을 하냐, 꾸미기를 하냐! 왜 이리 늦어!"

"한 숟갈만 더 먹고 나갈게—"

느릿한 요령이의 목소리. 아, 복장 터져 버리겠네! 나는 신경질을 버럭버럭 내며…

"…이것아! 지각이라니깐!"

"아씨, 먼저 가든지!"

"야, 가람아! 목 잡고 끌고 나와!"

"진짜?"

하여튼 얘는 아직도 사회물을 덜 먹었다니까.

"…농담이지……."

잠시 후 우당탕탕! 하는 급한 발자국 소리와 함께 요령이가 허겁지겁 방에서 뛰어나왔다.

"가자!"

그리고 나는 손으로 얼굴을 감싸며 요령이에게 말했다.

"…입가에 묻은 고추장 닦으면 말 안 해도 갈게."

"…진짜 가자!"

요령이의 외침과 함께 우리는 후닥닥 계단을 뛰어 내려갔다. 그런데 아래층에서 뭘 하고 노는지 깔깔대며 펄쩍펄쩍 뛰어대던 한수와 주희가 우리를 보고 외친다.

"오빠랑 언니, 안녕!"

"어이, 형! 어디 가?"

"내가 니 친구냐! 어이가 뭐냐, 어이가!"

"어디 가냐니깐?"

"학교!"

"그래?"

한수는 짓궂게 웃더니 한쪽 손을 들어서 슬쩍 흔들었다. 뭐지? 그런데 갑자기 내 왼쪽 다리가 지 멋대로 움직여 나를 바닥에 쓰러뜨려 버렸다.

콰당!

"이런 썩을 놈의 꼬맹이가!"

"으히힛!"

저 악마 같은 꼬마놈, 이제 보니 지금까지 우리에게 보여주었던 '헤헷' 하던 웃음소리까지 거짓이었군. 젠장, 옷에 흙이 잔뜩 묻었잖아! 일어서서 몸에 잔뜩 묻은 흙을 툭툭 털어냈다.

"…어젠 고마웠어, 당신들."

등 뒤로 한수의 쑥스러운 듯한 목소리가 들려왔다.

"알면 갚아, 자식아."

"…무슨 말을 못하게 하는군."

한수의 볼멘소리를 들으며 나는 다시 학교 쪽으로 발을 옮겼다. 시계를 보니까 어차피 지각이다. 이왕 늦은 거 5분 늦으나 15분 늦으나. 그냥 뛰지 않고 천천히 걷기로 했다.

다시 한수의 외침 소리가 들려온다.

"형, 세 발 까마귀의 패는 포기할게!"

"…당연하지, 자식아!"

나는 뒤돌아보는 대신 손을 흔들며 대답해 주었다. 그러자 주희 역시 자기 동생을 따라해 보고 싶었는지 우리를 향해 외쳤다.

"어… 저……! 그러니까……! 맞다, 맛있는 거 사줘─!"

…설마 그 말이 지금까지와의 대화 내용과 어울린다고 생각하는 건 아니겠지…….

제19장

중간고사

「어머님께.

어머님, 어느새 싱그러운 4월입니다.

몸은 건강하시겠지요?

아버님께서도 몸 평안하신지요.

저는 이곳에서 잘 있습니다.

공부도 열심히 하고 있으며 친구들도 많은 즐거운 학교 생활을 하고 있습니다.

특히 성적이 잘 나와서 아이들이 아주 부러워하고 있어요.

너는 누구를 닮아서 공부를 그렇게 잘하냐고 하면서 시샘 어린 농담을 할 때도 있구요.

그럴 때마다 아버지 덕분이라고 해야 할지, 어머니 덕분이라고 해야 할지 난처하곤 합니다. 하하.

모두 어머님께서 어려운 형편에도 불구하고 서울로 학교를 보내주신 덕택입니다.

꼭 열심히 공부해서 훌륭한 사람이 되도록 할게요.

한번 집에 찾아가야 하는데 시간이 나지 않아서 저도 참 마음이 아픕니다.

보고 싶어요, 어머니.

오랫동안 집에 내려가지 못해서 대신 편지를 띄웁니다.

그럼 나중에 내려가서 뵐게요.

몸조심하시고 아버지께 안부 전해주세요.

어머니를 사랑하는 청도 올림.」

"이런 가식에 대한 열정의 결정체 같은 놈."

청도의 편지를 청도의 어깨너머에서 슬쩍 읽어본 난 청도에게 짧게 감상해 주었다.

"고향에서 아무것도 모르고 흐뭇해하실 어머님을 생각해 보도록. 가슴도 안 아픈가?"

그리고 이건 역시 뒤에서 청도의 편지를 함께 읽은 가람이의 감상평이다.

"…너는 쓰레기야."

마지막으로 청도의 가슴에 대못을 박아버리는 날카로운 이 비평은 역시 우리와 함께 편지를 읽은 요령이의 감상평이다.

"우욱!"

그리고 청도는 우리들의 날카로운 비판 한마디 한마디에 진짜로 가슴을 칼로 쑤시기라도 하는 양 눈을 홉뜨면서 고통스러운 신음을 흘렸다.

"이런… 너무한 녀석들 같으니라고… 으윽… 가슴 아파… 젠장."

청도의 말이 끝나자마자 셋의 가차없는 비판이 꼬리를 물고 이어졌다.

"부모님께 이 정도로 큰 거짓말을 하다니… 이 한 점 부끄럼 있는 청춘아… 으이구."

"크윽!"

"에라, 그냥 나가 죽어라."

"으흑!"

"실망이군, 청도."

"크윽!"

우리들의 말에 청도는 인생 막장에 몰린 사람의 표정을 지으며 떨리는 목소리로 물었다.

"그… 그렇게 이 편지가 가식적이야?"

"그럼, 물론이지."

요령이는 다시 한 번 청도의 가슴에 대못을 날리더니 편지를 천천히 읽으며 이곳저곳에 딴지를 걸어 나갔다.

"…공부도 열심히 하고 있으며, 니가 언제 공부를 열심히 해? 니가 공부를 열심히 한 적이 있으면 내가 지금 이 자리에서 혀를 깨물고 칵 쓰러져 버린다. 친구들이 많아? 너, 우리 빼면 친구 몇이나 있냐? 열 명이나 되냐? 그리고 뭐, 성적이 잘 나와서 애들이 모두 부러워해? 밤새도록 공부하고 저번 퀴즈 8점 맞은 놈이 그런 말이 나오냐?"

"사… 사실 저번 퀴즈 때는 공부 안 했지! 무슨 밤새도록 공부를 해, 공부를!"

요령이는 기가 막히다는 듯 멍하니 청도를 말하더니 이윽고 한마디를 쏘아붙였다.

"자랑이다!"

"…우윽."

요령이가 계속해서 청도를 몰아붙이는 모습이 왠지 재미있어 보인다. 나도 한번 끼어들어 볼까?

"사실 니가 좀 양심이 없긴……."

"너도 똑같은 놈이잖아, 임마!"

웃! 이것은 마치 기다리고 있었다는 듯한 청도의 답변! 나는 움찔하며 나도 모르게 주춤 물러섰다. 그리고 청도는 회심의 눈빛으로 나를 쉴 새 없이 몰아붙였다.

"그러는 너는 공부 똑바로 하냐? 내가 공부하라고 유일하게 잔소리 할 수 있는 대상이 누군데, 임마! 그리고 친구로 따져 볼까? 나는 친구 그래도 손가락으로 꼽을 정도는 나오지? 너는 뭐냐? 있기는 있냐? 그리고 성적 이야기에서도 너는 할 말 없지 않냐? 나 8점 맞을 때 3점 맞은 놈이 누구였더라? 엉?"

"이, 이익……."

하, 할 말 없다! 내가 묵묵히 입을 다물고 있자 청도는 최후의 결정타를 날렸다.

"왜 주제넘게 너까지 끼어들고 그래! 자식아! 사람이 자기 분수를 알아야지!"

"그, 그래도 나는 집에 그 따위 내용으로 편지는 안 쓴다, 임마!"

"쪽팔리니까 못 쓰는 거겠지."

내가 간신히 한 변명을 한 방에 엎어버리는 요령이의 정확한 지적.

첫. 나는 무어라고 반론도 펴지 못한 채 입을 다물어야 했다. 나와 청도가 모두 꿀 먹은 벙어리처럼 입을 다물고 있는 모습을 보면서 요령이는 한심해 죽겠는지 한숨을 푹푹 쉬면서 물었다.

"어이구, 이 쓰레기 형제들아. 뭐 지나간 일이니까 지금까지 말한 것들은 그렇다고 치고, 다른 궁금한 게 있는데. 너희들 시험 공부는 안 해도 되는 거냐?"

"뭐, 쓰레기 형제? 지금 얘랑 형제라고 했냐?"

말도 안 되는 소리에 잠깐 발끈했던 나는 그러나 곧 이성을 찾았다. 지금 아주 중요한 소리를 들은 것 같단 말야. 이런 쓸데없는 소리에 흥분하면 안 되지. 청도도 마찬가지의 생각을 했나 보다. 요령이의 난데없는 질문에 나와 청도가 동시에 눈을 휘둥그렇게 뜨고 요령이를 바라봤거든.

"아니, 요령아, 그게 무슨 뜬금없는 소리냐? 시험이라니, 도대체 무슨 소리를 하는 거야, 지금?"

"무슨 소리인지 전혀 모르겠는데? 시험이라니?"

요령이는 우리의 반응에 오히려 자기가 당황스럽다는 표정이다. 요령이는 눈을 휘둥그레 뜨고 우리에게 되물었다.

"그래? 시험이 없단 말이냐? 진짜?"

"응, 내가 알기로는 진짜 없는데."

청도가 고개를 끄덕이며 대답했다. 내 말이 그 말이다. 시험은 웬 시험? 그리고 요령이는 우리의 말에 고개를 갸웃거리며 중얼거렸다.

"그것 참 이상하네……."

"이상하긴 뭐가 이상해? 왜? 누가 시험 본대?"

"아니, 꼭 그런 것은 아니고……."

우리의 말에 요령이는 자신이 없는지 대답을 흐리며 한발 물러섰다. 아무렴, 요령이가 잘못 알았겠지. 설마 재학생인 우리보다 요령이가 학교 일에 대해서 잘 알 수야 없잖겠어? 요령이가 약한 모습을 보이자 나는 요령이를 거세게 밀어붙였다.

"뭐야, 뭐야, 지금 설마 잘 알지도 못하면서 마구 말한 거야? 아니, 왜 확실하지도 않은 사실로 사람 놀래키고 그래? 우리가 시험 이야기에 얼마나 민감한지는 네가 더 잘 알잖아? 어휴, 너 때문에 십년감수했잖아!"

"아니, 잘못 알 수도 있는 거지 뭘 그런 걸 가지고 그래?"

요령이는 입술을 삐죽 내밀고 대답했다. 하지만 이번에는 청도가 나의 공격을 이어받아서 요령이를 몰아붙였다.

"잘못 알 수도 있는 거라니, 잘못 알 수도 있는 거라니! 너는 초상집에 '축하해요' 라고 쓰고 장미꽃 100송이 보낸 다음에 '잘못 알 수도 있는 거지 뭘 그런 걸 가지고 그러세요' 라고 그러면 끝이냐?"

아, 저 실감나게 표현한 어이없다는 표정! 정말이지 청도, 넌 대단한 놈이로구나! 요령이는 계속 구석으로 몰리자 결국 오만상을 찌푸리며 짜증을 터뜨렸다.

"아, 진짜! 실수 한번 할 수도 있는 거지 뭘 그런 걸 가지고 눈에 쌍심지를 켜고 그래! 난 단지 요즘 학교를 거닐다 보면 애들이 온통 시험 이야기만 하길래 너희들도 보는 줄 알았지!"

…이게 무슨 말이냐? 나와 청도는 당황으로 눈을 크게 떴다.

"…뭐?"

…애들이 온통 시험 이야기만 하며 걷는다고?

"진짜냐?"

"내가 따뜻한 밥 먹고 할 일 없어서 너한테 거짓말이나 하고 앉아 있겠냐?"

"너, 따뜻한 밥 매일 먹고도 거짓말 잘하잖아."

내 정확한 지적. 요령이는 내 날카로운 지적에 할 말이 없는지 잠시 우물쭈물거리다 괜히 성질을 냈다.

"하여튼 거짓말 아냐! 진짜라고. 애들이 둘 이상만 모여 있으면 대부분 중간고사 어쩌고저쩌고하면서 시무룩해한단 말야. 너희들이랑은 별 상관 없는 시험인가 보지 뭐."

"뭐? 중간고사?"

맙소사! 중간고사라고? 설마 벌써 중간고사 기간인가? 말도 안 돼! 퀴즈 본 지 얼마나 됐다고 벌써 중간고사야! 순간적으로 정신적 충격이 너무 커서 말도 안 나온다. 청도 역시 말을 제대로 하지 못하고 버벅거리는 것으로 미루어보아 정신적 충격이 꽤 큰 듯하다.

"어, 어, 중, 중간… 이런 젠장."

청도는 말을 채 맺지 못하고 문을 벌컥 열어젖히며 컨테이너 밖으로 뛰어나갔다.

"야! 어디 가!"

"기다리고 있어! 학생 센터에 가서 확인 좀 하고 시험 예정표 좀 뽑아올게!"

"야! 잠깐!"

"아, 왜 불러!"

청도는 짜증을 벌컥 내면서 걸음을 멈추고 뒤를 돌아보았다.

"…내 것도 좀……."

"어, 그래."

“학번 알지?”

“그래!”

아, 그런데 생각해 보니까 나와 청도는 어차피 듣는 수업이 모조리 똑같구나. 내가 청도를 불러 세운 게 바보 같은 짓이었다는 것을 깨닫고 괜히 머쓱해서 혼자 씨익 웃는데 잠깐 동안의 소란을 감상한 요령이가 멍한 얼굴로 나와 멀어져 가는 청도를 바라보다가 천천히 무어라 뇌까린다.

“…설마 까먹고 있었단 말이냐?”

“아니, 그게, 저… 야! 학교에서 애들이 맨날 중간고사 말만 하고 다니더라 같은, 그런 중요한 건 진작진작 좀 말해 줘야 될 거 아냐!”

내가 생각해도 말이 좀 안 되는 소리에 요령이는 기가 막힌지 손으로 얼굴을 감쌌다.

“아니 지금 그걸 말이라고 하냐? 어휴… 너 때문에 미치겠다, 정말.”

잠시 후, 문이 방금 전 그랬던 것처럼 벌컥 열리며 청도가 손에 두 장의 인쇄물을 들고 헐레벌떡 컨테이너 안으로 들어왔다.

“야! 큰일 났어!”

“아, 큰일 나긴 뭐가 큰일 나?”

“너랑 나랑 내일부터 시험 시작이야!”

“뭐—엇?”

분명히 장담하는데, 방금의 내 눈 크기는 최소한 10원짜리 동전보다는 더 컸을 것이다. 그리고 눈알은 적어도 5밀리미터 이상은 튀어나왔을 것이다.

나는 엄숙하게 입을 열었다.

“다행인 것은 너와 나와의 수업이 같다는 것.”

“그래서 상부상조가 가능하다는 것.”

나의 말을 청도가 받았다.

“그리고 시험을 보는 과목이 하루에 한 과목뿐이라는 것.”

내가 다시 말했고,

“운이 지독히도 좋았지.”

청도가 다시 고개를 끄덕이며 내 말에 동의했다.

“첫 과목은?”

청도의 질문에 나는 차분히 대답했다.

“세계의 근대사.”

“만만치 않은 과목이야.”

“물론이지.”

“교과서는?”

“물론 여기 있지. 책이 무거워서 이곳에 놓고 다니니까. 필기 노트는?”

“구하느라 힘들었다.”

내 말에 청도는 대답과 함께 가방에서 얄팍한 복사물을 꺼내어 책상 위에 올려놓았다.

“그럼, 어디 공부해 볼까.”

“청도 학우의 의견에 동의합니다.”

우리는 묵묵히 침묵 속에서 각자의 책을 꺼내어 들고 청도가 복사해 온 두 부의 복사물을 나누어 가진 후 펜을 들었다. 그리고 잠시 후, 우리의 진지한 모습을 지켜보던 요령이의 조용한 감탄사가 컨테이너에 작게 울려 퍼졌다.

"아주 쇼를 하는구만, 쇼를 해……."

"밥 먹으러 가자!"
요령이가 조금씩 투정을 부리기 시작했다. 저놈의 배에는 거지가 들어앉았나! 나는 복습도 할 겸 차분히 말했다.
"자꾸 밥, 밥거리면 너, 제1차 세계대전의 원인이 된 오스트리아의 황태자처럼 만들어 버린다."
"뭐?"
당황해하는 요령이. 얼굴 표정이 마치 '너, 아침에 뭐 먹었냐?' 를 말하는 것 같다. 어쨌든 말하든지 말든지 나와는 상관없지. 나는 입을 다물고 다시 책과 필기물을 바라보았다. 그리고 잠시 후, 궁금증을 견디지 못한 요령이는 결국 우리에게 묻고 말았다.
"…오스트리아의 그 황태자가 어떻게 됐는데?"
"총 맞아 죽었어."
"뭐얏!"
"아, 시끄러워요. 공부 좀 합시다! 여기가 무슨 당신네들 안방인 줄 알아!"
청도가 갑자기 고개를 들고 버럭 소리를 질렀다. 오, 저 핏발 선 눈이라니! 저 형형히 빛나는 눈빛은 '삼천 년 전 공부를 위해 지상에 내려왔다는 삼천문제 공부삭' 의 눈빛이 아닌가?
…물론 당연히 그런 인물이 있을 리 없다. 그냥 해본 소리다. 어쨌든 청도는 그냥 거기서 끝내도 될 걸 몸이 근질근질한지 괜히 한마디를 덧붙인 후 다시 고개를 숙여 공부에 집중했다.
"제발 매일같이 부탁하는 거지만 사랑싸움은 집에 가서 해라. 사랑

싸움을 하려거든 남에게 피해는 주지 말아야지, 이 양심도 없는 인간들아.”

따악!

청도는 요령이가 말없이 온 힘을 실어서 집어 던진 볼펜에 얼굴을 정통으로 얻어맞았다. 넌 맞아도 싸다, 자식아. 하지만 청도는 전혀 동요하지 않고 책에서 눈을 떼지 않았다.

딱!

곧 이어 청도는 요령이가 말없이 온 힘을 실어서 집어 던진 지우개에 얼굴을 정통으로 얻어맞았다. 좀 아프지? 쌤통이다, 자식아. 하지만 청도는 전혀 동요하지 않고 책에서 눈을 떼지 않았다.

퍼억!

이어서 청도는 요령이가 말없이 온 힘을 실어서 집어 던진 필통에 얼굴을 정통으로 얻어맞았다. 그… 그만 하지, 요령아? 하지만 청도는 전혀 동요하지 않고 책에서 눈을 떼지 않았다.

또한 청도는 요령이가 말없이 온 힘을 실어서 집어 던지기 위해 주워 든 책에…

“그만 해! 애 잡겠다!”

“놔! 싸가지없는 아이들은 매로 가르쳐야 바르게 큰단 말야!”

“아, 글쎄 좀 참어!”

결국 잠시 동안의 실랑이 끝에 요령이는 책을 도로 내려놓고 그냥 끝내기 아쉬운지 한마디를 덧붙였다.

“…쯧, 까불고 있어!”

그런데 청도는 정말 공부만 하기로 했는지 그 소란의 와중에서도 조용하다. 쟤가 진짜 누구한테 머리를 맞기라도 했나……? 요령이는 청도를 향해 이를 쉭 드러내더니 나를 보며 투덜거린다.

"뭐야? 반응이 전혀 없잖아? 너무 재미없어! 이게 뭐야!"

"…내가 반응없었냐? 왜 나한테 성질을 내?"

옆에서 가람이가 우리의 대화 내용에 끼어들었다.

"좀 이상하군. 평소의 청도라면 저렇게 열심히 공부할 리가 없는데."

그러고 보니 좀 이상하긴 하다. 평소의 청도라면 '뭐야! 부부싸움 말려줬더니 옆집 착한 이웃한테 성질 내고 난리야! 경찰에 고소하겠어!' 따위의 말로 능청을 떨면서 요령이가 던지는 물건들을 도저히 인간의 것이라고 볼 수 없는 반사신경으로 모조리 피해 버려야 정상인데. 오늘은 뭘 던져도 그냥 맞고, 옆에서 아무리 뭐라 그래도 입도 꾹 다물고 있고…….

"…드디어 청도가 마음 고쳐 먹었나 보다."

한참 청도를 지켜보던 가람이가 마침내 묵직하게 내뱉었다. 뭐? 마음을 고쳐 먹었다니?

"설마……?"

가람이의 말에 요령이는 말도 안 된다며 손까지 휘휘 내저었다. 하지만 나는 가람이에 대한 동의의 뜻으로 고개를 끄덕였다.

"아냐… 청도의 저런 모습 처음 봐. 저것 봐. 요령이 네가 던진 곳에 얻어맞은 곳이 벌겋게 변했는데 신경도 쓰지 않고 책만 열심히 파고 있잖아. 왠지 청도가 대단해 보이기까지 하는데."

가람이도 고개를 끄덕여 우리의 말에 동의했다.

"찬성. 저건 평소의 청도가 아니다. 저런 집중력이라니. 청도가 멋져 보이는군."

"…흠, 그런가?"

한참을 갸우뚱하던 요령이. 하지만 결국 요령이조차 우리의 말에 동의하고 만다.

"…그리고 보니 평소와 조금은 달라 보이는 것 같기도 하고……."

"아냐, 달라 보이는 정도가 아니야. 멋있어."

"감탄이 날 정도군."

컨테이너 안은 순식간에 청도에 대한 경탄과 찬사로 웅성거렸다. 흠, 그런데 이건 비록 청도에 대한 칭찬이긴 하지만 그래도 공부 열심히 하는 청도에게 조금 시끄럽지 않을까……? 내가 막 그런 생각을 하면서 불안해했을 때였다. 아니나 다를까, 청도가 고개를 들어서 심각한 눈으로 우리를 바라보며 말했다.

"…짜식들, 멋있는 건 알아가지고……."

순간적으로 머리 속을 스치고 지나가는 생각이 있었다.

'…너는 백만 년이 지나도 글렀어…….'

나는 성질을 벌컥 내며 외쳤다.

"누가 청도보고 멋있다 그랬어? 엉?"

"나, 나는 아냐!"

"난 그런 말 한 기억이 전혀 없다."

나의 추궁에 당황해하는 요령이와 가람이. 그때 청도가 다시 한 번 딱딱한 얼굴로 고개를 들어서 조용히 말했다.

"짜식들… 괜히 부끄러워하긴……."

헤벌쭉 웃으며 고개를 다시 숙이는 청도의 말을 듣고 나와 요령이, 그리고 가람이는 동시에 어떤 사실에 동의했다.

'그냥 입을 다무는 게 좋겠다.'

시험 첫날째.

벌컥.

어제 밤새도록 공부해서인지 컨디션이 말이 아니다. 어쨌든 그래도 그 덕분에 중간고사 문제를 어느 정도까지는 적어서 낼 수 있었다. 내가 말하는 '어느 정도'가 구체적으로 무슨 뜻이냐고? 궁금하다면 시무룩한 얼굴로 내 옆에서 터벅터벅 걷고 있는 청도가 무어라고 중얼거리는지 들어보라.

"F는 안 맞겠지……."

내 '어느 정도'는 '청도와 같은'이라는 뜻이다.

강의실 문을 열면서 나오는데 시험 시간에 먼저 답안지를 다 쓰고 나간 친구를 기다리는지 문 앞에 서서 이야기를 나누는 두 사람이 눈에 들어왔다. 척 보기에도 얼굴에 '저는 공부를 무척 잘합니다'라고 얼굴에 쓰여 있는 듯한 녀석들이었다.

"야! 오늘 시험 어땠냐?"

"그럭저럭 B는 넘게 받을 수 있겠지 뭐."

"자식, 겸손은."

…으악! 순식간에 히스테리에 열이 받아버린 나와 청도. 마침 나의 눈에 어느 학생회에서 붙인 것인지 모를 대자보의 제목이 들어왔다.

「공동 선언 이행하여 조국 통일 완수하자!」

"…저런 것들 때문에 내 조국이 통일이 안 돼."

그리고 청도도 뭘 보았는지 내 말을 그대로 받았다.

"저런 것들 때문에 신자유주의… 아이씨, 저게 도대체 뭐라고 쓴 거
야! 이러니까 요즘 애들이 운동권에 관심이 없지!"

…이제 한글도 못 읽냐? 아, 아니지. 지금 청도와 나는 동지였지. 흔
들리는 동지애를 다잡기 위해 나는 한 자 한 자에 힘을 주어서 말했다.

"하. 여. 튼! 쟤들이 나쁜 놈들이야."

"찬성. 인류의 적 같은 놈들."

그때 뒤에서 한심함을 듬뿍 담은 목소리가 들리며 누군가가 우리 둘
의 어깨를 잡았다. 요령이었다.

"으이구, 인간들아! 공부 잘하는 사람들 뒤에서 욕하면서 궁시렁거
릴 시간 있거들랑 그 시간에 책을 한 자 더 봐라!"

"어엇? 니가 여기엔 어쩐 일이냐?"

우리는 마치 불장난하다 어른에게 들킨 아이들처럼 화들짝 놀라 버
렸다.

"어쩐 일이긴. 점심때 돼서 밥 먹으려고 강의실 앞에서 기다리고 있
었지. 배 고프다. 얼른 밥이나 먹으러 가자."

점심 시간이라서 식당은 사람들로 인해 꽤나 북적거렸다. 잠시 줄을
서서 식권을 산 우리는 각자의 식사를 받아 들고 자리 잡고 앉아서 식
사를 시작했다.

"…젠장, 그래도 이번 시험은 나름대로 공부 좀 했는데."

청도가 짜증난다는 듯 머리를 마구 헤집으며 말했다. 나도 청도의
말에 동조했다.

"맞아. 열심히 했는데."

"그치? 니가 보기에도 나 열심히 공부한 거 같지?"

"…너 말고, 내가 공부 열심히 했다고."

내 말을 듣는지 마는지, 내 비아냥거림에도 별 반응조차 없이 침울한 표정으로 숟가락을 뜨던 청도는 마침내 고민을 털어버리듯 말했다.

"우리만 이번 시험이 어려웠던 것은 아닐 거야. 그렇지?"

나는 고개를 끄덕였다.

"그럼. 시험에 관련된 말 중에 이런 명언이 있잖아. '내가 어려우면 남도 어려운 거다'. 좋은 말이지."

그때 우리 뒤쪽 테이블에서 대화 소리가 들려왔다.

"너, 오늘 시험 다 봤냐?"

"아니. 한 과목 봤고, 이제 한 과목 남았어."

"무슨 과목 봤는데?"

"세계의 근대사."

"잘 봤냐?"

"응, 그럭저럭 답은 다 썼는데 다 맞았을라나 모르겠네. 문제가 쉽긴 쉬운데 너무 많아서 급하게 쓰느라고……."

젠장. 나는 고개를 떨구며 한숨을 폭 쉬었다. 첫 시험은 망쳤나 보구나. 내가 안쓰러워 보였는지 옆에서 가람이가 나를 위로했다.

"괜찮다, 주인. 아직 세 과목이나 남았잖은가."

내가 듣는 과목은 총 여섯 과목이지만 한 과목은 의무과목인 대신 출석만 하면 되는 시험이 없는 과목이고, 또 다른 한 과목은 중간고사를 보지 않고 기말고사만 보는 과목이다.

"…그래. 위로해 줘서 고마워. 다음 시험은 잘 볼 수 있겠지?"

"물론이지."

시험 이틀째.

이곳은 컨테이너 안. 싸늘한 침묵이 컨테이너 전체를 감싸고 있었다.

"…뭔가 대책이 필요하다고 봐."

"맞아."

청도의 심각한 말에 나는 묵묵히 고개를 끄덕였다.

"무슨 대책? 아, 맞다. 너희 두 번째 시험도 또 때려망쳤지? 우헤헤헤!"

옆에서 요령이가 괴상망측한 웃음소리로 우리를 비웃어댔지만 우리는 깔끔히 무시하고 우리의 대화를 이어 나갔다.

"솔직히 인정하자."

"뭘?"

"하루 공부하고 중간고사를 본다는 것은 우리에게 있어서는 미친 짓이야. 이 명제는 두 번째 시험 역시 그렇게 좋은 성적을 얻지 못한 것으로 확실히 증명되었지."

그렇다. 우리는 오늘 본 두 번째 시험마저도 제대로 보지 못했다.

"맞아. 하지만 어쩔 수 없잖아? 중간고사 기간인지도 몰랐던 우리가 등신이지."

나는 고개를 끄덕이면서 침울하게 대답했다. 그런데 청도는 내 말이 끝나자 야릇한 미소를 띠었다.

"…등신이라고 꼭 죽으라는 법은 없지 않을까?"

"뭐?"

나는 청도의 말뜻을 이해하지 못하고 고개를 갸웃하며 청도를 바라보았다. 그리고 청도는 내 말에 사악한 미소를 띠며 나직하게 속삭였다.

"이를 테면 이런 거야. 고등학교 시절, 나는 바로 시험 전날 집에다 가는 학교에서 공부한다고 전화해 놓은 뒤 밤새도록 게임방에 가서 게임하고 새벽 보충수업 시간 때 게임방을 한 번 더 다녀온 후 시험을 쳤어. 그럼에도 불구하고 난 성적표를 받아 들고 기쁨의 미소를 지을 수 있었지."

오싹… 청도가 하는 말이 무엇을 뜻하는지 눈치 챈 나는 순간적으로 끼쳐 오는 오한에 몸을 떨어야 했다.

"…너, 설마… 그때의 기술들을……."

청도는 천천히 고개를 끄덕였다.

"그래."

이 녀석은 지금 컨닝을 할 생각이란 말인가! 나는 식은땀을 흘리며 중얼거렸다.

"너는 나쁜 놈이야, 임마……."

청도는 상관없다는 듯 낄낄거렸다.

"그래서, 동참하지 않겠다는 건가?"

이런 양심도 없… 긴 뭐가 양심이 없어! 이 정도야 누구나 할 수 있는 거지! 후헤헤헤……!

덥썩.

나는 청도의 손을 잡으며 엄숙하게 말했다.

"나의 미래를 위해, 내 가정의 행복을 위해, 성적표로만 인간을 판단하는 이 사회에 대한 복수를 위해! 그대와 동행하겠네."

"환영하네, 친구여."

청도가 환한 미소로 나를 맞이했다.

11㉿ 고양이

"그런데 무슨 방법을 쓸 생각이지?"

내 질문에 청도는 잠시 고민하는 표정을 짓다가 말했다.

"시계를 맞출까?"

시계 맞추기란 고전적이면서도 완벽에 가까운 컨닝법이다. 일단 문제를 부르는 사람과 답을 받아 적는 사람이 한 명씩 필요하다. 시험이 시작되면 문제를 부르는 사람은 초침이 부르려고 하는 문제를 지나치는 순간 '따닥' 하고 볼펜을 연속음으로 짤각거려서 '내가 지금 이 문제를 부르려고 하고 있다' 고 알린 뒤 초침이 10초로 갈 때 볼펜으로 책상을 치면 1번, 20초로 갈 때 책상을 치면 2번… 하는 식으로 답을 시간으로 암호화하여 상대편에게 불러준다. 이것은 실로 대단한 초장거리 무선통신 커뮤니케이션인 것이다!

"그런데 너무 어렵지 않나?"

내가 이의를 제기했다.

"그래도 이만큼 완벽한 방법이 어디 있어."

하긴 청도의 말이 맞긴 맞다. 쪽지처럼 구질구질하게 증거도 남지 않고, 들킬 위험도 적고. 하지만 역시 난이도있는 컨닝 방법이라는 게 좀 문제인데…….

내가 고민하는 기색을 보이자 청도는 할 수 없다는 듯 한숨을 한번 쉬고 물었다.

"발치기는 어떠냐?"

"발치기?"

"그래, 발치기. 발치기는 쉽고 걸릴 위험도 시계 맞추기보다 더 적잖아."

"흠… 하지만."

발치기란 시계 맞추기보다 더욱 증거가 남지 않는, 가히 완전범죄에 가까운 컨닝법이다. 방법은 극도로 간단한데, 일단 서로 짠 사람들끼리 앞뒤로 앉는다. 그리고 앞 사람은 발을 의자 뒤쪽에 놓고, 뒷사람은 발을 책상 앞쪽에 걸친다. 그리고 답이 궁금한 사람이 상대편의 발을 문제 수만큼 툭툭 치면 답을 알려주는 사람은 답 수만큼 상대편의 발을 툭툭 친다. 쉽고도 간편해서 많은 컨닝 이용자들이 애용하고 있다.

"분명 발치기는 괜찮은 방법이긴 해. 그렇지만……."

"그렇지만 뭐?"

청도가 의아한 듯 물었고 나는 예전에 들었던 이야기를 청도에게 말했다.

"옛날 어느 고교에서 들려오는 전설에 따르면 누군가가 발치기 도중 37번의 답을 물어보다가 불현듯 치솟아오른 울화통 때문에 시험지를 갈기갈기 찢어버리고 교실을 뛰쳐나갔었다던데……."

"…으윽. 날카로운 지적이다."

내 지적에 청도는 미처 생각하지 못했음을 인정하고 고개를 끄덕이더니 다시 고민에 빠졌다. 이런…

"아! 이러면 되겠다!"

잠시 생각에 잠겨 있던 청도가 이윽고 주먹으로 손바닥을 탁! 소리가 나게 치며 고개를 번쩍 들었다.

"어떤 방법인데?"

"문제는 시계 맞추기로 하고 답은 발치기로 말해 주면 되잖아!"

"이런… 똑똑한 놈을 봤나!"

나와 청도는 '짝!' 하고 하이파이브를 한 뒤 서로 얼싸안았다. 이제 우리에게 다음 시험부터는 빛나는 꽃길만이 찬란하게 열릴 거야!

그런데 청도가 문득 나를 떼어놓더니 심각한 얼굴로 중얼거렸다.

"그런데 컨닝 페이퍼는 누가 보지?"

"…뭐?"

"원래 발치기나 시계 맞추기 같은 것은 다 멤버 중 한 명이 공부를 잘한다는 전제 하에서 하는 거잖아. 그런데 우리는 그런 거랑은 상관없잖아? 그러니 한 명이 컨닝 페이퍼를 보면서 문제를 불러주는 역할을 해야 할 텐데……."

음. 그러고 보니 미처 그 문제를 생각하지 못했었군. 컨닝 페이퍼를 잡는 자는 부정 행위 발각의 위험을 각오해야 하는데…….

…과연 누가 고양이 목에 방울을 달 것인가? 나는 고민 끝에 가장 공정하다고 생각되는 방법을 선택했다.

"어쩔 수 없지… 가위 바위 보로 정하자. 진 사람이 잡자구."

끄덕.

청도는 대답 대신 고개를 끄덕이며 내게 손을 내밀었다.

"가위 바위… 보!"

나는 가위! 저 녀석은……?

"하하하! 난 주먹이야! 내가 이겼어!"

청도는 예의 그러듯 씩― 하고 만면에 띠는 미소를 지으며 주먹을 불끈 쥐었다. 빌어먹을! 내가 걸렸잖아―!

"안됐군. 하지만 운명이려니 생각하고, 이제부터 각자 역할을 분담해서 컨닝 페이퍼나 만들자!"

"뭐, 할 수 없지. 이왕 이렇게 된 거 잘해보자고."

시험 삼 일째.

"우아아아악! 빌어먹을! 젠장! 제기랄! 세상 뭣 같네, 진짜!"

청도의 처절한 절규가 컨테이너를 뒤흔들었다.

"아! 시끄러워! 그만 좀 징징대!"

요령이가 귀를 막고 투덜거렸지만 청도는 전혀 개의치 않았다.

"우악―! 짜증나! 짜증나! 짜증나 죽어버릴 거 같아―!"

발을 동동 굴러대는 청도. 옆에서 가람이가 측은한지 한마디를 던진다.

"그러게 평소에 공부 좀 열심히 하지 그랬나."

"아― 열받아! 빌어먹을! 젠장! 우아아악―!"

청도는 다시 한 번 울부짖었다. 녀석의 얼굴에서는 평소에 감돌던, 나로 하여금 가끔씩 '저놈 얼굴의 유일한 장점' 이라고 생각하게 만들던 여유로운 미소는 전혀 찾아볼 수가 없었다.

"왜 시험이 서술형이냐고―!"

…그렇다.

발치기와 시계 맞추기는 모두 객관식을 위한 컨닝법. 오늘 우리가 본 시험은 서술형이었던 것이다.

…상황 돌아가는 것도 이쯤 되면 코미디다.

"큭!"

"웃냐? 웃어? 그래, 너는 어젯밤에 우리 둘이서 함께 만든 컨닝페이퍼 혼자 봐서 시험 잘 봤다 이거지! 그래서 기분 좋다 이거지! 아― 좋겠다, 어떤 자식은 밤새도록 뼈빠지게 함께 만든 컨닝 페이퍼 혼자 봐서 시험 잘 보고, 아― 어떤 자식은 객관식일 줄 알고 피나게 준비했더니 서술형이라 시험 완전 망쳐 버리고. 세상 왜 이러냐―"

청도는 그렇게 한참 동안 책상을 탕! 탕! 쳐대며 분노했다. 젠장, 벌써 몇 분째 짜증이야! 이번 시험을 혼자 컨닝 페이퍼 보고 친 것이 미안해서 가만히 있었더니 더 이상 못 봐주겠군.

"야! 나도 걸릴까 봐 몇 문제 못 봤어!"

"한 문제도 제대로 못 쓴 나보다야 낫겠지. 아, 세상……!"

나는 한숨을 쉬며 고개를 떨구었다. 어이구! 저 인간은 속에 밴댕이가 들어앉았나… 나는 청도를 일깨우기 위해 청도의 어깨를 흔들며 말했다.

"야! 어쨌든 망친 시험은 망친 시험이고, 다음 시험을 준비해야 할 것 아냐?"

"…뭐?"

"다음 시험을 준비해야 된다고! 아직 우리에게 시험이 하나 남아 있는 것 잊었어?"

내 말에 청도는 그제야 생각났는지 멍하니 허공을 바라보다가 이윽고 고개를 들어 나를 바라보며 중얼거리듯 말했다.

"그러고 보니 아직 시험은 끝나지 않았군… 잊고 있었어… 너무 감정에 휩쓸리는 바람에… 맞아, 다음 시험을 이제 천천히 준비해야지."

"그래, 지금이라도 깨달았다니 다행이다. 그런데 다음 시험에 대한 계획은 짜놓았나?"

"물론이지. 이번 건 정말 완벽하다고."

내 질문에 청도는 자신있다는 듯 엄지손가락을 치켜세우며 만면에 여유 가득한 미소를 띠었다. 그리고 나는 귀가 솔깃해져 물었다.

"그래? 그 완벽한 작전이 도대체 뭔데?"

청도는 엄지를 접더니 다시 검지와 중지로 브이 자를 그렸다.

"참 액션도 화려하기도 하다, 자식아. 그럴 시간 있으면 빨리 본론이나 말해 봐."

"책상에 쓰기야."

"…뭐?"

내 당황한 얼굴을 보며 청도는 재밌다는 듯 씩 웃으며 말했다. 다시 입가에 미소가 돌아오셨군, 그래.

"책상에 쓸 거야. 써버릴 거야. 더불어 손바닥, 팔 안쪽, 손가락 사이, 안 걸리는 곳에는 모조리 써버릴 거야……."

"야… 그러다 만약에 시험 시간에 자리를 바꾸면 어떻게 해?"

청도는 고개를 들며 나를 날카롭게 노려보았다.

"도박이지. 우리 둘이 가로로 같은 줄에 나란히 앉는다. 책상을 바꾸면 한 명은 운수 더럽게 없는 거고, 다른 한 명은 운수 트이는 거야."

"그럼 책상에 써놓은 것이 들킬 경우에는?"

"그때야 그냥 시험 때려치워야지 뭐."

"…넌 남자다……."

나는 청도의 시원시원한 대답에 감탄 섞인 목소리로 고개를 끄덕였다. 그리고 요령이는 인간이 두렵다는 듯 한쪽 입술을 바르르 떨며 중얼거렸다.

"너는 여자였으면 패인 옷 입고 와서 앞가슴에 쓰고 봤을 거야… 허벅지에도 쓰고 치마로 가렸을 거야… 이 인간아……."

요령이의 말에 청도는 느끼하게 요령이를 훑듯이 쳐다보더니 느물느물 대답했다.

"아! 여자였으면 그런 방법이 있었구나. 여자가 아니라서 아쉬운데? 으흐흐……!"

"그 으흐흐… 는 도대체 뭐야! 무슨 웃음이 그래! 너, 지금 뭘 상상하는 거야!"

"장난이야, 장난! 난 너 같은 드센 여자를 제일 싫어하니까 걱정하지 말라고!"

"아니, 내가 어딜 봐서 드세다는 거야, 엉? 죽고 싶냐! 뼈와 살을 분리해 드릴까?"

…내가 보기에는 드세다는 표현은 딱 지금의 요령이를 두고 하는 말 같은데…….

시험 넷째 날.

이곳은 강의실.

"자, 자! 정숙하세요. 이제부터 시험을 시작하도록 하겠습니다."

깐깐하게 생긴, 노처녀 히스테리라는 단어가 잘 어울릴 것같이 생긴 조교가 시험지를 교탁에 탕, 탕 내려치며 시험의 시작을 알린다.

으으, 떨려. 나는 책상을 슬쩍 바라보았다. 책상은 마치 교과서를 몽땅 축소 복사한 뒤 그대로 발라 버린 듯 작은 글씨로 빽빽하게 뒤덮여 있다. 청도는 지금 어떤 기분일까? 나는 태연히 내 오른쪽을 바라보았다. 내 오른쪽에 청도가 앉아 있기 때문이다. 청도는 태연히 칠판을 바라보며 앉아 있었다. 별 감정의 동요가 없는 걸까? 아니면 할 때까지 했으니 이제 나머지는 하늘에 맡긴다는 것인가? 으, 신이시여! 제발 책상을 바꾸지 말고 그냥 넘어갔으면……!

그러나 신은 둘 중 한 명만이 마음에 들었나 보다.

"자, 이제부터 책상을 바꾸도록 하겠습니다. 여러분 모두……."

순간 청도와 나의 눈이 동요로 인해 흔들렸다. 과연 신이시여, 그대가 선택하는 것은 청도입니까, 저입니까……?

"책상에서……."

청도입니까?

"일어나서……."

저입니까?

"…오른쪽으로 한 칸씩 옮겨주세요."

저를 선택하셨군요! 앗싸! 신이시여! 감사합니다! 하하하!

그런데 빌어먹을 조교가 한마디를 덧붙인다.

"물론 저를 기준으로입니다."

…신은 죽었다.

"몇 점일까?"

컴퓨터실. 흰색의 컴퓨터와 온통 흰색의 도색들, 흰색의 커튼과 흰색의 화이트보드 등 모조리 흰색으로 이루어진 컴퓨터실은 그 강박증적인 색깔 때문인지 사용자를 약간 답답하게 만든다. 하지만 나와 청도의 마음이 답답한 까닭은 컴퓨터실의 색깔 따위와는 하등의 상관이 없었다. 단지 이제 몇 분 후면 우리의 성적이 밝혀진다는 사실이 두려웠을 뿐.

나와 청도는 두 자리를 차지하고 앉아서 서로의 앞에 놓인 모니터를 뚫어지게 응시하고 있었다. 이윽고 익스플로러의 아래쪽 푸른색 게이지 바가 조금씩 차 들어가면서 로그인 화면이 떠올랐다.

「학번과 비밀번호를 입력해 주세요.」

따다다닥.

빠른 속도로 손가락이 키보드 위를 움직이고, 곧 이어 나와 청도는 우리 학교의 재학생임이 인증되었다. 나는 두근거리는 마음으로 '성적 확인' 메뉴로 들어갔다. 흠, 어디 보자.

…잠시 후 나는 마우스를 잡고 손을 부르르 떨다가 익스플로러를 닫고 거칠게 일어섰다. 옆자리에선 청도가 오만상을 찌푸린 채 주머니에 손을 꽂아넣으며 나와 동시에 자리에서 벌떡 일어섰다.

"우우— 젠장."

"대충 어느 정도나 나왔냐?"

"기말고사 때는 잘 봐야겠다는 생각 들 정도로 나왔어. 너는?"

"마찬가지."

우리는 어깨동무를 하고 컴퓨터실을 나오며 동시에 땅이 꺼져라 한숨을 쉬었다.

"아이구—"

제20장

축제

햇볕이 내리쬐는 화창한 오월 초의 한가로운 오후. 수업도 모두 끝나고 딱히 할 일도 없는 나는 요령이와 핫도그 사주기 내기 장기를 두며 시간을 흘려보내고 있었다.

딱!

"장 받아라."

"이, 이런……."

요령이는 회심의 미소를 지으며 마를 들어다 내 상을 먹으며 장을 부르고 또한 한마디를 덧붙였다.

"양수겸장이야."

"이, 이런!"

정말로 위쪽에서 포장이 기세등등하게 우리 편 장을 가두어놓고 있었다.

이, 이런! 나는 한참 동안 팔짱을 끼고 장기판을 노려보았다. 으음…
제, 젠장! 수가 없잖아!

"흐흥~ 장기 두는 사람 어디 갔나?"

"…한 수만 무르자."

"싫어. 둘 거 없으면 졌지?"

요령이는 냉정하게 말했다. 그렇다. 이 판은 핫도그 내기인 것이다.

"한 수만."

"아, 싫어. 너 같으면 물러주겠냐? 빨리 장을 받든지 핫도그를 사내
든지 둘 중 하나를 선택해!"

아, 이 판 내가 두 수면 이길 수 있는데! 나는 안 되는 걸 뻔히 알면
서도 조금만 더 사정해 보기로 하고 요령이에게 졸랐다.

"한 수만 무르자니까?"

"아, 싫어."

아, 이거 장기 한 판 가지고 더럽게 치사하게 구네! 어떻게 하면 요
령이에게 한 방 먹일 수가 있을까? 흠… 그렇지!

"음, 크흠! 아니, 갑자기 기침이, 쿨럭, 쿨럭!"

나는 갑자기 발작하듯 몸을 떨며 기침을 해댔다. 물론 일부러.

"으억, 쿨럭! 쿨럭! 왜, 왜 이러지? 쿨럭! 쿨럭!"

"유치하게 쇼 하지 말고 빨리 다음 수나 두든지 핫도그 사 와."

요령이의 태도는 싸늘했지만 나는 굽히지 않고 기침을 하면서 그대
로 손을 휘둘러 장기판을 엎어버렸다.

우당탕!

"야! 뭐야! 지금 뭐 하는 짓이야!"

"어이, 쿨럭! 어이쿠! 이런 실수, 쿨럭! 실수를! 쿨럭쿨럭! 미안!

쿨럭!"

"이럴 수가… 내 장기… 내 핫도그……."

요령이는 힘이 빠지는지 몸을 축 늘어뜨리며 이리저리 엉망으로 망가져 버린 장기판을 안타깝게 바라보았다.

"쿨럭… 미, 미안… 어, 어쨌든 이렇게… 쿨럭! 됐으니 판은 무… 응?"

요령이는 여전히 안타까운 눈으로 장기판을 바라보면서 손을 억지로 놀려 장기 알을 하나하나 쓸어 모아 자신의 옆에 쌓은 후 힘없이 뒤집힌 장기판을 도로 원래대로 해놓더니 슬픈 눈빛으로 장기 알을 하나하나 장기판 위에 올려놓았다.

"쿨럭… 뭐… 쿨럭… 하냐?"

콱!

요령이의 손이 내 목을 움켜쥐었다. 요령이는 그렇게 내 목을 조르면서 가르랑거렸다.

"어디 한번 그놈의 기침이 어디까지 나오나 볼까?"

"미안해, 한 번만 봐줘."

…물론 내 기침은 곧바로 멈추었다. 그리고 요령이는 책상에 손을 기세등등하게 올리며 내게 말했다.

"여기. 아까 두던 그대로 장기판 다시 배치해 놨으니까 빨리 둬."

요령이의 말에 나는 고개를 절레절레 휘저었다.

"이런 깜찍한 것 같으니라고."

"그거 칭찬이지? 고마워. 어서 둬."

그때 갑자기 누군가 문을 벌컥 열면서 뛰어 들어와서 책상을 쾅! 하고 후려쳤다.

"야! 이 한량들아! 지금 장기나 두고 있을 때냐!"

와르르—

물론 장기 알들의 배치가 또다시 엉망이 되었음은 두말할 필요도 없다.

"이, 이런……."

요령이는 절망적인 얼굴로 결국 의자에 털썩 주저앉아 버렸다.

"핫도그 하나 얻어먹기가 뭐 이리 힘들어. 젠장!"

청도는 요령이가 갑자기 망연자실한 얼굴로 중얼거리자 영문을 모르겠다는 듯 고개를 갸웃거렸다. 그런데 청도의 왼손에 웬 종이가 둘둘 말려서 들려 있다. 저게 뭘까?

"야, 도대체 그렇게 헐레벌떡 뛰어온 이유가 뭐야? 그리고 그건 또 뭐냐?"

"아!"

청도는 깜박했다는 듯 자신의 이마를 톡 치더니 손에 들고 있던 종이 두루마리를 죽 펼쳤다.

"포스터네?"

"응."

그것은 포스터였다.

「5월 15일~5월 17일, 대동제가 시작됩니다!」

라는 문구가 깔끔한 명조체로 써 있는, 푸른 하늘이 찍혀 있는 깨끗한 디자인의 포스터. 그런데 이게 뭐 어쨌다는 거야? 별로 중요한 내용도 없잖아?

“어쩌라고?”

내 대답에 청도는 예상외였는지 당황하면서 되물었다.

“뭐?”

“아니, 축제하는데 뭐 어쩌라고? 아직 날짜도 무지하게 남았는데. 왜, 축제를 생각하니까 벌써 놀 생각에 가슴이 두근대기라도 하는 거냐?”

“그게 아니라!”

도대체 얘가 무슨 의도로 이런 말을 꺼내는 걸까? 내 물음에 청도는 우리 때문에 답답해 죽겠다는 듯 가슴까지 두드려 대며 고개를 가로저었다.

“그럼 뭔데?”

“축제인데 우리는 명색이 동아리잖아.”

“일단 동아리인지 아닌지는 논외로 하고. 그래서? 하고 싶은 이야기가 뭔데?”

내 말에 청도는 검지손가락으로 포스터의 중간 부분을 탁탁 치며 말했다. 그 부분에는 이런 글귀가 쓰여 있었다.

「여러분의 많은 참여를 기다리고 있습니다!」

“여러분의 많은 참여를 바란다잖아! 임마, 축제 기간인데 기본적으로 동아리라면 뭔가 해야 되는 거 아냐?”

“뭐? 축제 기간에는 기본적으로 동아리라면 꼭 뭔가 해야 되는 거냐? 하긴 뭘 해?”

“아니, 꼭 뭘 해야 되는 건 아니지만…….”

내 물음에 청도는 말끝을 흐렸다.

"게다가 우리는 등록도 되지 않은 데다가 사람들이 있는지 없는지조차 알지 못하는 '지멋대로 신생 동아리' 잖아. 거기다 재학생으로만 따지면 회원 수는 너와 나, 이렇게 딱 둘. 이런 게 무슨 동아리야, 동아리는."

계속되는 나의 날카로운 지적. 하지만 청도는 내 반박에 예의 그 씩— 하는 미소를 짓더니 대답했다.

"그러니까 오히려 이번 축제를 우리의 지명도를 알릴 수 있는 발판으로 삼아야 하지 않을까? 최소한 내년에는 새내기들을 받아야 할 거 아냐? 그러려면 어느 정도는 우리의 이름이 알려져 있어야지. 안 그래?"

청도의 말에도 일리가 있긴 하다. 하지만…

"야, 근데 내년에 새내기 그거… 꼭 받아야 되는 거냐?"

"당연하지!"

청도는 흥분했는지 책상을 쾅! 하고 후려치더니 우리를 향해 외쳤다.

"물론 내가 축제 기간 중에 우수한 모습을 보여준 단체에게 상을 준다는 것 때문에 이러는 것은 절대 아냐. 그 동아리에게 주는 상금이 오십만 원이라서 그러는 것도 절대 아냐!"

"엇? 축제 동안 뭐 잘하면 상 주냐? 그것도 오십만 원이나?"

나는 청도의 말에 놀라서 되물었고 청도는 천천히 고개를 끄덕였다.

"그래."

"흠… 오십만 원이라고? 다시 한 번 생각해 봐야겠는데……."

오십만 원이라… 이거, 고민하게 만드는군. 하지만 도대체 뭘 하겠다는 거냐? 우리 대화를 옆에서 진지하게 듣고 있던 요령이가 갑자기 괜히 열을 올리며 청도와 나와의 사이에 끼어들었다.

"아니, 그런 게 있으면 진작 말을 해야 될 거 아냐!"

"아, 아니, 왜 니가 더 열을 올리고 그러냐?"

나는 요령이의 전혀 예상치 못한 모습에 당황해서 말까지 더듬었다. 그리고 요령이는 내 말에 움찔하더니 쏘아붙이듯 대답했다.

"내가 돈 때문에 이러는 줄 알아? 돈 때문에 이러는 줄 아냐고! 응? 어디 말해 봐! 내가 그깟 상금 오십만 원, 생각해 보니까 좀 많긴 하네! 어쨌든 그것 때문에 이러는 줄 알아?"

"누, 누가 뭐래?"

이제 완전히 자기 감정에 도취돼서 책상을 쾅쾅 후려치는 요령이. 요령이가 책상을 후려칠 때마다 장기 알들이 위로 튀어 오른다. 이제 핫도그 내기 장기 따위는 안중에도 없나 보다. 어쨌든 나로서는 다행이지 뭐.

"청도가 '영준아, 도와줘' 라고 말하면 친구 된 도리로서 고민할 필요도 없이 '어, 그래' 라고 말하고 도와줘야 되는 게 예의 아냐? 응? 너는 그래서 안 돼. 그러니까 니가 친구가 없는 거야!"

"야! 내가 친구가 없는 건 맨날 갈 데 없는 너희들이랑 다니니까 없는 거지!"

요령이의 말도 안 되는 소리에 내가 버럭 소리를 지르며 쏘아붙이자 요령이는 '니가 지금 그래서 잘했다는 거야?' 라고 외치는 듯 책상을 다시 한 번 마구 후려쳤다.

"지금 내가 '친구가 있네 없네' 따위의 시시한 이야기나 하자고 하는 거야? 응? 그래서 지금 청도의 부탁을 거절하겠다는 거야 뭐야!"

씨~ 친구 이야기는 지가 먼저 꺼냈으면서. 나는 점점 내가 구석으로 몰리고 있음을 느끼며 웅얼거렸다.

"아니, 뭐, 꼭 거절이라기보다는……."

"하겠다는 거야, 말겠다는 거야!"

요령이의 말에 청도도 거들었다.

"그래! 하겠다는 거야 말겠다는 거야!"

"하, 할게. 하면 되잖아."

어떻게 된 건지는 잘 모르겠지만 생각할 틈도 없이 결국 요령이의 페이스에 휘말려 버렸다. 젠장.

"잘됐다, 청도야. 그치?"

청도의 일에 진심으로 기뻐하는 요령이. 우정 때문일까 아니면 '단체'가 받는다는 '상금' 때문일까? 후자일 가능성이 높다는 사실이 나를 상당히 씁쓸하게 한다. 하여튼 요령이가 기뻐하는 모습을 계면쩍게 바라보던 청도는 참으로 미안하다는 듯 우물쭈물 말을 꺼냈다.

"그, 그런데 요령아, 그리고 가람아……."

"응? 왜?"

"너희들도 좀 도와줘야겠는데……."

"뭐엇? 야, 우리는 동아리 구성원도 아니잖아!"

"그, 그게 그렇게 됐어……."

전혀 예상치 못한 청도의 말에 경악하는 요령이. 쌤통이다, 임마.

"그러니까 우리가 구체적으로 뭘 하면 되는 거냐?"

"맞아. 우선 뭘 할 생각인지부터 말해 봐."

요령이의 말에 내가 거들었다.

"축제 때 무언가를 보여주겠다면 어설픈 걸로는 안 된다."

가람이 또한 우리의 대화에 끼어들었다.

"걱정하지 말라고. 이번 축제의 상금 오십만 원은 우리가 따놓은 당상이니까!"

청도는 자신만만하게 씩 웃었지만 그런 모습이 오히려 우리를 더 불안하게 만든다.

"아, 글쎄, 뭐지나 말해 보라니까?"

"연극이야."

"아, 연극. 그거 좋지… 가 아니라, 그게 뭐얏!"

요령이는 너무 당황스러운 이야기에 처음에는 그냥 '아, 그러려니' 쯤으로 생각했던 모양이다. 잠시 후 청도가 무슨 말을 했는지 깨달은 요령이는 눈을 크게 뜨며 빽 소리쳤다.

"연극이라니, 그게 말이 되냐! 무슨 놈의 듣도 보도 못한 연극이야, 연극은! 얼어죽을!"

가람이도 청도의 말이 탐탁지 않다는 얼굴로 말했다.

"요령이 말에 동의. 기본적으로 축제 때 동아리 공연이라 함은 그 동아리의 특색을 잘 보여줄 수 있어야 하는 것 아닌가? 이곳은 연극 동아리가 아니라 청도 네가 칼을 가르쳐 주기 위해서 만든 동아리 아니었던가."

"내 생각도 그래. 그리고 더군다나 나는 칼이라고는 전혀 할 줄 모른단 말야!"

요령이와 청도, 그리고 내가 몰아붙이자 청도는 우물쭈물거리며 기어 들어가듯 대답했다.

"아니, 난, 그냥… 상금 오십만 원은 꼭 받아야겠다는 생각에……"

"…이라잖아! 어? 연극이면 어떻고 뭐면 어때! 엉?"

청도의 말이 채 끝나기도 전에 요령이가 들고 일어서며 우리에게 따지고 들었다. 어휴, 저 간에 붙었다 쓸개에 붙었다 하는 박쥐 같으니라고! 가람이도 영 마음에 들지 않는다는 듯 눈을 가늘게 뜨고 요령이를 노려보았다.

"그런데 왜 하필 연극이야?"

내가 다시 묻자 청도는 기다렸다는 듯 대답했다.

"우리의 모든 것을 보여줄 수 있기 때문이지."

"우리의 모든 것이라니?"

내가 의아한 목소리로 묻자 청도는 다시 한 번 씩 웃으며 대답했다.

"사실 우리가 할 수 있는 게 뭐가 있냐? 손에서 번쩍번쩍 빛이나 내고, 뭐 쏘면 날아가게나 하고, 손에서 바람이나 나오게 하고. 근데 이게 사실 아무나 할 수 없는 거거든. 그래서 보는 사람은 다 신기해할 거란 말야. 그러니까 우리 특수 효과가 무한대로 들어간 블록버스터 연극을 한번 만들어보자. 어때?"

"…무대 다 때려 부수고 관객들 다 죽일 일 있냐?"

나는 어이가 없어서 청도에게 쏘아붙였지만 청도는 고개를 가로저으며 말했다.

"힘을 빼면 되잖아, 힘을 빼면. 뭐가 그리 어려워?"

"맞아, 뭐가 어려워? 왜 이렇게 불만이 많은 거야, 도대체? 하라면 하면 되는 거지!"

요령이가 뒤에서 거들고 나선다. 쳇. 나는 어깨를 으쓱거리며 한발 물러서는 수밖에 없었다.

"그런데 그 네가 하려고 하는 연극의 내용은 어떤 내용인가?"

아! 그러고 보니 중요한 것을 잊고 있었군! 나는 손가락을 딱 튕기며 청도를 바라보았다.

"맞아! 나도 연극 내용이 궁금해. 그 연극 내용이 뭐야?"

"잠깐만 기다려 봐."

청도는 대답과 함께 잠시 책상 위에 올려놓은 자신의 가방을 뒤적뒤적거렸다. 잠시 후 청도는 얄팍한 A4 용지 인쇄 뭉치를 몇 권 꺼냈다.

"이게 뭐냐?"

내 질문에 청도는 씩 웃으며 대답했다.

"대본. 우리가 연습해서 이번 무대에 올릴 연극의 대본이야. 너희들이 내용을 물어볼 것 같아서 미리 써왔지. 내용은 무협이고 연극의 중점은 얼마나 더 많은 것을 얼마나 더 재밌고 화려하고 빠르게 보여주느냐이지. 어때? 괜찮을 것 같은 생각이 마구마구 팍팍 들지 않아? 만약 이걸 대본 그대로 완벽히 소화해 낸다면 진짜 어마어마한 연극을 만들어낼 수 있을 거야. 관객들은 모두 까무러칠지도 모르고 말야."

청도의 말에 가람이는 별로 탐탁지 않은지 눈살을 살짝 찌푸렸다.

"어디 보자… 제목은 혈풍무림… 이라… 제목은 약간 수준 미달이군."

혈.풍.무.림.이라고? 나는 너무도 유치찬란하여 보는 사람의 맥을 쭉 빠지게 만들어 버리는 그 제목에 허탈한 웃음을 지었다. 하지만 우리의 반응을 본 청도는 마치 이미 그럴 줄 알고 있었다는 듯 차분히 제목과 연극의 내용의 관련성에 대해 설명을 시작했다.

"제목 따위야 아무려면 어때? 내가 말했잖아. 우리가 하려는 건 연극이지만 동시에 일종의 '쇼' 라고. 이 연극은 본 사람들의 입에서 사람들이 '아! 참으로 감동적인 내용이다! 울어버릴 것 같아!' 라든지,

'주인공의 아름다운 사랑에 그만 저도 모르게 마음이 따뜻해져 버렸어요'라거나 '연극 '혈풍무림'을 보면서 세상에 대한 강한 비판 의식과 자아에 대한 재성찰의 시간을 가지게 되었다. 고맙다'라든가, '작품 전반에 작가의 주제 의식이 잘 녹아 있는 작품' 등등의 반응이 나올 필요가 전혀 없단 말야! 호쾌한 액션과 화려한 결투 신, 멋들어진 무술과 강렬한 특수 효과 같은, 전혀 연극과는 어울리지 않는 것 같은 것들이 우리 연극의 중심이 돼야 한다고! 보는 관객들의 입에서 절로 '앗싸! 신나는구나!' 따위의 반응이 나와야 한단 말야!"

"아, 알았어. 알았으니까 진정해. 왜 열을 펄펄 내고 그래?"

청도의 기세등등한 태도에 기가 팍 죽은 나는 기어 들어가는 목소리로 대답했다. 흠, 생각해 보니 청도의 말대로 연극을 만들면 보는 사람들의 반응은 확실히 좋을지도 모르겠는데? 일단 이 '혈풍무림'이 도대체 무슨 내용인지 먼저 대본부터 한번 읽어보자. 나는 손가락 끝에 침을 묻혀 청도가 우리에게 나누어 준, 전면에 큰 글자로 '혈풍무림'이라고 인쇄된 A4 용지 인쇄물의 첫 번째 장을 넘겼다.

「혈풍무림.
대본: 이청도
기획: 이청도
연출: 이청도
배우: 이청도, 박영준, 한가람, 이요령
배역:
박영준—흑풍존자 백낙섭. 진씨 가문의 전령. 복면인 1. etc.
한가람—오대신성 중 일 인. 소패룡 진영무. 복면인 2. etc.

이요령—오대신성 중 일 인. 자운녀 초매향. 복면인 3. etc.

이청도—해설, 암영흑귀, 아미파의 전령. 복면인 4. etc.

소품:검 3개. 부채. 옛 복식의 의상.」

호~ 꽤나 그럴듯한데? 내가 흑풍존자 백낙섭이란 말이지? 이름으로 보아 그리 좋은 놈 같진 않은데? 나는 흥미를 느끼며 페이지를 뒤로 넘겼다.

「때는 명나라 초기. 강호는 15년 전 휘하의 암흑의 세력을 이끌고 무림을 어지럽히던 암영흑귀를 물리친 뒤 평화로운 나날을 보내고 있었다. 그러던 어느 날…….」

내용을 대충 정리하자면 이렇다.

옛날 암영흑귀라는 마인이 있어서 휘하의 세력을 이끌고 무림을 어지럽히다 힘을 모은 정파와 사파의 무림인들에 의해 쓰러졌다. 그런데 그가 쓰러진 지 15년 후, 죽은 줄로 알았던 그가 세외에서 세력을 모으고 더욱 고강한 무공과 함께 강호에 다시 등장하게 된다. 암영흑귀는 자신이 아무리 강해도 혼자의 힘으로는 무림을 자신의 손아귀에 넣을 수 없다는 사실을 15년 전 자신의 실패로 인해 뼈저리게 깨닫고 있었다. 그래서 그는 자신과 함께 손을 잡고 무림을 지배할 자를 찾다가 마침내 약관의 나이에 자신만의 무예 '유풍술' 을 극강까지 끌어올린 고강한 무공의 소유자 '흑풍존자 백낙섭' 과 손을 잡게 된다. 결국 이 둘은 함께 무림의 유수한 가문과 문파들을 하나하나 부수어 나가며 무림에 혈풍을 일으켜 차근차근 무림을 자신들의 손아귀에 넣게 된다.

한편, 아직까지 암영흑귀와 흑풍존자에게 공격을 받지 않은 문파와 가문들에서는 다시 한 번 15년 전처럼 연합을 해야 할 필요성을 느끼고 무림맹에 자신들의 대표를 보내 1차 회동을 갖는다. 그런데 무림맹의 회동을 위해 각 파의 고수들이 자리를 비운 틈을 타 암영흑귀와 흑풍존자가 아미파와 팔북진가를 급습해서 절멸시켜 버린다. 회동을 위해 문파를 떠나 있는 사이에 자신의 문파를 잃은 아미파의 자운녀 초매향과 팔북진가의 소패룡 진영무는 암영흑귀와 흑풍존자에 대한 복수를 맹세하고 함께 암영흑귀의 본거지 '흑사미궁' 으로 떠나게 된다.

온갖 고난의 여행 끝에 결국 암영흑귀와 만나게 된 자운녀 초매향과 소패룡 진영무. 오대신성이라는 이름에 걸맞게 고강한 무공을 펼쳐 결국 협공으로 암영흑귀를 쓰러뜨리게 된다. 큰 상처를 입은 암영흑귀는 도망가기 위해 순간적으로 몸을 날리지만, 그때 나타난 흑풍존자가 암영흑귀를 공격하여 쓰러뜨린다. 처음부터 흑풍존자는 암영흑귀를 처치할 목적으로 암영흑귀를 돕는 척한 것이다. 그리고 이어지는 초매향, 진영무와 흑풍존자 백낙섭과의 혈전. 길고 고통스러운 싸움 끝에 결국 흑풍존자는 쓰러지고 초매향, 진영무는 무림을 구하게 된다.

"꽤 재밌는데?"
나는 솔직한 소감을 말해 주었다.
"그렇지? 재밌지?"
"응. 이거 니가 만든 거냐?"
"어. 만드느라 무지 고생했어. 내용을 짜내느라 머리가 터지는 줄 알았다고. 그래도 재밌다니까 힘이 난다, 야."
청도는 내 칭찬에 기쁘다는 듯 씩 웃으며 물었다.

"그러면 연극하기로 결정한 거지?"

"아니, 일단 가람이의 의견도 물어봐야지."

나는 고개를 가로저으며 가람이를 바라보았다. 그리고 청도는 간절한 눈빛으로 가람이를 바라보며 물었다.

"가람아, 어떻게 할 거야? 할 거지? 응?"

"…주인이 하라면 하고 하지 않으라면 하지 않겠다."

가람이는 언제나 같은 대답을 하는군. 가람이의 말에 청도는 다시 나를 바라보았다.

"가람이는 너만 좋으면 하겠대잖아."

"아, 저… 그런 뜻으로 말한 건 아닌데……."

청도의 말에 가람이가 움찔해서 청도를 불렀지만 청도는 듣지 못한 듯 간절한 말투로 내게 말했다.

"하자. 해보자. 재미있을 것 같지 않나?"

"흠……."

잠깐 고민에 잠겼다. 확실히 이거, 연습을 하다 보면 재미있을 것 같기는 하다. 그런데… 연습이 힘들지는 않을까? 무대에 올라가면 사람들의 시선이 창피하지는 않을까?

"하자, 좀!"

청도가 다시 한 번 나를 재촉했다. 그리고 나는 고민 끝에 결국 천천히 고개를 끄덕였다.

"좋아."

"야호!"

환호성을 내지른 건 청도가 아니라 요령이었다. 도대체 오십만 원으로 뭘 하고 싶어서 저렇게 좋아하는 거지? 내 궁금증은 요령이의 이어지는 외침으로 인해 풀렸다.

"얼른 상 받아서 맛있는 거 많이 사 먹자! 열심히 하자! 아자!"

…어쩐지 너무 열성으로 나서더라.

"먼저 소품을 준비해야 해."

청도가 말했다.

"우선 이 연극은 우리의 자본과 시간 부족, 그리고 능력 부족 때문에 부실한 배경으로 진행할 수밖에 없어. 그래도 최소한 대본에 써 있는 암영혹귀와 초매향, 그리고 진영무가 사용할 칼 세 자루와 백낙섭이 사용할 부채, 그리고 옛 복식의 의상 정도는 있어야 해."

"머리 아프네. 그것들을 어떻게 구하지?"

요령이의 말에 청도는 그렇지 않다는 뜻으로 고개를 가로저었다.

"몇 가지는 구하기가 쉬워. 일단 칼 세 자루는 동아리방에 내 목검이 다섯 개 정도 있으니까 그중에서 골라서 사용하면 되고, 백낙섭이 사용할 부채는 뭐 아무 데서나 천 원이면……."

"나 부채 있어. 내 부채를 쓸게."

어차피 연극 도중 바람의 힘을 사용해야 된다면 치우한님의 칼을 '나의 부채'로 사용하는 것이 좋을 것이다. 내 말에 청도는 잘됐다며 얼굴이 밝아졌다.

"그래? 단 100원이라도 아껴야 하는데 잘됐네. 그러면 이제 필요한 것은 옛 복식의 의상 정도인데… 일단 내가 집에서 가지고 올라온 도복이 두 벌 있어. 이걸로 진영무와 초매향의 의상은 어떻게 될 것 같고 나머지는 연극부에서 빌려야 할 것 같아. 뭐, 정 안 되면 종이로 만들던지 해도 되겠고."

“그 정도면 되는 거야?”

“응. 그리고 아무리 신경을 쓰지 않기로 했다고 해도 배경 몇 개 정도는 그림으로라도 만들어야 하는데… 어떻게 하지? 그냥 글씨로라도 쓸까?”

“예를 들면 장소가 ‘무림맹’이면 그냥 글씨로 ‘무림맹’이라고 써서 뒤에 세워놓자는 거지? 그거 생각해 보니까 딱 비웃음거리인걸?”

“뭐, 할 수 없잖아. 어차피 본 내용에서 사람들의 입을 벌어지게 할 자신이 충분히 있으니까.”

그건 나도 자신있다. 실제 상황이 아닌, 스크린에서 펼쳐지는 영화도 기술의 한계를 뛰어넘은 영화들의 관객들을 놀라게 하기에 충분한데, 지금 우리가 하려는 연극은 실제로 관객의 눈앞에서 관객들이 불가능하다고 생각하는 것을 보여주는 것 아닌가. 아마 우리의 연극을 본 축제 무대의 관객들은 경악을 하게 될 것이다. 하지만,

“그래도 최소한 어느 정도 이상은 질이 되어야 하지 않을까? 너무 그러면 창피하다고.”

“그래? 그러면 뭐 전지라도 사가지고 뒷배경을 그리는, 그런 식으로 하던지 해야지 뭐.”

내 문제 제기에 청도는 고민할 것 없다는 듯이 시원시원하게 대답했다. 그리고 그런 자신감있는 청도의 모습에 오히려 나는 이상하게 어떤 불안감 같은 것이 조금씩 생겨났다.

“그럼 먼저 옷부터 빌리자. 요령아, 니가 좀 갖다 올래?”

“응?”

“학생회관 3층에 가보면 ‘세실’이라는 곳이 있거든? 그곳이 연극 동아리인데, 그곳에 가서 의상을 좀 빌려와 줘. 대본을 읽었으니까 대

강 어느 정도의 의상이 필요한지쯤은 알고 있지?"

"왜 하필 나야? 귀찮아."

요령이의 물음에 청도는 씩 웃더니 대답했다.

"미인이 가야 잘 빌려주지 않을까?"

그리고 미인이라는 청도의 말에 요령이는 금방 얼굴에 함지박만한 웃음을 짓더니 '금방 다녀올게' 라는 말을 남기고 컨테이너에서 나갔다.

"그럼 나는 매점에 가서 전지랑 매직, 물감 같은 것들을 사 올게."

"배경 그릴 것들?"

내 물음에 청도는 고개를 끄덕였다.

"응."

"같이 가자. 같이 들어줄게."

"그래 주면 고맙고."

내 말에 청도는 반갑게 대답하며 자리에서 일어났다.

"나도 같이 가지."

우리가 컨테이너에서 나가는 것을 지켜보던 가람이도 혼자 있기가 심심했는지 일어섰다.

이것저것 필요한 것을 산 후 컨테이너로 돌아오자 이미 요령이가 먼저 돌아와서 기다리고 있었다. 그런데 요령이의 표정이 가히 밝지 않았다.

"표정이 왜 그래? 옷 못 빌렸나 봐?"

내 말에 요령이는 고개를 가로젓더니 힘없이 대답했다.

"아니, 못 빌린 건 아닌데……."

"그럼? 뭔데? 빨리 말해 봐. 답답해."

청도의 말에 요령이는 한숨을 쉬며 말했다.

"빌리러 갔는데… 그 인간들도 축제 때 연극을 한다잖아. 그런데 자기네 대본상 고대풍의 의상들이 필요해서 옛날 옷들은 못 빌려주겠다고 하잖아. 결국 어떻게 해. 헛걸음하긴 싫어서 할 수 없이 그냥 분위기에 맞는 옷들로 대강 빌려오긴 했는데, 역시 대본이랑은 별로 안 어울려."

"어떤 옷들인지 어디 한번 보자."

요령이는 풀죽은 얼굴로 책상 밑에 아무렇게나 팽개쳐 두었던 옷들을 들어서 우리에게 보여주었다. 갈색의 롱코트, 그리고 여러 가지 색의 천으로 이루어진 옛 그리스인의 복장이 몇 벌. 휴, 이걸로 뭘 어떻게 하라는 거야?

하지만 청도는 이 정도면 되었다는 듯 말했다.

"괜찮아. 이걸로 어떻게 할 수 있을 것 같은데? 일단 갈색의 롱코트는 분위기 잡아야 되는 흑풍존자 백낙섭이 입는 걸로 하고, 이 검은색 천 옷은 암영흑귀인 내가 둘둘 감으면 되겠네. 흠, 그리고 복면인들의 의상은… 그냥 검은색 바지에 흰 티셔츠를 입는 걸로 하자. 내게 흰 티셔츠가 두 벌 있고 검은 바지가 한 벌 있어. 전체 필요한 게 최소한 3, 4벌은 되어야 하니까……."

"나한테 검은색 바지가 한 벌 있어. 흰 티셔츠가 두 개 있고."

"그래? 그럼 바지가 모자라네. 흠……."

청도는 잠깐 고민하더니 곧 상관없다는 듯 씩 웃으며 말했다.

"정 안 되면 그냥 복면인들 같은 엑스트라는 그냥 아무렇게나 걸치는 걸로 하지 뭐. 복면만 쓰면 되니까."

"야, 그런데 복면은 어떻게 만들려고?"

"아, 그건 학교 앞 플래카드 가게에서 플래카드 용 천을 한 반 폭 정도 사서 오려서 복면을 만들면 돼. 아, 그리고 보니 복면인용 복장도 그걸 몸에 망토처럼 두르는 걸로 하면 되겠다!"

정말 궁하면 통한다고 생각을 하니까 어떻게든 방법이 나오는구나. 나는 청도의 꼬리를 물고 이어지는 아이디어에 감탄을 금치 못했다.

청도는 우리의 시선을 끌기 위해 책상을 탕탕 치며 외쳤다.

"됐어, 그럼 이제부터 준비를 시작하자!"

"흐흠— 흠흠흠—"

요령이는 콧노래까지 그리며 배경을 그리는 데 여념이 없었다. 그리고 보니 요령이가 그림을 그리는 것은 한 번도 못 본 것 같은데. 그림 그리는 게 재미있나 보지? 나는 요령이의 어깨 너머로 요령이가 무엇을 그리는지 슬쩍 바라보았다.

그리고 나는 왼 입술을 치켜 올리며 요령이의 어깨를 툭툭 쳐서 물었다.

"그게 뭐냐?"

"무림맹."

"무림맹이 아무리 재정난이 심각해도 초가집을 세우지는 않을걸? 무림맹의 위신이 있지."

요령이의 대답에 나는 황당함을 가득 실어 반문했다. 그리고 요령이는 기분이 상했다는 듯 양손을 자신의 허리에 걸치며 말했다.

"이거 초가집 아냐!"

"그럼 판잣집이냐?"

"죽을래?"

"…잘 생각해 보니 위풍당당한 무림맹 같기도 하다……."

나는 맥 빠진 목소리로 요령의 위협에 어쩔 수 없이 대답하고 다시 요령이의 그림을 바라보았다. 어이구, 이게 어떻게 무림맹이냐. 아무리 봐도 초가집이구만.

요령이가 '무림맹'이라고 주장하는 그 건물은 지붕이 누런색에다 네모반듯한 벽에 십(十)자 모양의 창문을 가지고 있는, 누가 보아도 '참, 바람 불면 쓰러질 것처럼 생긴 허술한 초가집이군'이라고 말할 듯한 생김새를 가지고 있었다.

"지붕 색깔은 왜 누런색이냐?"

내 질문에 요령이는 한심한 질문을 한다는 듯 혀를 쯧쯧 찼다.

"적어도 무림맹이라면 지붕이 '찬란한 황금색'으로 빛나지 않을까?"

"아… 찬란한 황금색……."

나는 망연자실한 목소리로 중얼거렸고 요령이는 고개를 끄덕였다.

"응, 찬란한 황금색. 히힛."

"자, 자, 지금까지 그리던 거만 다 그리고 나서 대본 연습을 시작하자. 배경은 언제라도 그릴 수 있지만 대본 연습은 꾸준히 하지 않으면 안 돼."

자신이 맡은 배경 그림의 작업을 마쳤는지 청도가 허리를 펴며 말했다. 청도가 그린 그림은 '숲 속'이었다. 뭐, 나무 몇 그루만 그리고 초록색과 갈색만 칠하면 되는 단순 작업이니까 빨리 끝낼 수 있었겠지. 나는 청도의 그림을 힐끔 바라보았다. 그저 무난하게 그린 수준이었다. 멀리 관객석에서 보면 그림 주위에 북북 그려져 있는 조잡한 연필선 따위는 제대로 보이지 않겠지.

"야, 그런데 너는 네가 그릴 그림은 안 그리고 뭐 하는 거냐? 왜 계속 남의 그림만 구경해?"

청도가 질책하듯 물었다.

"아, 알았어. 그릴게."

쳇. 계속 꿇어앉아서 그림만 그리는 게 지루해서 잠깐 한눈 좀 팔았다. 미안하다, 미안해. 나는 다시 붓을 잡고 그림을 칠해 나갔다. 내가 맡은 배경 그림은 '아미파'였다. 흠, 내 나름대로 잘 그리겠다고 마음먹고 그렸지만 그림 그리는 건 역시 생각보다 어렵군.

곧 나의 그림이 끝나고 요령이의 '빈궁한 무림맹'의 그림 역시 끝났다. 그리고 가람이의 '계곡'의 그림 역시 끝났다. 그런데 가람이의 그림이 나머지 셋의 입에서 탄성을 불러일으켰다.

"우와~ 정말 잘 그렸다!"

"잘 그렸는데! 진짜 같지는 않지만 정말 시원하게 그렸는걸?"

"…나보다 조금 못 그리긴 하지만 잘 그렸네."

우리의 말에 가람이는 쑥스럽게 머리를 긁으며 대답했다.

"옛날 내가 아는 사람이 풍수화에 조예가 깊어서… 그리는 것을 어깨너머로 몇 번 보다 보니까 어느 정도 흉내는 낼 수 있게 되었다. 그래도 유치한 수준이지 뭐."

"아니야, 이 정도면 엄청 잘 그렸는걸!"

"맞아. 우리들 중에 네 그림이 제일 낫다!"

청도는 고개를 끄덕이며 내 말에 동의했다. 그리고 가람이는 우리가 계속 비행기를 태우자 멋쩍은지 머리를 긁적였다.

"어쨌든 이제 대본 연습을 시작해야지?"

계속 사람들이 칭찬해서 무안한지 가람이가 말을 돌렸다.

“그래, 가람이 말이 맞아. 어서 연습을 시작하자고. 시간이 얼마 없어. 자, 다들 나와. 동아리방 밖에서 연습을 시작하자고.”

청도가 가람이의 말에 고개를 끄덕이며 대본을 들고 일어섰다.

벌써 대본 연습을 시작한 지도 며칠이 지났다. 연극 준비라는 것은 생각보다 훨씬 어려웠다. 싸움 장면 같은 경우는 그냥 누가 이긴다만 정해놓고 실시간으로 맞붙으면 되기 때문에 별 상관이 없었지만, 대본이 잘 외워지지 않는다는 것은 무척 고역이었다. 벌써 몇 번을 반복해 보았음에도 불구하고 잘 되지 않는 우리를 보며 청도는 가슴을 치며 답답해했다.

“자, 자, 다시! 다시 한 번 해보자고! 일단 복면인들을 다 쓰러뜨렸다! 그 다음부터! 시작!”

청도의 주문이 떨어지자 요령이는 천천히 떠듬떠듬 대사를 읊어 나갔다.

“어… 저… 그러니까, 저, 역시, 소패룡 진영무의 솜씨는 명불허전이군요. 역시 산을… 산을…….”

“무너뜨린다는.”

“아! 맞다. 산을 무너뜨리는 기세를 가지고 있다는 팔북진가의 진가 청룡권입니다.”

마치 책을 읽는 듯한 저 대사들. 아아, 저 녀석들은 왜 아무리 연습을 해도 전혀 늘지를 않는 것일까? 나는 수심에 찬 눈빛으로 요령이와 가람이를 바라보았다.

“아, 아닙, 아닙니다. 초매향 소저의 아미파 검술이야말로 자운무라는 이름에 걸맞게 깊이있고도 그, 그윽한 검술이었습니다. 과연 아미파의 검술은 하늘 아래 적수를 두지 않는다는 말이 사실이로군요."

가람이는 떠듬거리면서도 두 손을 겹쳐 포권을 하는 것을 잊지 않았다.

"거, 겸손의, 겸손의 말씀이십니다. 소패룡 협객의 웅후한 권법에 비하면 제 검술은 아직 어린애의 자, 장난에 불과하지요."

"과찬의 마, 말씀이십니다. 어쨌든 이제 흑사미궁이 눈앞이군요."

"그렇습니다. 이제 우리의… 음……."

"우리의 목적인 아미파와 팔북진가의 복수를 이룰 수 있는 순간이 눈앞에 왔습니다."

청도는 답답하다는 듯 다시 한 번 천천히 대사를 읊어주었다.

"아, 맞다. 우리의 목적인 아미파와 팔북진가의 복수를 이룰 수 있는 순간이 눈앞에 왔습니다. 휴!"

요령이는 청도가 불러준 대사를 잊지 않기 위해서인 듯 빠르게 대사를 읊어 나갔다.

"암영흑귀와 흑풍존자를 쓰러뜨리면 우리의 여행도 끝이겠지요."

가람이의 대사. 분명히 대본에는 '안타깝다는 듯 슬픈 눈으로 초매향을 바라보며 말한다' 라고 써 있지만 가람이는 단지 허공을 보며 떠듬떠듬 책을 읽듯이 독백 대사처럼 처리해 버렸다. 아, 어떻게 해야 연기력이 늘 수 있을까! 청도도 그 모습을 보고 고개를 가로저으며 외쳤다.

"아, 안 돼, 안 돼! 좀 더 감정을 실으란 말야! 대본에 있는 것처럼 요령이를 바라보면서! 슬픈 눈빛으로! 자, 상상해 보자! 니가 요령이를 진짜 무지하게 좋아해. 무지하게 좋아하는데 이제 며칠 있으면 못 봐! 슬프지? 슬플 거야! 슬퍼야 돼! 와~ 슬프다! 무지하게 슬퍼! 자, 이제 연기해 봐!"

"…도저히 상상이 안 된다."

가람이는 요령이의 얼굴을 잠깐 뚫어져라 바라보더니 이윽고 머리를 감싸 쥐고 고개를 숙였다.

"그래도 해봐! 해야 돼! 하면 다 되게 되어 있어! 자, 다시! 가람이부터 시작!"

청도는 쌍팔년도 이후로 한국 사회에서 자취를 감추어가던 박통 시절의 '하면 된다' 까지 들먹이며 가람이를 재촉했다. 잠시 후 다시 청도의 사인이 떨어졌다.

"암영흑귀와 흑풍존자를 쓰러뜨리면 우리의 여행도 끝이겠지요?"

으흠, 청도의 재촉이 효과가 있었나? 가람이의 연기는 아직 많이 어색하기는 했지만 아까 전처럼 도저히 못 봐줄 정도는 아니었다.

"아마도 보, 볼 수 있을 거예요."

어이구, 가람이의 연기력이 어떻게 어떻게 나아지는 기색이 보이니까 이제 요령이가 문제로 떠오르는군. 청도는 한숨을 쉬더니 대본을 펼쳐 뒤적이며 말했다.

"안 되겠다. 봐봐, 나와 영준이가 어떻게 하는지. 자, 영준아. 2막 2장부터 해보자. 흑풍존자와 암영흑귀와의 대화야. 자, 나부터 시작!"

청도는 연기가 시작되자마자 방금 전까지의 설명적, 훈계적 목소리를 완전히 버리고 한 명의 음울한 무림인의 목소리를 완벽하게 연기해 내었다.

"으흐흐흐… 흑풍존자, 이제 화산파까지 무너져 내렸소. 남방삼성연환권의 지산이가도 무너졌소. 조금씩 무림이 우리의 손에 들어오는 것 같소."

청도의 멋진 연기. 하지만 나의 연기 역시 청도의 그것에 뒤지지는 않는다.

"그렇소, 암영흑귀. 다 당신의 복면귀들 덕분이오. 도대체 15년 만에 어떻게 대문파 정도의 세력을 모을 수 있었던 것이오?"

"크흐흐… 세외에서 불가능한 일이란 없소. 조금 고생하기는 했지만 그곳은 힘만 있다면 무엇이든지 할 수 있는 세계이거든. 흐흐흐."

"그런데 그 소식은 들으셨소, 암영흑귀?"

"무슨 소식 말이오? 아, 혹시 무림맹으로 무림인들의 회동이 있을 거라는 소식 말이오?"

"그렇소. 어떻게 생각하시오? 그들이 힘을 모으면 꽤 위협적일 수도 있소. 15년 전 당신이 무림을 손에 넣지 못하고 쓰러진 이유도 결국 그들이 힘을 모아서 당신에게 대항했기 때문 아니었소?"

"크흐흐……."

으으, 청도의 저 소름 끼칠 정도로 음울한 웃음소리! 연기 정말 리얼하군.

"걱정하지 마시오. 나는 이제 더 이상 15년 전의 그 바보 같던 암영흑귀가 아니니. 이것은 오히려 우리에게 기회요. 놈들을 쓰러뜨릴 수 있는 기회!"

"기회… 라고 하셨소, 암영흑귀?"

"그렇소. 놈들은 무림맹의 회의를 위해 무림맹으로 자신의 문파의 최고수급 인물을 보낸다고 하오. 예를 들자면 아미파의 오대신성 자운녀 초매향처럼 말이오. 그러니 그 기회에……."

"저항할 힘이 약해진 문파와 가문들을 한꺼번에 쓸어버리자는 말이오?"

청도는 다시 한 번 어깨를 들썩거리며 웃었다.

"으흐흐흐… 이해가 빠르시구려."

하지만 나의 연기도 지진 않는다! 나는 대본에 나온 '통쾌한 웃음소리'를 만들기 위해 숨을 크게 들이쉬었다가 한꺼번에 내뱉었다.

"하하하! 정말 좋은 생각이오! 아마 우리에게 공격받는 문파들은 뒤통수를 맞은 기분이겠지. 아무리 방비를 철저히 한다고 하더라도 고수 한 명이 있고 없고의 차이는 실로 엄청난 것! 강호를 손에 넣는 꿈이 한 발짝 더 가까이 온 것 같소!"

"으흐흐… 이게 다 당신과 내가 손을 잡은 덕분에 이루어질 수 있었던 일이오. 오대신성 중 최강이라고 평가받는 당신의 무공과 내가 키워온 세력이 손을 잡아서 이 정도의 효과를 낼 수 있었던 것이오. 이제 우리가 함께 강호를 다스릴 날도 멀지 않았소."

"자, 이때 요령이 무대 밖에서 대사!"

요령이는 고개를 끄덕이며 대사를 멀리서 외쳤다.

"암영흑귀님, 정보 확보를 위해 나갔던 복면자가 돌아왔습니다!"

…여전히 책을 읽는 듯 딱딱한 목소리. 더군다나 공손하게 말하는 게 아니라 소리를 빽빽 질러대서. 요령이의 외침은 시녀가 방 밖에서 자신이 모시는 주인에게 외치는 게 아니라 꼭 주인마님이 마당쇠에게 '마당 더 깨끗이 쓸어라, 이놈아! 절구질은 그렇게 하는 게 아니야, 이 밥버러지야!' 따위의 소리를 꽥꽥 지르는 것처럼 들린다.

"…요령이의 연기는 나중에 손보기로 하고, 어쨌든, 으흐흐흐… 그래, 알았다. 기다리거라. 내 곧 나가마. 그럼 흑풍존자, 이만 실례하겠소."

"어서 가보시오."

　내 대사를 들은 청도는 천천히 왼쪽으로 걸어갔다. 방 밖으로 나가는 연기를 하는 것이다. 그리고 내 독백이 이어졌다.

　"흐흐… 암영흑귀, 강호를 손에 넣는 날 너는 내 손에 가장 먼저 죽을 것이다. 한 하늘에 두 마리의 용은 있을 수 없음이야."

　"됐어! 여기까지! 정말 잘했어!"

　청도가 손을 들어 올리며 가람이와 나에게 말했다.

　"봐! 우리 연기 어때? 괜찮지 않아?"

　그리고 요령이는 무안한 듯 머리를 긁적이며 대답했다.

　"솔직히… 좀 잘하긴 하네."

　"주인, 정말 연기 잘하는군. 그리고 청도도 연기를 잘하는데. 어떻게 하면 우리도 그렇게 할 수 있지?"

　가람이의 감탄한 목소리가 연이어서 들려왔다. 그리고 기분이 좋아진 나는 헤헤 웃으며 말했다.

　"뭐, 그냥 하다 보니까 되던걸. 그렇게 감탄할 것까지는 없어."

　"너, 좀 재수없다……. '그렇게 감탄할 것까지는 없어'."

　내 어투와 목소리를 과장해서 흉내 내는 요령이의 웅얼거림에 나는 그만 '킥' 하고 웃어버렸다. 평소에는 그런 것들을 잘하면서 왜 연기를 시키니까 그렇게 못하냐 그래.

　"이거 한번 드시고 가보세요―!"

　"자! 커플끼리 예쁜 배경으로 즉석 사진 찍어드려요! 고작 천 원! 한번 찍고 가세요!"

　"물풍선 던지기예요, 물풍선 던지기!"

　"거기 커플! 궁합 한번 보고 가!"

여기저기에서 들려오는 요란한 소리들. 나는 처음 보는 신기한 모습들에 학교 이곳저곳을 정신없이 두리번거렸다. 교문에서 승학관까지 이어지는 길이 온통 가판들로 뒤덮이고 교내를 오가는 사람들의 옷차림이 눈에 띄게 화사해졌으며 어디서 숨어 있다가 나왔는지 주위 사람들에게 큰 민폐를 끼치는 커플들의 수도 갑자기 부쩍 늘어난 것 같았다. 사람들이 웅성웅성 모여 있는 곳도 군데군데 눈에 띄었다. 드디어 대학 문화의 꽃인 '대동제'라고 불리우는 축제가 시작된 것이다.

"아~ 진짜 볼거리 많다."

"많으면 뭐 하냐. 몽땅 다 돈이구만."

나는 한숨을 쉬며 요령이에게 말했다. 만화 동아리에서 만든 작은 캐릭터 액세서리부터 점심 식사까지, 돈을 요구하지 않는 것이 거의 없었기 때문이다.

우리가 주위를 둘러보며 한숨을 쉬고 있는데 '드드드드!' 하는 소리와 함께 멀리서 흰 페인트로 채색된 합판 천장을 단, 온갖 꽃으로 장식된 리어카를 두 사람이 질질 끌고 전력을 다해서 달려오고 있었다. 리어카 위에는 서너 명의 여자들이 꺅— 꺅— 소리 지르면서 리어카의 속도감을 즐기고 있었다.

"저, 저건 뭐냐?"

그리고 우리 앞을 지나가는 리어카의 옆에 쓰인 글씨를 보면서 나는 비로소 저게 뭘 하는 건지 알고 쓴웃음을 지었다. 리어카의 뒷부분에 이런 글이 쓰여 있었기 때문이다.

「꽃마차 초고속 택시 서비스—학교 한 바퀴에 3,000원.」

꽃마차 초고속 택시 서비스라⋯ 아이디어는 진짜 좋네. 하하.

"야, 우리도 저거 타고 컨테이너까지 가자."

"돈 많냐? 빨리 가기나 하자. 청도 기다리겠다."

부러워하는 요령이의 말을 단숨에 잘라 버린 나는 계속 이리저리 두리번거리며 컨테이너를 향해 걸음을 옮겼다.

우우우우웅— 우우우우웅—

"야, 전화 왔다."

"알어."

핸드폰이 주머니 안에서 나직하게 진동하고 있었다. 그런데 요령이는 주머니 안에 있는 핸드폰의 진동 소리를 어떻게 들었을까. 고양이라서 청력이 좋은 건가? 나는 전화기를 꺼내 폴더를 열었다.

"여보세요."

[어. 나 청도다.]

"아, 그래. 지금 가고 있다."

[야, 됐어. 오긴 뭘 와. 대학에 들어온 뒤 처음으로 맞이하는 축제 기간인데 놀아야지. 연습은 밤에 해도 돼. 나 지금 승학관 매점 앞에 있으니까 그리로 와. 같이 다니자.]

"그래? 연습 안 하고 놀자고?"

[안 하자는 게 아니라 밤에 하자는 거지, 밤에.]

"그거나 그거나. 뭐, 어쨌든 나도 구경하고 싶었는데 잘됐다. 그럼 승학관 매점 앞에서 기다리고 있어라, 지금 갈게."

[그래.]

잠시 후 승학관 매점 앞에서 우리는 하품을 하면서 지루한 표정으로 의자에 앉아 우리를 기다리고 있는 청도를 만날 수 있었다.

“왔냐?”

“응. 요령이랑 가람이도 안녕하지?”

“니가 아이스크림만 하나 사주면 안녕할지도 모르겠어.”

익숙하게 나오는 요령이의 농담. 청도는 요령이의 농담을 웃어넘기며 바깥의 모습이 궁금한지 내게 물었다.

“뭐 구경할 거 많더냐?”

“그럭저럭 볼 만한 거 많던데?”

“그래? 뭐뭐 있는데?”

“그냥 니가 나가서 봐.”

이것저것 설명하기 귀찮아진 나는 아무렇게나 말해 버렸다. 그리고 청도는 몸을 일으켰다.

“그래, 네 말대로 일단 밖으로 나가자.”

밖으로 나가려는데 갑자기 망토를 두르고 허리에 문방구에서 파는 500원짜리 플라스틱 칼을 찬, 우스운 기사 복장을 한 다섯 명이 우리에게로 뛰어온다.

“쟤, 쟤들은 뭐냐?”

“모, 모르겠는데?”

우리를 향해 뛰어오던 다섯 명은 그러나 우리를 지나쳐서 그대로 매점으로 들어갔다.

“뭐, 뭐지?”

“따라가 보자!”

매점 안으로 들어간 우리의 눈에 들어온 것은 누군가를 찾는지 이리저리 두리번거리는 다섯 명이었다. 이윽고 한 명이 찾던 사람을 발견했는지 손을 들어 매점 구석에 앉아서 과자를 사 들고 커피를 마시고 있는 한 여자를 가리켰다.

"저기다! 레이디가 저기 계신다!"

펄럭—!

망토를 휘날리며 여자에게로 뛰어가는 다섯 명의 기사들. 여자를 둘러싼 다섯 명은 한쪽 무릎을 꿇으며 외친다.

"레이디!"

"왜, 왜 이러세요! 누구세요?"

"혹시 성함이 한수미 양 맞습니까?"

"마, 맞으면 어쩔 거에요?"

한가롭게 오후의 여유를 즐기던 여자는 갑작스럽게 맞은 마른하늘의 날벼락 같은 일에 얼굴이 새빨개져서 말했다. 그런데 다섯 명 중 리더로 보이는 남자가 망토 속에서 꽃 한 다발과 편지를 꺼내며 말했다.

"오, 레이디 한수미여, 여기 강진수라는 그대를 사모하는 한 기사가 있어 애타게 그대를 그리다가 결국 우리에게 자신의 불타는 마음을 전해달라 부탁했소. 오, 우리는 사랑의 메신저. 레이디 수미, 이 편지와 꽃을 받아주십시오."

얼굴이 빨개진 한수미라는 여자. 이미 주위에는 사람들이 빙 둘러싸고 있다. 그런데 그 여자, 그래도 남자가 그런 식으로 고백을 하자 좋은가 본지 고개를 숙이고 부끄러워하면서도 조심스레 꽃과 편지를 받는다.

"감사합니다, 레이디! 우리도 우리에게 도움을 요청한 강진수 기사에게 기쁜 소식을 전할 수 있게 되어서 한없이 기쁩니다. 그럼 안녕히 계십시오."

일어서서 한쪽 팔을 굽히고 고개 숙여 인사하는 다섯 명. 곧 망토를 펄럭이며 돌아서서 매점 밖으로 뛰어간다.

"가자! 메신저들이여! 아직 전달해야 할 편지가 많다!"

우리를 포함한 구경꾼들은 모두 황당한 얼굴로 서로를 마주 보았다. 확실히 축제 날은 축제 날인가 보다.

"아, 아까웠어. 많이 터질 수 있었는데."

청도가 아쉽다는 얼굴로 말했다.

"솔직히 좀 아쉽긴 아쉽다."

나 역시 입맛을 다시며 씁쓸하게 말했다.

" '텍사스 전기톱 살인마' 가 마지막에 치고 나오지만 않았어도 따는 거였는데."

"그러길래 내가 전기톱에게 걸라고 그랬었잖아."

요령이도 아쉽다는 듯 뇌까렸다.

"됐다, 주인. 잊어버려라. 원래 도박이라는 게 잃는 사람은 많아도 따는 사람은 없다고 하지 않는가. 잃은 돈도 이, 삼천 원 정도이니 그냥 재미있는 놀이를 했다고 생각해라."

"그래, 니 말이 맞다, 가람아."

그래도 아쉬운 건 아쉬운 거지.

우리가 이야기하는 것은 오늘 축제 구경 중 가장 재미있었던 '병아리 달리기' 이다. 병아리를 가지고 하는 일종의 레이스였는데, 그 아이디어나 재치 등이 보는 사람들에게서 절로 웃음을 자아냈다. 주최 측의 재치가 가장 빛난 부분은 병아리들의 경주 명이었다. 그 작고 귀여운 병아리들에게 붙인 '양아치', '외팔이', '좀 노는 애', '텍사스 전기톱 살인마' 등 실로 어울리지 않는 이름만 골라서 붙여놓은 것이었다. ‘양아치 파닥거리는 거봐, 무지 귀엽다~’ 등등의 말이 나올 때마다 사람들은 폭소를 터뜨리곤 했다.

어쨌든 우리는 그 경주에서 7번 병아리였던 ‘피바다’에게 걸었었고, 마지막까지 우세를 점하던 피바다는 사람들의 박수 소리에 깜짝 놀란 텍사스 전기톱 살인마의 질주에 의해 결국 역전패를 당하고 말았다. 사실 건 돈 자체가 천 원으로 소액이었고 게임도 재미있게 즐겼기 때문에 돈을 잃은 것은 별로 아쉽지 않다. 다만 돈을 딸 수 있는 기회를 놓쳤다는 것이 아쉬웠을 뿐.

“어쨌든 낮에 재밌게 놀았으니 이제는 우리가 할 일을 해야지. 자, 다들 밖으로 나가자.”

우리가 밖으로 나가서 서자 청도는 요령이와 가람이에게 목검을 나누어 주며 말했다.

“자, 내일 모레가 공연이잖아? 그러니까 우선 최종 정리는 내일 하는 것으로 하고 오늘은 우리 연극의 하이라이트인 ‘최후 결투 신’을 연습해 보자. 그럼 우선 진영무와 초매향이 암영흑귀의 방으로 들어서는 장면부터. 시작!”

“암영흑귀! 어디 있느냐! 소패룡 진영무가 왔다!”

“자운무 초매향도 왔다! 그 흉안을 어서 드러내라!”

두리번거리며 누군가를 찾는 듯하는 연기를 펼치는 가람이와 요령이. 확실히 연습을 많이 하더니 연기 실력이 많이 늘었군. 청도는 대본을 잡고 칼을 내려놓더니 보법을 신기하게 놀려서 마치 미끄러지듯 가람이와 요령이 앞으로 갔다.

“흐흐흐… 어린 애송이들이 잘도 여기까지 왔구나. 역시 오대신성 중의 두 명이 뭉쳤다 이건가? 하지만 여기까지다, 머리에 피도 안 마른

젖비린내나는 꼬맹이들아. 이 흑사미궁의 중심부까지 온 것은 칭찬해주지. 하지만 이곳을 너희들의 무덤으로 만들어주마. 흐흐흐.”

청도는 한 손으로 화려하게 목검을 돌리더니 자신의 앞에 똑바로 들었다.

“흑풍존자는 어디에 있느냐!”

“너희들을 상대하는 데 흑풍존자까지 나설 필요가 있을까? 으흐흐흐.”

청도는 실감나게 어깨를 들썩이며 말했다.

“흥! 지껄일 수 있는 것도 오늘이 마지막이다!”

‘앙칼지게 말하라’ 는 대본에 맞게 날카롭게 소리를 지르는 요령이. 역시 화려하게 손을 놀려 빙글빙글 돌리며 목검을 뽑아 든다. 그리고 말없이 양손을 들어 겨누는 가람이. 가람이는 권법가이므로 양손을 들어 올리는 것이다.

“흐흐흐… 실컷 발악해 봐라. 어차피 너희들은 끝장이니까. 자, 어디 한번 본좌의 암영검술을 받아봐라!”

미끄러지듯 앞으로 내달리며 양손으로 검을 고쳐 쥐는 청도. 그런데 청도가 발목을 한 번 트는 것과 동시에 청도의 몸이 수십 개로 변한다.

핏! 핏!

우와! 멋지다!

“암영난무술!”

원래는 이름없이 청도가 즉석에서 그저 빨리 몸을 이리저리 움직이는 것으로 잔상을 만들어내는 것이지만, 내용이 무협이므로 일부러 이름을 만들어 붙였다. 어쨌든 수십 명의 청도가 자신들을 향해 달려오는 것을 보고도 가람이와 요령이는 차분하게 자세를 갖춘다.

“청룡쾌비!”

가람이가 권을 호쾌하게 뻗으며 먼저 청도의 잔상들을 헤치고 나갔다.

휙! 휙!

저것도 역시 청도의 잔상들의 공격에 가람이가 즉석으로 대항하는 것에 불과하다. 왜냐하면 연습을 할 때마다 ‘초식’의 모습이 바뀌니까. 어쨌든 그렇게 청도와 가람이는 멋들어지게 한참을 어우러졌다. 자, 이제 요령이가 들어갈 차례지!

“백화만개검!”

휘리리릭!

요령이가 몸을 회전시키며 검을 이리저리 뿌렸다. 화려하게 퍼지는 칼날들은 정말로 흐드러지게 핀 꽃을 보는 것 같았다. 하지만 사실 요령이는 검술의 기역 자도 모른다. 저건 그저 몸을 막 회전시키면서 검을 마구잡이로 휘두르는 것에 불과한 것이다. 하지만 그럼에도 불구하고 워낙 빠른지라 나같이 모르는 사람은 입을 벌리고 감탄할 정도로 멋지다. 마구잡이로 떨어지는 요령이의 칼날들. 청도와 가람이는 이리저리 피하면서 어우러지던 것을 멈추고 떨어졌다.

“흐흐흐, 과연 오대신성은 명불허전이군. 만만치 않은걸. 하지만 본좌 역시 수십 년을 무예에만 바친 몸!”

“닥치고 내 권이나 받아봐라! 핫! 청룡출운!”

콱!

가람이가 발을 강하게 구르며 앞으로 치고 나왔다. 그러나 청도는 가볍게 빠져나가며 외쳤다.

“암영흑수류!”

스르륵, 마치 물이 빠져나가듯 부드럽게 가람이의 뒤를 잡은 청도. 막 칼을 들어 가람이를 공격하려 하지만 가람이는 재빨리 대응한다.

"청룡후미타!"

하지만 역시 다시금 가볍게 피한 청도. 가람이는 포기할 수 없다는 듯 빙글 돌아서 자신의 권을 펼쳐 나갔다.

"청룡쾌비! 청룡광후! 청룡전각! 청룡두미쌍타! 청룡구일자! 청룡회륜격! 청룡강림일격!"

마구잡이로 지어내는 기술치고는 정말 멋진걸. 가람이는 계속해서 청도를 향해 몰아치듯 공격을 퍼부어대다가 한번 날쌔게 걷어차고 하늘로 뛰어오르더니 손을 겨누어 청도를 향했다.

"하앗! 꽤 재빠르군! 하지만 진가청룡권의 술법도 그렇게 잘 피하나 볼까? 받아라! 청룡운무소뇌격!"

번쩍!

가람이의 말이 끝남과 동시에 가람이의 손에서 푸르게 빛나는 수십 가닥의 빛줄기들이 쏟아져 내렸다. 그것들은 땅과 충돌할 때마다 '펑! 펑!' 하는 소리를 내며 조명탄처럼 주위를 온통 푸른 빛으로 뒤덮었다. 멋지다!

그때 대본대로 한창 공격에 열을 올리고 있는 가람이의 뒤에서 청도가 나타났다. 물론 가람이의 공격은 모조리 피한 것이다. 무서운 놈. 그리고 요령이의 약속된 외침.

"공자! 조심하세요!"

"흐흐. 이놈, 맛 좀 봐라! 암영일자!"

청도는 화려하게 검을 감은 뒤 거꾸로 쥐고 그대로 가람이에게 찔러넣었다.

“청룡급선회!”

가람이는 몸을 뒤틀어 청도의 공격을 피하면서 역으로 팔꿈치로 치고 들어갔다.

“청룡회주격!”

“읏!”

‘아슬아슬하게 피한다’ 는 대본을 충실히 구현하는 청도. 가람이는 그대로 여세를 몰아 다시 땅을 훑은 후 이단 앞차기를 들어갔다가 다시 폭풍처럼 치고 들어가다가 잠시 쉰 후 땅을 강하게 밟으며 앞으로 튀어 나갔다.

푸학!

흙이 뽑힐 정도로 강한 발 동작이군.

“받아라! 청룡천노격!”

“암영폭장!”

콰—앙!

청도의 주위에서 둥근 빛이 뿜어져 나와서 가람이를 후려쳤다.

픽!

가람이는 몸을 날리던 기세 그대로 청도의 기운에 얻어맞더니 빙글 빙글 돌면서 멀찍이 나가떨어져 버렸다. 가람이는 실감나게 비명을 질렀다.

“크으윽!”

“진영무 공자!”

청도는 기를 못 다루지 않냐고? 저게 대체 어떻게 된 거냐고? 물론 청도는 기를 다룰 줄 모른다. 하지만 청도의 목검에는 요령이와 가람이가 힘을 주면 기의 방어막을 칠 수 있도록 전에 손을 써놓았었다. 청도는 그걸 방금 이용한 것이다. 물론 방어막인데다 가람이도 진짜로 세게 뛰어든 것은 아니기 때문에 실제로는 별 충격이 없다.

어쨌든 청도는 검을 다시 단단히 잡으며 말했다.

"흐흐… 엄살 피우지 마라, 애송이. 맞으려는 순간 공격에 쓰러던 기를 방어로 돌려서 충격을 최대한으로 돌린 것 이미 알고 있다."

"크윽… 그, 그래도 상당한 공력이었다. 역시 암영흑귀. 만만히 볼 상대는 아니었어."

"어쨌든 이제 슬슬 끝내야 될 때가 온 것 같군. 흐흐… 소패룡, 자네도 고작 한 번의 공격을 얻어맞고 비틀거리는 모습이 아무래도 오대신성이라는 이름은 허언이었군. 어쨌든 이 암영흑귀님의 손에 죽는 것을 영광으로 알도록 해라."

자, 이제 요령이가 등장할 차례!

"잠깐, 아직 내가 남아 있다는 것을 잊지 마라! 매화하사검!"

휘리리릭!

경쾌하게 회전하며 요령이의 검이 청도에게로 날아들었다.

"흥!"

챙!

간단히 쳐내는 암영흑귀. 그러나 요령이의 검이 튕겨진 위치에서 그대로 꺾여서 다시 청도에게로 들어간다.

"받아보시지! 낙화난무검!"

파바바바밧!

요령이는 다시 한 번 마구잡이로 검을 휘두르며 청도를 향해 돌진했다.

따다다닥!

쉴 새 없는 목검의 충돌 소리와 함께 청도는 뒤로 주춤주춤 물러서며 요령이의 검을 아슬아슬하게 막아내었다. 물론 사실 아슬아슬하게 막아내면서 뒤로 주춤주춤 물러선다는 것 자체가 연출이다. 체계있는 검술을 배운 가람이가 저 정도의 속도로 휘두르는 검들도 여유있게 막아내고 되받아치기까지 하는 청도이다. 요령이의 공격을 받아내지 못할 리가 없는 것이다. 단지 대본상에 '암영흑귀는 당황하며 비틀비틀 뒤로 물러서며 간신히 초매향의 공격을 받아낸다' 라고 자기가 썼기 때문에 그대로 하는 것일 뿐이다. 어쨌든 이제 청도의 비명 소리가 들려야지?

"크, 크윽! 암영폭장!"

부욱—

다시 한 번 청도의 몸 주위로 둥글게 기의 막이 펼쳐지고 요령이는 몸을 빙글빙글 돌리며 뒤로 물러섰다.

"계집, 꽤 하는구나. 나를 이렇게 몰아붙일 줄이야……. 깜찍하군. 좋다, 상으로 특별히 극한까지 끌어올린 본좌의 '암영흑귀검' 을 보여주도록 하지. 자, 보아라. 이것이 바로 네가 평생을 가도 보기 힘든 '검기' 다! 하앗!"

청도의 음울한 외침 소리와 함께 부욱— 하고 검이 번쩍번쩍 빛나기 시작했다. 물론 저것도 실제로는 청도의 검의 기능 중 하나인 '반짝반짝' 을 이용한 것에 불과하다. 어쨌든 요령이는 크게 놀란 표정을 지으며 말했다.

"암영흑귀, 그대가 검기를 사용할 수 있다니! 정말 놀랍군!"

"호호호……."

"하지만 나 역시도 자운녀라는 이름이 그저 얻은 이름은 아니얏!"

요령이는 외침과 함께 손바닥으로 검신을 쓸었다. 그러자 요령이의 손을 따라서 검에서 빛이 솟구쳤다. 요령이가 손으로 검신을 쓸어 내리면서 빛의 주문을 건 것이다.

"흐흐… 역시, 역시 재밌군. 아주 재밌어. 너 역시도 검기를 사용할 수 있다는 거냐? 크흐훗… 갈수록 귀엽게 노는군."

"닥치고 내 검이나 받아봐라! 이제 봐주지 않겠어! 하앗! 술법이다. 염화검풍!"

퍼엉!

요령이가 칼을 휘두르자 갑자기 요령이의 주위에서 불꽃이 확! 하고 일더니 불덩어리가 맺혀서 뛰놀다가 청도를 향해 기세등등하게 날아가기 시작했다. 사실 검으로 일으킨 불꽃이 아니라 샐러맨더다.

"크하하! 재미있구나! 암영원참!"

청도가 검을 두 번 쉭쉭! 휘두르자 멀리 떨어져 있던 불꽃들이 '펑!' 하고 굉음을 일으키며 폭발해서 사라졌다. 요령이가 샐러맨더를 폭발시켜 버린 것이다. 여담이지만, 청도가 검을 휘두르는 순간에 샐러맨더를 흩어버리는 이 타이밍을 맞추느라 요령이와 청도는 무지하게 연습을 많이 해야 했다.

"받아랏! 천녀쾌무검!"

빙글빙글 돌면서 연속적으로 검을 후려치는 요령이.

딱! 딱! 딱!

일정한 리듬감으로 청도의 검과 부딪친다.

"으흐흐—! 암영쌍신술!"

팟—!

요령이의 검을 받던 청도가 초식을 외치자 갑자기 청도의 몸이 요령이의 앞과 뒤에서 동시에 나타났다. 청도가 다시 한 번 잔상술을 쓴 것이다. 하지만 요령이는 당황하지 않고 그대로 검을 거꾸로 쥐고 앞을 향해 뛰쳐나가면서 외쳤다.

"천녀출운검!"

팟!

요령이는 재빨리 착지한 뒤 몸을 뒤로 돌리며 주위를 경계했다. 그리고 청도는 잔상을 하나 지우면서 그대로 주저앉았다.

"크윽! 이럴 수가! 본좌를 베다니……!"

청도의 목소리는 믿을 수 없다는 듯 떨리고 있었다. 그리고 요령이는 여유만만하게 웃으며 청도를 바라보았다.

"흥! 이제 아미검법의 무서움을 알겠느냐? 자, 이제 목을 내놓아라! 핫!"

그런데 자신만만한 요령이의 말을 들은 청도, 오히려 웃는다.

"크흐흐… 운 좋게 한 번의 공격을 성공시켰다고 너무 기고만장하는 것 아니냐? 자신감 넘치는 소리는 이 공격을 받아보고 나서 지껄이도록 해라. 받아라, 암영천라지망참!"

팟!

갑자기 청도는 하늘로 몸을 날리더니 그대로 망토를 펄럭이며 머리 위로 검을 들어 올린 후 기합을 질렀다.

"하앗!"

파아아앗!

수십 개로 늘어난 청도의 몸.

휘리리릭!

어지러이 깜박거리는 수십 개의 청도의 몸이 동시에 칼을 휘감아 허

리께에 붙이며 공격을 예고하고 있었다. 자, 이제 가람이 '가소롭군!'
이라고 외치면서…

"홍! 가소롭군! 청룡천군출두령!"

스스슥!

어느새 벌떡 일어난 가람이가 고함과 함께 몸을 날리는 순간 수십
명의 청도의 앞에 모조리 가람이가 붙어서 일권을 질렀다.

퓨퓨퓻!

잔상들이 하나둘 꺼져 나갔다. 그리고,

퍽!

"크으윽! 이 애송이 놈이!"

"이놈! 여기 있었군! 받아라! 청룡격황포!"

가람이는 다시 한 번 양 주먹을 감더니 앞으로 뻗어서 청도의 양 어
깨를 세게 때리는 척했다. 사실 가람이는 자신의 양 주먹을 모조리 청
도의 어깨 바로 앞에서 끊었다. 어쨌든 가람이의 주먹을 얻어맞은 청
도는 고통스러운 비명과 함께 저 멀리 나가떨어졌다.

"공자, 괜찮으세요?"

"난 괜찮소, 초 소저. 초 소저는 어디 다친 곳은 없소?"

"예, 저는 괜찮아요."

이어지는 청도의 독백.

"크, 크윽! 빌어먹을……! 이, 이럴 수가! 저따위 애송이에게 나의
암영천라지망이 깨지다니… 이건 말도 안 돼! 이럴 수는… 이럴 수는
없어! 내가 이렇게 허무하게 당할 수는 없어!"

청도는 벌떡 일어서며 뇌까렸다.

"애송이들… 아무래도 너희들을 더 이상 상대할 수 없을 것 같다.

본좌에게는 너희들의 하찮은 복수극 따위에 놀아줄 시간이 없거든. 으흐흐, 그럼 이만 실례하겠다.”

“흥! 도망갈 수 있을 것 같으냐!”

“물론이지. 나는 신법 하나만큼은 무림 최고라는 인정을 받고 있거든. 흐흐흐.”

“웃기지 말고 내 권이나 받으시지! 청룡출운!”

“흐흐… 암영흑수류.”

콱!

가람이가 앞으로 튀어나오며 다시 한 번 강맹하게 공격했지만 청도는 교묘하게 발을 놀려서 가람이의 공격을 물 흐르듯 아무렇지도 않게 흘리며 문으로 향했다. 이번에는 요령이의 공격이 이어졌다.

“화엽선풍검!”

“암영흑수류.”

스르륵.

다시 한 번 요령이의 공격까지 가뿐하게 피한 청도. 밖으로 도망치기 위해 문으로 몸을 날린다. 물론 지금은 그냥 허허벌판 잔디밭이니까 대강 문 쪽으로 정한 곳을 향해 몸을 날리는 것뿐이지만. 자, 이제 내가 등장할 차례군. 나는 ‘나의 부채’로 미리 바꾸어놓은 치우한님의 칼을 들고 한 번 크게 휘둘렀다.

“네 맘대로 될까?”

“크윽!”

후—웅.

내 부채에서 바람이 쏟아져 나와서 청도와 가람이, 그리고 요령이의 옷깃과 머리카락을 거세게 날렸다. 그리고 청도는 마치 무언가에 얻어

맞기라도 한 양 뒤로 몸을 날려서 몸을 데굴데굴 굴렸다.

"너… 넌!"

"흑풍존자 백낙섭!"

요령이와 가람이의 놀란 목소리. 후훗. 그렇다. 내 역할은 바로 흑풍존자 백낙섭. 강호의 신진고수를 가리키는 말인 '오대신성' 중에서도 최강으로 불리우는 자. 이제 청도는 믿겨지지 않는다는 목소리로 대사를 한번 읊고 무대 뒤로 사라질 차례이다.

"으… 으으… 백… 낙섭… 네가… 왜……?"

"후후후, 나보다 무공 수위도 한참은 낮은 것과 손을 잡았을 때는 무슨 이유가 있지 않았을까?"

"그, 그럼… 너… 처음부터… 설마……."

"그래, 너와 손을 잡을 때부터 너를 처치하고 나 혼자 강호를 손에 넣을 생각을 가지고 있었다. 하하하! 다행히도 그 기회가 이렇게 빨리 오는군!"

"이… 럴 수… 이럴 수가……!"

"내 손으로 직접 너를 죽이면 너의 부하들이 나를 따르지 않을 것 같아서 나보다 무공 수위도 한참 낮은 너를 죽이지 않고 살려두었다. 하지만 다행히도 이렇게 진영무와 초매향이 찾아와서 나에게 도움을 주는군! 네가 진영무와 초매향에게 죽었다고 하면 모든 일이 간단하게 풀리겠는걸. 그러니 죽어라, 시끄러운 늙은이."

"아, 안 돼!"

나는 싸늘한 얼굴로 기를 실어서 부채를 한 번 팅겼다. 부채에 실린 기는 청도의 오른쪽, 즉 실제 무대에서 관객석이 될 부분에 맞았다.

투웅!

그리고 청도는 외마디 비명과 함께 축 늘어졌다. 그리고 청도가 늘어진 것을 본 나는 얼굴을 환하게 펴며 몸을 돌려 가람이와 요령이를 바라보았다.

"하하하, 강호의 오대신성 중 셋이 모였군? 나머지 둘 중 하나는 소림사에 틀어박혀서 나올 생각도 하지 않고 있고, 나머지 하나는 우리가 죽여 버렸으니 우리가 실질적으로 무림에 영향을 끼치는 신진고수인 셈이야. 그렇지?"

"흑풍존자 백낙섭… 설마 너와 같은 편인 자까지 죽일 정도로 잔인할 줄은……."

가람이는 내 말을 무시하곤 질렸다는 듯 말했다. 물론 대본에 있는 대로다. 나는 껄껄껄 웃으며 대답했다.

"하하하! 그까짓 퇴물 하나 죽였기로소니 뭐 그리 놀라나! 어차피……."

싸늘한 미소 후 대사!

"너희들도 곧 죽을 텐데 말야."

"그리 쉽게 되지는 않을걸! 핫! 낙화난무검!"

"흑풍."

요령이는 몸을 빙글빙글 돌리며 나를 향해 날아왔다. 하지만 나는 부채를 펄럭여서 바람을 일으키는 것으로 요령이를 날려 버렸다.

펄럭!

물론 요령이가 날아간 것이지 내가 날린 것은 아니다.

"캬얏!"

"소저, 괜찮소?"

털썩!

요령이는 잔디밭에 넘어지더니 중얼거렸다.

"역시… 오대신성 중 최강이라는 흑풍존자 백낙섭……. 단지 부채를 펄럭거리는 것만으로 나의 공격을 무위로 돌리다니……."

사실 내가 이 정도까지 강한 캐릭터로 설정된 데에는 세 가지 이유가 있다. 하나는 최종 보스는 암영흑귀처럼 쉽게 쓰러지면 재미가 없기 때문이고, 둘째는 지금까지 못 보여줬던 모든 것들을 모조리 보여줘야 하기 때문이며, 세 번째는 내가 몸 쓰는 데에는 완전히 젬병이라서 접근전을 도저히 연기할 수 없기 때문이다. 즉, 이 싸움은 이런 이유로 해서 '내공 싸움' 으로 설정이 된 것이다.

"지금 항복한다면 고통없이 죽여주지. 진심이다."

나는 악당들이 자주 쓰는 대사를 말하며 부채로 내 얼굴을 슬슬 부쳤다. 그리고 요령이를 일으켜 세운 가람이는 양 주먹을 천천히 앞으로 뻗어서 자세를 취하며 말했다.

"웃기지 말고 덤벼!"

"정 고통스럽게 죽는 게 소원이라면 들어주마. 핫! 흑풍노도!"

나는 부채를 다시 한 번 힘있게 부쳤다.

펄럭.

부채에서는 강풍이 일어나며 가람이와 요령이에게로 시원스럽게 쏟아져 들어갔다.

"소저, 내 등 뒤로 숨으시오! 청룡은무!"

파앗!

가람이의 손에서 푸른빛 기운이 뿜어지더니 가람이의 앞에 막을 형성했다. 그리고 내가 일으킨 바람은 가람이가 친 막에 막혀서 양쪽으로 갈라졌다.

"이제 나의 공격을 받아봐라! 청룡쌍장!"

평!

가람이가 양손을 뻗으며 무형의 장을 날리는 자세를 취했다. 하지만 사실은 양손을 공중에서 세게 끊어서 파공음을 낸 것에 불과하다. 실제로는 기 같은 것은 날아오지 않는다는 이야기다. 하지만 나는 부채를 부쳐서 막아내는 자세를 취했다.

"어린애 장난은 이제 그만두고 이걸 막아봐라! 흑사운풍!"

휘리리릭—

나는 살풀이를 사용했다. 물론 약하게. 전에 한수와 싸울 때처럼 온 힘을 다해서 사용했다가는 연극이고 나발이고 무대에 주저앉아서 한참 동안 일어나지도 못할 것이 뻔했기 때문이다. 어쨌든 내 부채에서 나간 대략 열 가닥 정도 되는 기의 줄기들은 빠르게 가람이에게로 날아갔다.

"우습군! 핫!"

퍼퍼펑!

손쉽게 주먹으로 내 공격을 쳐서 터뜨리는 청도. 힘을 모으더니 아까 썼던 기술을 다시 한 번 사용한다.

"청룡운무소뇌격!"

번쩍—

가람이의 손에서 수십 가닥의 빛이 뿜어져 나온다. 사실 저건 맞아봤자 별로 안 아프다는 걸 알면서도 왠지 난 저것만 보면 맞을까 봐 떨린다. 어쨌든 나는 다른 공격들보다 먼저 출발한 첫 타가 번쩍 하고 빛나는 틈을 타서 '나의 부채'를 쫙 펼쳤다.

"벽!"

곧 '나의 부채' 였던 치우한님의 칼이 활짝 펼쳐져서 내 앞을 가로막는 든든한 벽이 되었다.

터엉— 터엉—

나무판자에 가람이의 기술이 부딪치는 소리가 요란하게 들렸다. 아아, 이걸 연습하느라 얼마나 고생을 많이 했던가? 가람이의 저 공격을 실수로 얻어맞아서 가슴팍에 멍이 시퍼렇게 든 적도 있었다. 하지만 덕분에 이젠 완벽해!

"이 정도면 너도 무사하지 못하겠지! 합!"

이건 '이제 마지막 공격이 들어가니 '벽' 을 다시 '나의 부채' 로 바꿔' 라는 약속어이다. 나는 벽에 힘을 가해서 다시 부채로 바꿨다. 그리고 곧 나의 발 앞으로 마지막 한 발의 공격이 떨어졌다.

번쩍—

빛이 사라지고 가람이와 요령이는 크게 놀란 표정을 지었다.

"이, 이럴 수가!"

"멀쩡하잖아!"

"흐흐… 그럼 그 정도의 공격으로 내가 상처라도 입을 줄 알았더냐? 이거 섭섭한걸. 나를 너희들과 같은 부류로 취급하면 안 되지. 오대신성도 같은 오대신성이 아니라고. 하압! 광풍타선!"

퍼엉—!

내 부채에서 바람이 터져 나오며 요령이와 가람이에게로 몰려갔다.

"합! 아미술법 자운!"

그리고 요령이의 몸 주위에서 짙은 주황색 빛이 번쩍거렸다. 바람을 접어야겠군. 나는 부채에서 힘을 빼며 말했다.

"호오… 내 공격을 무력화시키다니?"

"흥! 이거나 받아보시지! 아미구화장! 제1장! 매화장!"

곧 매화장을 필두로 하는 아홉 개의 장력들이 나를 향해 날아왔다. 그리고 나는 부채를 들어 이리저리 휘둘렀다.

펑! 펑!

맞든, 맞지 않든 요령이가 쏘아 보낸 기덩어리들은 모조리 내 눈앞에서 폭발했다. 물론 요령이가 적절한 조종으로 터뜨린 것이다.

"제, 젠장!"

나의 여유만만한 웃음을 보며 요령이와 가람이가 신음을 흘렸다.

"이제 재롱들은 끝나셨나?"

내 말에 가람이는 이를 악물며 외쳤다.

"소저, 이대로는 안 되겠소! 협공을 해야겠소! 힘을 합쳐야 하오!"

"예, 알겠어요, 공자!"

요령이도 가람이의 말에 고개를 끄덕였다. 그리고 나는 이죽대며 말했다.

"쥐새끼 백 마리가 힘을 합쳐 봤자 호랑이를 이길 수 있을꼬. 쯧쯧."

"갑시다, 소저! 청룡출운!"

"아미검법 개출! 화엽선풍검!"

순식간에 가람이와 요령이가 나에게로 거리를 좁혀왔다.

"흥! 질풍살격술."

이름은 계속 바꾸지만 사실 다 똑같은 바람이다.

펑!

내 부채에서 다시 한 번 바람이 거세게 일며 가람이와 요령이에게로 날아갔다.

"큭! 두 번 당할 줄 아느냐!"

양쪽으로 갈라지며 피하는 두 사람. 그리고 나는 양손을 좌우로 뻗으며 외쳤다.

"홍! 태풍쌍장!"

쉬익—

소맷자락에서 바람이 뿜어져 나와 요령이와 가람이의 머리칼을 날렸다. 그리고 요령이는 다시 한 번 비명을 지르며 몸을 뒤로 날렸다.

"으악!"

"마, 막아냈다! 받아라! 청룡격황포!"

"우웃!"

대본상으로는 내가 가람이의 공격을 아슬아슬하게 피하는 것으로 나와 있지만 실제로는 나는 도저히 가람이의 공격을 피할 능력이 없기 때문에 내가 허리를 숙이면 가람이가 조금 늦게 내 머리가 있던 부분을 치는, 그런 식으로 연기를 맞추었다. 어쨌든 내 머리 위로 가람이의 두 주먹이 스치고 지나갔다.

"피하다니! 젠장! 하지만 넌 이제 끝났어! 접근전에서 진가청룡권의 상대가 될 수 있는 것은 없다! 청룡승천이연격!"

파팟!

가람이가 뛰어오르며 그대로 두 번의 앞차기를 구사했다. 그리고 나는 손을 들어 가슴에 방어 자세를 취하면서 뒤로 주춤주춤 물러섰다. 가람이는 두 번의 앞차기를 끝마치자마자 공중에서 빙글 돌아서 내 가슴팍을 걸어찼다.

"청룡회미타!"

"우, 우욱!"

나도 모르게 신음 소리가 터져 나왔다. 가람이는 최대한 힘을 뺀 거

라고 생각하고 나를 걷어찬 것이지만, 가람이의 발에 얻어맞은 나는 손
으로 가슴 위를 방어했음에도 불구하고 멀찍이 밀려나 버린 것이었다.
비틀비틀 물러나는 나를 가람이가 재빨리 쫓으면서 작게 말했다.

　"괜찮나, 주인?"

　"으, 응, 난 괜찮으니까 어서 다음 동작이나 해."

　"청룡출운! 하압!"

　콱!

　다시 한 번 잔디밭을 걷어차며 앞으로 튀어 나가는 가람이. 그러나
이번엔 내가 맞기 직전에 미세한 차이로 아예 주먹을 멈추어 버렸다.

　"크윽!"

　나는 다시 비명을 지르며 주춤주춤 물러서다 부채를 하늘로 치켜들
며 외쳤다.

　"이놈! 받아라! 회선풍!"

　"우악!"

　휘이잉!

　내 몸 주위에서 바람이 회오리처럼 솟구쳤다. 물론 위력은 그렇게
크지 않았지만. 어쨌든 가람이는 내 바람을 얻어맞고 멀찌감치 팅기듯
날아가 버렸다.

　"여기 아미검법도 있다! 낙화난무검!"

　촤르르륵!

　다시 한 번 요령이의 검이 마구잡이로 뿌려졌다. 물론 일부러 요령
이는 내가 없는 곳만 집중적으로 찌르고 있었다. 그렇게 잠깐 혼자서
허공에 칼질을 하던 요령이는 이윽고 내 부채를 맞추고는 외쳤다.

　"…내 공격을 막다니… 대단하군."

…요령이의 대사를 들으니 좀 무안하다. 완전히 요령이 혼자서 북 치고 장구 치고 다 하는 것 아닌가? 이런 걸 무대에서 어떻게 연기하지? 그런데 요령이는 별로 그런 생각도 안 드는지 다시 한 번 검을 치켜들었다. 그리고 나는 잡념을 지우고 대본대로 회심의 미소와 함께 다시 한 번 부채를 하늘로 치켜들고 외쳤다.

"하! 기회로군! 회선풍!"

"이럴 줄 알았다! 합! 자운무!"

번쩍!

요령이의 몸 주위로 다시 한 번 자줏빛 기운이 뿌려졌다. 그리고 나는 당황한 목소리로 외쳤다.

"이, 이런! 상쇄시키다니!"

"놀라기엔 아직 일러! 받아랏! 아미유성검!"

"우악!"

나는 '나의 부채'를 머리 위로 치켜들었다.

딱!

곧 충돌음과 함께 부채가 부르르 떨었다. 요령이가 다시 한 번 내 부채를 맞춘 것이다.

"이런! 또 막아내다니!

"흥, 귀찮은 계집! 저리 꺼져 버렷! 광풍질주!"

펑!

나는 다시 한 번 부채를 휘둘렀고 요령이는 손으로 막는 자세를 취하면서 뒤로 몸을 날렸다. 그리고 그와 동시에 다시 한 번 가람이가 땅을 박차고 들어왔다.

"다시 한 번! 청룡출운!"

“제기랄!”

“이렇게 된 이상 내 젖 먹던 힘까지 내서 반드시 너를 쓰러뜨리겠다! 받아라! 팔북진씨 가문의 비전 청룡광폭난천계다!”

풋! 풋! 풋! 풋!

눈에 보이지도 않을 정도로 빠른 주먹들이 내 머리 주위에서 왔다 갔다 하는 것이 내 귀에 들렸다. 나는 뒷걸음질치면서 가만히만 있으면 된다. 곧 이어 내 어깨에 ‘툭’ 하고 주먹이 살짝 닿는 느낌이 들었다. 나는 바람의 힘을 땅에다 쏟아서 몸을 하늘로 날리며 외쳤다.

“컥! 이, 이런! 맞고 말았다!”

“훙! 아직 끝나려면 멀었어! 청룡승천이연격!”

팟! 팟!

내 몸 바로 앞에서 발이 왔다 갔다 했다.

“우어억!”

“청룡쌍장!”

터엉!

가람이가 허공에서 공격을 끊자 강렬한 파공음이 공기를 울렸다. 그리고 나는 넘어지면서 외마디 고함 소리와 함께 부채를 펄럭여서 내 앞쪽으로 강풍을 뿜었다.

“이놈! 광풍질주 12성 공력이다! 받아봐라!”

“훙! 맞받아주마! 청룡진 12성 공력이다!”

쩌—엉!

가람이가 몸 전체에서 뿜어낸 거대한 푸른 기의 덩어리가 내 쪽으로 날아오다 허공에서 터지며 주위를 진동시켰다. 그리고 가람이는 뒤로 몸을 던졌다.

"으… 으윽! 이럴 수가! 내 청룡진이 밀리다니!"

"이제 다시 내 차례이군! 하압! 천녀지시선!"

파파팍!

요령이가 검을 휘두르자 내 주위의 땅들이 움푹 패였다. 천녀의 시선이라… 천녀가 바라보기만 해도 죽어버릴지도 모르는데?

"이야아아— 천녀출운검!"

다시 한 번 요령이가 내 옆을 스치고 지나갔다.

"우, 우윽! 당했다!"

그리고 나는 옆구리를 움켜쥐며 비틀거렸다.

"이어서 천녀쾌무검이다!"

"젠장! 광풍질주!"

"세 번은 당하지 않아! 합!"

요령이는 몸을 하늘로 틀어서 내 바람을 피한 뒤 내 뒤를 잡고 검을 감아서 내 가슴 옆의 허공을 찔렀다. 관중석에서 보면 마치 검이 내 가슴을 관통한 것처럼 보일 것이다.

"받아라! 천녀일자!"

"크아악! 안 돼!"

나는 눈을 부릅뜨며 그대로 주저앉았다. 그리고 그때까지 엎드려 있던 청도가 벌떡 일어서서 박수를 쳤다.

"잘했어! 완벽해! 진짜 멋있어!"

그리고 지쳐 버린 나는 털썩 주저앉아서 땀을 닦았다.

"휴, 힘들어 죽는 줄 알았네."

"야, 니가 뭐가 힘들어? 너야 그냥 가만히만 있으면 되지만, 나는 니가 한 대만 잘못 맞아도 최하 사망이라서 안 맞추려고 얼마나 진땀을 흘리는 줄 알아? 이건 속 시원하게 마구잡이로 힘을 쓸 수 있는 것도 아니고… 으으, 힘들고 답답하고. 힘 조절하기가 너무 어려워."

가람이도 그 말에 고개를 끄덕였다.

"힘 조절하기가 확실히 어렵다. 그나마 매일같이 연습을 해대었으니 이 정도까지라도 될 수 있었겠지만."

"됐어됐어, 그만 해. 그렇게 치면 여기서 안 힘든 사람이 어디에 있겠어? 나도 칼 싸움 할 때 너희들보다 못하는 척하려고 얼마나 땀 빼는데. 그리고 영준이도 혹시 너희들이 실수라도 해서 맞을까 봐 얼마나 노심초사하겠냐. 안 그래? 어쨌든 모두들 늦게까지 수고했어. 얼른 씻고 집에 가든지 아니면 늦었으니까 여기서 자라."

그러고 보니 옷이 흠뻑 젖긴 했군. 집에 가든지 여기에서 자든지 간에 우선 씻기부터 해야겠는걸.

드디어 축제의 마지막 날, 우리가 무대에 서는 그날이 밝았다.

나는 두근대는 가슴으로 평소보다 훨씬 정성을 들여서 얼굴을 씻고 면도까지 깔끔하게 끝냈다. 그래도 무대에 서는 날인데 깔끔하게 하고 올라가야지.

요령이와 가람이와 함께 집을 나서는데 예의 그렇듯이 골목길에서 주희와 한수가 놀고 있다.

"야, 한수야!"

"어, 형, 누나, 안녕."

한수는 우리 쪽을 힐끔 돌아보더니 손을 들어 아는 척을 하고는 다시 주희와의 놀이에 열중한다.

"뭐 하냐?"

“하나빼기.”

하나빼기. 양손으로 가위, 바위, 보 중 두 개를 낸 다음에 상대방에게 이길 수 있는 손을 놓아두고 재빨리 다른 손을 안쪽으로 집어넣는, 그래서 내민 손 중에서 누구 손의 패가 이겼는지로 승패를 결정하는 순간적인 두뇌 회전력과 판단력, 순발력이 승패를 좌우하는 긴장감 넘치는 놀이… 라고 해봤자 결국 손 두 개로 하는 가위바위보에 불과하다.

“할 일도 참 없다.”

“할 일 없는데 형이 보태줬어?”

아아, 저 건방진 말투! 듣는 사람에 따라서는 ‘제발 날 좀 때려주세요!’로 잘못 들을 수도 있는 저 말투! 나는 주먹을 부르르 떨다가 ‘아니지, 한수와 나와는 나이 차이가 띠 동갑이 넘어가지’를 계속 되뇌이며 억지로 웃음을 지었다. 사실 한수가 조금 무섭기도 했다.

그런데 한수의 ‘별로 할 일이 없다’는 말을 들은 요령이가 얼굴을 빛내며 한수를 불렀다.

“야, 야! 한수야?”

“응?”

평범한 목소리로… 뭐, 극도로 올려서 이죽댄다든지 극도로 내려서 별로 관심이 없음을 표현하지 않고 그저 평범하게 대답하는 한수. 참으로 건방진 한수이지만 이상하게 요령이에게는 별로 건방지지가 않다. 자기네 누나를 구해줘서 그런가?

“너, 오늘 우리 학교에 안 갈래?”

“왜?”

한수는 의아하다는 듯 요령이를 쳐다보았고 요령이는 싱긋 웃더니 말했다.

"이 누님이 오늘 학교에서 연극을 하거든?"

"진짜?"

"그래."

"무슨 연극인데?"

한수의 물음에 요령이는 손가락을 까닥거리면서 말했다.

"와서 보면 알아. 같이 갈래?"

"흐음… 주희 누나한테 물어보고. 주희 누나, 요령이 누나가……."

"갈래! 갈 거야!"

주희는 한수가 채 질문을 던지기도 전에 급히 대답했다.

"학교 갈 거야! 가보고 싶어! 나도 데리고 가! 연극도 보고 싶어! 갈래! 갈 거야!"

"…이렇대."

한수는 주희를 엄지손가락으로 가리키며 쓰게 웃었다. 그리고 요령이는 고개를 끄덕이며 말했다.

"그럼 가자."

교문에서 컨테이너까지 가는 길은 한수와 주희의 입을 벌어지게 만들기에 충분했다. 그도 그럴 것이, 한수와 주희가 대학의 축제를 본 적이 있을 리가 없잖은가. 어쨌든 그렇게 축제가 한창인 거리를 지나서 컨테이너에 도착하니 청도가 아직 잠을 곤히 자고 있었다. 어제 늦게까지 최종 연습을 해서 그런가, 완전히 꿈속이네. 나는 팔짱을 끼며 청도를 불렀다. 마지막으로 한 번만 더 맞춰보게 이 시간에 오라고 한 게 누군데 아직까지 잠을 자고 그래?

"야, 청도야, 우리 왔다. 일어나."

하지만 청도는 들은 척도 하지 않고 계속 잠 속에 빠져 있었다.

"야! 일어나!"

"깊이 잠들었는데 그냥 자게 놔두는 것은 어떤가."

가람이가 내게 말했다. 흠, 그냥 그럴까? 연극 준비하느라 많이 피곤했을 텐데. 하지만 요령이가 고개를 가로저었다.

"안 돼! 상금 타려면 단 일 분이라도 더 연습해야 해. 야, 청도야! 일어나! 야! 청도야!"

하지만 청도는 들은 척 만 척 계속 꿈속에서 헤매고 있었다.

"이거 큰일이네……."

요령이는 눈살을 찌푸리며 팔짱을 끼었다. 그런데 한수가 빙글빙글 웃더니 말한다.

"요령이 누나."

"왜?"

"내가 저 형 깨워줄까?"

"뭐?"

요령이가 반문했지만 한수는 대답을 듣지도 않고 청도를 바라보았다. 그리고 갑자기 청도가 허공으로 약 2~30㎝ 정도 붕 떠올랐다.

"뭐, 뭐야!"

화들짝 놀란 나와 가람이, 그리고 요령이는 눈을 크게 뜨고 청도를 바라보았다. 그런데 그 인간은 허공에 떠서도 세상 모르고 쿨쿨 자고 있었다. 어이구, 인간아!

그리고 청도는 이내 땅으로 떨어졌다.

콰당!

"우아악! 뭐야!"

벌떡 일어나는 청도. 나는 그 모습을 보면서 실소를 터뜨렸다.

"푸하하!"

"누구야! 뭐야! 뭐가 어떻게 된 거야? 깜짝 놀랐잖아!"

청도는 뭐가 뭔지 모르겠다는 듯 잠에서 막 깬 부스스한 눈을 비벼 가며 마구 고개를 이리저리 돌려대었다.

"이 인간아, 정신 차려! 푸하하!"

"뭐야, 임마! 깜짝 놀랐잖아! 방금 전에 니가 한 거냐?"

"아니, 내가 한 건 아니고……."

"아, 됐어. 어차피 너희 셋 중 하나가 한 짓이겠지."

이윽고 정신을 차린 청도. 새집을 지은 머리를 벅벅 긁으면서 일어나다가 한수와 주희를 발견했다.

"…누구세요?"

"안녕하세요, 제 이름은 한수, 김.한.수. 입니다. 일곱 살이에요. 잘 부탁드립니다."

한수는 예의 그 '착한 어린이 버전'으로 똘망똘망하게 웃으며 인사를 했다. 물론 나와 요령이, 그리고 가람이는 뒤에서 경악 어린 눈으로 그런 한수를 바라보았다. 저놈이 지금 저게 도대체 뭐 하자는 짓거리야!

"응, 그래, 아주 착하고 예의가 바르구나."

청도는 한수의 모습에 기분이 좋은지 씩 웃으며 한수의 머리를 슬쩍 쓰다듬어 주었다. 그러자 한수는 눈살을 찌푸리며 말했다.

"눈곱 묻은 손으로 어딜 쓰다듬어. 더러운 손 치워."

"…뭐?"

완전히 한 방 맞았다는 듯한 청도의 경악 어린 얼굴. 그리고 우리는 다시 한 번 웃음을 터뜨렸다.

“우하하하!”

“너, 지금 뭐라 그랬냐?”

“귓구멍은 단백질이 부족해서 뚫어났냐? 머리를 쓰다듬으려면 허락을 받아야 될 거 아냐!”

“어, 어억!”

청도는 혈압이 오르는지 벌겋게 변한 얼굴로 한수를 가리키며 억억거렸다. 이런, 아무래도 내가 나서야 될 것 같군.

“야, 참아참아, 저놈이 원래 막 자라고 못 배워서 싸가지가 없어. 가방 끈 길고 공부 열심히 한 니가 참어.”

“어… 억… 뭐? 가방 끈 긴 니가 참어? 그럼 내가 나이가 몇 개인데 쟤보다 가방 끈이 짧냐! 지금 일곱 살짜리가 나한테 뭐라고 그러는지 들었냐? 응? 아, 나 미쳐 버릴 거 같아!”

광분하는 청도. 그 손이 금방이라도 칼을 쥘 듯이 부르르 떨린다. 그런데 한수가 불난 집에 기름을 들이부었다.

“짜식, 열받아 하긴. 농담이야, 임마. 화 풀어. 근데 넌 이름이 뭐냐?”

“우와아아아악! 이 버르장머리없는 꼬마 놈이! 야! 칼 가져와!”

“야! 참어! 니가 참어! 한수보다 머리 좋고 머리에 든 거 많은 니가 참어!”

“머리 좋고 나발이고… 가 아니라! 야! 나 놀리냐! 일곱 살짜리보다 머리 좋고 든 게 많은 게 지금 나보고 화나도 참으라는 거냐, 아니면 복장 긁고 비꼬는 거냐!”

청도는 고래고래 소리를 지르며 분을 못 이기고 허공에 헛손질을 해대었다. 그리고 한수는 그 모습을 보면서 다시 한 번 중얼거렸다.

"일곱 살짜리 시비에 열받아 가지고 날뛰는 모습이라니… 저러니까 요즘 어른들이 욕을 먹지."

"으아아악!"

한참 후, 간신히 진땀을 빼면서 청도를 진정시킨 우리는 싫다고 입을 꾹 다물어 버린 청도를 억지로 한수와 소개시켜 줬다. 그리고 나서 다음은 주희를 소개시켜 줬는데,

"안녕하세요! 김, 주, 희, 라고 합니다!"

"아, 예! 아, 안녕하세요? 저는 이청, 청도, 청도라고 해요. 푸른 칼이라는 뜻이죠. 하하!"

하하! 아무래도 청도가 주희의 외모만 보고 저렇게 부끄러움을 타는 모양이다.

"아, 파란 칼이요! 이름 예쁘다. 헤헤."

이름이 괜찮다는 말에 괜히 실실 웃는 청도.

"저… 그런데 주희 씨는 몇 살이세요?"

"주희 씨요? 헤헤헤, 주희 씨래!"

푸흡! 우리는 모두 터져 나오는 웃음을 억지로 참으며 고개를 돌려야 했다. 주희 씨라니! 맙소사! '씨' 라는 호칭이 도대체 주희에게 어울린다는 말인가! 어쨌든 주희는 '씨' 라는 호칭이 꽤나 마음에 들었는지 싱글싱글 미소 지으며 대답했다.

"저는, 열여덟 살, 입니다."

또박또박 한 단어 한 단어 끊어서 말하는 주희. 이쯤 되면 대충 주희가 조금 이상하다고 눈치를 챌 때도 되지 않았을까? 그러나 외모에 혹해 버렸는지 청도는 '네…' 하고 고개를 끄덕일 뿐 별다른 눈치를 채

지 못한 듯했다.

"저, 그럼 제가 오빠네요? 저는 스무 살이거든요."

"스무 살이에요? 와! 그러면 영준이 오빠랑 동갑이네요?"

"네, 그렇군요. 하하!"

도대체 뭐가 좋다고 웃는 거냐. 나는 멍한 눈으로 주희를 바라보고 있는 청도를 한심하게 바라보며 말했다.

"야, 너 그냥 말 놔. 나도 주희한테 말 놓는단 말야."

"아… 어, 그래. 주희 씨, 말 놓아도 되나요?"

"놓으세요. 헤헤헤."

주희는 다시 생긋 웃으며 대답했다. 그리고 그 미소는 아마도 청도를 녹여 버렸나 보다. 청도는 얼굴이 벌게져서 나를 잡아끌고 속삭였다.

"야, 잠깐만 따라 나와봐."

그리고 청도는 나를 잡아끌고 컨테이너 밖으로 나가면서 말했다.

"기다려, 손님들도 왔으니까 과자라도 좀 사 올게. 하하! 영준아, 혼자 가기 심심하니까 너도 같이 가자."

"어, 그, 그래."

얼떨결에 따라 나온 나. 청도와 함께 매점까지 걷는데 청도가 투덜거리며 말한다.

"야!"

"왜?"

"이 양심도 없는 인간아."

"뭐?"

"너한테는 요령이가 있잖아!"

아니, 이 인간이 지금 무슨 소리를 하는 거야! 갑작스러운 청도의 말에 나는 그만 당황해서 청도를 황급히 바라보았다.

"야! 너, 지금 도대체 무슨 말이 하고 싶은 거냐?"

"요령이 같은 미인이 옆에서 계속 같이 다녀주면 됐지, 그것도 모자라서 저런 미인을 숨겨두고 나한테 아직껏 소개도 안 시켜줘? 이 양심도 없는 것아!"

청도는 잔뜩 화가 난 목소리로 말했다. 어이구, 어이구! 정말 미쳐버리겠구만.

"이 인간아, 그래, 주희한테 반하기라도 했냐?"

"어."

…뭐?

"딱 내가 꿈꾸던 이상형이야. 얼굴도 예쁘고 잠깐 이야기해 봤더니 마음씨도 비단결같이 고운 거 같고."

그래, 얼굴도 이쁘고 마음씨도 비단결같이 곱기는 하지. 단지…

"야! 너 정말 눈치 못 채겠더냐?"

"응?"

"진짜 눈치 못 채겠어?"

"뭘?"

잠깐 내 말에 의아한 듯 나를 바라보던 청도는 손가락을 딱 튕기며 말했다.

"아, 아, 알아, 알아. 그 한수인지 뭔지 하는 버르장머리 동네 고철 장수한테 엿 바꿔먹은 것 같은 놈이 주희 동생이라는 거 나도 안다고. 하지만 인간 개조가 내 특기잖냐. 그런 싸가지없는 꼬마 한 명이 내 사랑을 가로막을 수는 없다고."

얼씨구, 점입가경이라더니. 이제 사랑이라는 단어까지 나오는구만!
나는 고개를 가로저으며 말했다.

"야! 정말 모르겠어? 주희가 어떤 앤지?"

"아, 글쎄, 뭘 모른다는 거야?"

내가 계속 같은 말만 되풀이하자 청도는 짜증난다는 듯 나를 바라보며 되물었다. 쳇, 내 입으로 이런 말은 별로 하고 싶지 않은데. 하지만 그래도 친구 된 도리로서 해줄 말은 해줘야지.

"쟤 정신 지체아야. 모자란 애라고. 딱 보면 모르겠냐? 정신 연령이 일곱 살 정도에서 멈춰 버렸다고. 알아?"

"…뭐?"

청도는 내 말에 눈을 크게 뜨며 소리쳤다.

"진짜야?"

"그래, 임마. 딱 보면 모르겠냐?"

청도의 얼굴에 수심이 드리워졌다. 아마 충격이 컸나 보군. 한참 동안 청도는 말이 없이 고개를 숙인 채 걷기만 했다.

이거 아무래도 위로라도 좀 해줘야 할 것 같은데.

"야, 있잖아……."

"상관없어."

갑자기 청도가 고개를 들었다. 그 얼굴이 어떤 결의에 차서 빛나고 있었다.

"뭐?"

"상관없다고."

"야, 너……."

청도는 입술을 깨물며 대답했다.

"태어나서 내가 첫눈에 반한 사람은 주희가 처음이었어. 분명히 운명적인 뭔가가 있어서 하늘이 나를 주희에게 반하게 한 걸 거야. 상관없어, 그런 것쯤은."

이 인간, 중증이구만. 나는 창백한 얼굴로 청도를 바라보았다. 설마 청도가 사랑의 운명 따위를 믿을 줄이야… 인간아, 그런 건 너와는 전혀 안 어울리잖아! 청도는 나를 바라보며 다부진 목소리로 말했다.

"영준아."

"왜?"

"다리 좀 놓아다오."

"저리 꺼져."

"제발."

으아— 정말 미치겠다! 나는 손을 들어서 눈을 탁! 하고 가리며 한숨을 쉬었다. 어쩌다가 이런 일이!

나는 차마 사랑에 빠진 청도에게 '사실 주희의 동생 한수는 나와 요령이, 그리고 가람이 이렇게 셋과 삼 대 일로 대등하게 싸운 괴물이야'라고 말해 줄 수는 없었다. 너무 잔인한 것 같았기 때문이다.

학교 운동장에 거대한 특설 무대가 설치되었고 10층은 되어 보이는 조명대가 높이 올라갔다. 뒤쪽의 사람들을 배려해서 대형 스크린도 몇 개 설치되었다. 이미 시작된 대동제 폐막제에는 수천 명은 족히 되어 보이는 사람들이 무대 앞에 모여서 축제의 끝을 화려하게 장식하는 멋진 공연들을 바라보고 있었다. 번쩍거리는 조명 앞에서 춤추는 사람들. 우리가 마지막 리허설을 끝내고 무대 뒤로 도착했을 때에는 힙합댄스 동아리가 멋들어진 춤을 보여주고 있었다.

"이렇게 사람이 많을 줄이야……."

요령이는 새삼 놀랐다는 듯 중얼거렸다. 사실 나도 놀랐다! 이 정도로 많은 사람들이라니, 이렇게 큰 무대라니!

"으, 떨려."

요령이가 많이 긴장되는지 가슴 위에 손을 얹고 크게 심호흡을 했다.

"됐어, 됐어. 떨지 마. 잘할 수 있을 거야. 그런데 청도는?"

"저 뒤에서 주희랑 농담 따먹기 하고 있어."

어휴……. 나는 뒤를 바라보았다. 과연 청도와 주희가 뭐가 그렇게 좋은지 마주 보고 앉아서 헤헤호호거리며 대화를 나누고 있었다. 그리고 나는 그 모습을 보며 고함을 질렀다.

"야! 이청도!"

"그래서 내가……."

대화에 푹 빠져서 아예 듣지를 못했는지 주희와의 대화에만 열중하는 청도. 나는 다시 한 번 고함을 빽 질렀다.

"야! 청도야! 연극 준비 안 하냐!"

"어? 어… 어, 해야지."

청도는 아쉽다는 듯 주희에게 무어라 말하고 우리에게로 왔다.

"너 좀 이상하다? 너, 주희한테 반했냐?"

요령이는 심상찮다는 눈빛으로 청도를 바라보며 물었고 청도는 당황했는지 고개를 가로저으며 대답했다.

"아, 아냐, 무슨 소리야."

나한테는 그렇게 쉽게 말하더니… 그래도 남한테 마구 떠벌리고 다니기는 싫다는 건가?

"그런데 언제 시작이지, 우리는?"

가람이가 청도에게 물었고 청도는 폐막제 일정표를 펴 들고 하나하나 짚으면서 말했다.

"이제 다음다음이 우리야. 마음 편하게 먹고 잘하자고."

"그래. 그런데 정말 사람 많다. 그리고 다른 멋있게 하는 사람들도 너무 많고 말야. 이거 혹시 상금 못 타면 어쩌지?"

요령이가 근심스러운 얼굴로 말했다. 그리고 청도는 우리의 긴장을 풀어주려는 듯 여유있게 씩 웃으며 대답했다.

"괜찮아, 정 안 되면 허접한 모습으로 웃기기라도 하면 웃겼다고 상 주겠지."

그걸 지금 말이라고 하냐?

"예, 이번 순서는 검을 수련한다는 동아리 '세 발 까마귀' 인데요, 자신들의 검술 실력을 과시하기 위해서 연극으로 한번 만들어봤다고 합니다. 협객활극무협물 '혈풍무림' 입니다!"

으으, 떨린다! 아, 참고로 동아리 이름은 적당한 이름이 없어서 그냥 아무거나 붙여 넣다 보니 그렇게 되었다. 어쨌든 우리는 무대 뒤에서 청도의 해설을 천천히 기다렸다.

"때는 명나라 초기. 강호는 15년 전 휘하의 암흑의 세력을 이끌고 무림을 어지럽히던 암영흑귀를 물리친 뒤 평화로운 나날을 보내고 있었다. 그러던 어느 날, 평화롭던 무림에 암영흑귀가 세외에서 세력을 모아 다시 강호로 돌아오게 되고, 오대신성 중 최강이라 불리우는 흑풍존자 백낙섭과 손을 잡으면서 강호에는 다시 한 번 피바람이 몰아치게 되는데……."

자, 우리 차례다! 어서 나가자! 나와 가람이, 그리고 요령이는 배경
그림을 붙인 나무판, 즉 배경판을 들고 무대를 향해 나갔다.

화악—!

밝은 빛이 순간적으로 우리의 눈을 부시게 했다. 그리고 눈이 빛에
익숙해지자 들어온 것은 우리를 주시하는 수천 명의 시선!

우아악! 떨려! 나는 애써 차분하게 마음을 먹고 배경판을 무대에 놓
았다. 순간 이곳저곳에서 웃음이 터져 나왔다.

"하하! 저게 뭐야! 집이야?"

"다 쓰러져 가잖아! 푸하하!"

체… 쳇, 신경 쓰지 말자! 우리는 배경판을 놓은 뒤 재빨리 배경판
앞으로 뛰어가서 각자의 칼을 쥐고 주위를 경계하는 태세를 취했다.
곧 무대 밖에서 비명 소리가 들려왔다.

"컥!"

"크윽!"

"우악!"

…물론 청도가 내는 소리다. 실감있는 성대모사로 여러 명의 죽음을
멋지게 처리한 청도는 연극부에서 빌렸던 긴 천으로 온몸을 친친 두른
채 눈만을 내놓고 미끄러지듯 들어왔다.

"뭐야!"

"허접하잖아! 하하!"

아까보다 조금 더 큰 웃음소리가 무대 밖에서 들려왔다.

신경 쓰지 말자, 신경 쓰지 말자.

"넌 누구냐!"

가람이가 떨리는 목소리로 물었다. 그리고 다음 순간,

엄청난 속도로 청도가 검을 휘감으며 우리 옆을 지나쳤다. 빠르다! 연습 때보다도 훨씬 더 빨라! 우리는 잠깐 동안 영문을 모르겠다는 듯한 연기를 위해 눈을 크게 뜨고 서 있다가 풀썩거리며 하나둘씩 쓰러졌다. 그리고 잠시 동안 관객석에는 적막이 흘렀다.

"우—와!"

처음에 터져 나온 것은 탄성이었다.

"대단해!"

"보이지도 않았어!"

됐어! 성공이야!

우리의 연극에 대한 관객들의 호응은 실로 엄청났다. 특히 전투나 격투 장면에 있어서는 사람들의 환호성이 상상을 초월할 정도였다. 그도 그렇겠지. 평범한 인간이 평생 가야 이런 장면을 어디서 볼 수 있겠냐.

"진짜 무협영화 같다!"

"대단해! 도대체 어떻게 한 거지?"

관객들의 멋진 반응 속에서 순조롭게 연극을 진행해 온 우리. 마침내 마지막 장면, 최후의 결투 신까지 왔다. 암영흑귀와 초매향, 그리고 진영무가 싸우는 장면에서는 사람들이 숨소리까지 죽이고 우리들의 연극을 지켜보았다.

"정말 장난 아니다……."

"저, 저것 봐! 방금 손에서 불이 나갔어!"

"저 잔상술! 저건 어떻게 한 거지?"

"그런데 우리 학교에 저렇게 예쁜 애가 있었나?"

“몰라, 진짜 예쁘다…….”

…이것들아! 연극에나 신경 써! 연극에나!

“암영천라지망참!”

마침내 암영흑귀와의 전투, 하이라이트 신이 펼쳐졌다. 암영흑귀의 암영천라지망참을 진영무의 청룡천군출두령으로 막아내는 장면! 순식간에 수십 명의 가람이와 청도가 무대를 뒤덮는 모습을 보면서 관객들은 모조리 넋을 잃어버렸다.

“맙소사… 저건 말도 안 돼…….”

“무슨 홀로그램 장비라도 산 건가?”

하하, 그런 장비 살 돈 있으면 우리가 이런 무대에 왜 올라오겠나. 어쨌든 잠시 후, 나는 흑풍존자의 옷으로 준비된 흑색 롱코트를 걸치고 무대로 걸어나갔다. 잠깐 청도와 대사를 주고받은 나. 다행히도 연기는 연습했던 것만큼 되어주었다.

“내 손으로 직접 너를 죽이면 너의 부하들이 나를 따르지 않을 것 같아서 나보다 무공 수위도 한참 낮은 너를 죽이지 않고 살려두었다. 하지만 다행히도 이렇게 진영무와 초매향이 찾아와서 나에게 도움을 주는군. 네가 진영무와 초매향에게 죽었다고 하면 모든 일이 간단하게 풀리겠는걸. 그러니… 죽어라, 시끄러운 늙은이.”

“아, 안 돼……!”

자, 부채를 한번 튕겨줘야지.

투웅!

역시 대본대로 외마디 비명과 함께 쓰러지는 청도. 그리고 나는 여유있게 웃으며 대사대로 말했다.

“하하하, 강호의 오대신성 중 셋이 모였군. 나머지 둘 중 하나는 소

림사에 틀어박혀서 나올 생각도 하지 않고 있고 나머지 하나는 우리가
죽여 버렸으니 우리가 실질적으로 무림에 영향을 끼치는 신진고수인
셈이야. 그렇지?"

그런데 갑자기, 무대 바깥쪽에서 고함 소리가 들려왔다.

"잠깐! 기다려! 우리를 빼놓고 강호를 논하려 하는 것이냐!"

갑작스러운 돌발 상황에 우리는 당황해서 황급히 목소리가 들린 쪽
으로 고개를 돌렸다. 그리고 이미 극에 몰입되어 있던 관객들 역시 자
연스레 목소리가 들리는 쪽으로 고개를 돌렸다.

그런데 오, 젠장! 맙소사!

그곳에는 유천이 우리를 바라보며 웃고 있었다!

제21장

난입!

"야, 저… 저건 또 뭐야?"

나는 마이크를 손으로 가려서 목소리가 새어 나가지 않도록 한 뒤 눈을 크게 뜨며 우리를 향해 웃고 있는 유천을 다시 한 번 쳐다보았다. 분명해. 저 얼굴과 저 중국풍 옷. 틀림없는 유천이다!

요령이는 짜증이 나는지 머리를 마구 헤집으며 말했다.

"내, 낸들 아냐? 저게 도대체 무슨 민폐를 끼치려고 여기까지 납신 거야 그래? 미치겠네… 세 발 까마귀를 가져가려거든 남에게 피해는 주지 말아야지, 저 양심도 없는 인간이! 아니, 이제 공공장소에까지 나타나서 행패네!"

요령이는 잔뜩 흥분해서 마이크를 막고 마구 소리를 질러대었다. 가람이는? 가람이는 그저 딱딱하게 굳은 얼굴로 유천을 주시했다. 그리고 청도는…

죽은 척하느라 아무것도 보지 못하고 눈만 감고 있어야 했다. 불쌍한 것. 쯧쯧, 주위에서 이상한 소리들은 들려오는데 보지는 못하고… 어이구, 얼마나 답답할까. 아마 궁금해서 미쳐 버릴 것 같은 기분이겠지?

유천은 멀리서 우리를 바라보며 빙글빙글 웃다가 이윽고 천천히 걸음을 옮겨 무대를 향해 걸어오기 시작했다. 그런데 아까는 미처 보지 못했지만 지금 보니 학교 내에서 유천과 함께 다니는 것을 자주 볼 수 있었던, 하지만 저번의 싸움에서는 나타나지 않았던 남녀가 유천의 옆에서 함께 걸어오고 있었다. 그 모습을 본 요령이가 다시 한 번 투덜거렸다.

"드디어 친구까지 데리고 오는구만. 미치겠네."

관객들의 시선을 한 몸에 받으며 천천히 무대 위로 올라온 유천. 한참을 빙글빙글 웃더니 나를 보고 한마디 한다. 물론 마음속으로. 도대체 우리말도 모르면서 유학 생활은 어떻게 할 수 있는 걸까? 옆의 남자가 모두 통역해 주나? 참으로 미스터리가 아닐 수 없다.

'반갑군. 몇 달 만이지? 너의 그 싸구려 연극은 잘 보았다.'

"…무슨 일로 나타난 거지? 그것도 수천 명을 무대 앞에 두고. 왜, 수천 명 앞에서 공개적으로 세 발 까마귀의 패를 빼앗아가기라도 하려는 거냐?"

물론 유천이 알아들을 리는 없지만 혹시 옆에 서 있는, 일관성있게 검은 옷만 입고 다니는 남자가―오늘은 검은 반팔 티셔츠와 검은색 청바지를 입고 있다―해석해 줄지도 모른다고 생각한 나는 유천에게 왜 이곳에 나타났는지를 물었다. 하지만 아쉽게도 검은 옷의 남자는 유천에게 내 말을 번역해 주지도 않았고 유천 역시 내 말에 어떤 반응도 보이지 않았다.

쳇, 대답이 궁금하지 않으면 말을 걸지 말든가. 하여튼 사교성이 별로 없는 친구들이라니깐.

유천은 싸늘하게 웃으며 우리를 지나쳐 조명과 기계, 음향 등을 제어하는 곳으로 가더니 이윽고 핸즈프리 마이크를 세 개 얻어와서 각자의 얼굴에 낀 후 전원을 켰다. 도대체 무슨 생각일까?

그리고 유천의 뒤에 서 있던 검은 옷의 남자가 천천히 우리들 앞으로 걸어나와서 마이크를 켜더니 이윽고 유창한 한국말로 외쳤다.

"하하하! 네놈이 흑풍존자인가 하는 애송이인가? 지금까지 지켜봤는데 참 말투가 버릇이 없더군. 감히 우리 황교삼협을 제외하고 강호의 패권을 논하려 하다니!"

…지금 뭐라고 그런 거냐?

"쟤가 지금 뭐라고 하는 거냐?"

"미쳤나 봐."

"우리가 연극하는 게 재밌어 보여서 끼고 싶어했나?"

"얼굴은 멀쩡하게 생긴 게……."

유천의 친구로 보이는 남자의 갑작스러운 대사에 당황한 우리들은 채 마이크도 가리지 못하고 중얼거렸다. 하지만 우리가 당황한 걸 눈치 채지 못하는 건지, 아니면 우리의 생각 따위에는 아예 신경을 쓰지 않는 건지 검은 옷의 남자는 계속해서 대사인지 실제인지 구분하기 헷갈리는 말을 이어 나갔다.

"그리고 너희들, 소패룡 진영무와 자운녀 초매향! 너희들도 마찬가지다. 건방진 것들, 감히 우리를 빼고 오대신성이니 뭐니 하면서 논한단 말이냐? 건방진 것들!"

…그래서 도대체 날보고 뭘 어쩌라고? 뭘 바라는 거야? 어쩌라고!

내가 막 공황 상태로 빠져들려 할 때였다. 갑자기 우리의 마음속으로 요령이의 목소리가 들려왔다. 아마도 아무리 작게 말해도 마이크로 울린다고 생각하고 결국 전음술을 쓰기로 결정한 모양이다.

'아, 아, 마이크 테스트. 마이크 테스트.'

"잘 들리니까 그런 거 안 해도 돼."

내 쓸쓸한 중얼거림에 요령이는 손가락으로 'OK' 사인을 그리면서 다시 마음속으로 말을 이었다.

'흠, 난 저 녀석들이 왜 갑자기 저런 웃기지도 않는 짓을 하는지 그 목적을 알 것 같아.'

"그, 그래? 그 목적이 뭐, 뭔데?"

내 말에 요령이는 신경질적으로 소리쳤다.

'야, 아무리 작게 말해도 마이크 때문에 관객석까지 다 들리니까 그냥 조용히 듣기만 해! 봐, 관객석에서 지금 웅성웅성대잖아!'

"으… 으응."

갑작스레 요령이가 소리를 쳐서이지 귀가 찡하고 울린다. 쳇, 마음 속으로 소리치는데 왜 귀가 아프지? 신경성인가?

그건 그렇고, 요령이의 말대로 관객석의 분위기가 술렁거리고 있다. 아마도 무대 위의 묘하게 변한 분위기와 허둥지둥하는 우리들의 모습을 보고 동요하고 있는 건가 보다. 나는 입을 다물고 마음속에서 들려오는 요령이의 말에 귀를 기울였다.

'저 녀석들, 꽤 재치있어. 아무래도 이번 연극을 우리들을 합법적으로 공격해서 세 발 까마귀의 패를 빼앗아갈 수 있는 기회쯤으로 생각하는 모양이야. 우리가 이번 연극에서 워낙 신기한 주술을 많이 보여줬잖아? 그래서 아마 유천 쪽에

서는 '우리들이 영준이를 공격하고 세 발 까마귀의 패를 빼앗아가도 잘만 하면
연극인 것처럼 위장을 할 수 있겠다. 마침 싸움을 걸 기회도 없어서 전전긍긍하
고 있었는데 잘됐다' 쯤으로 계산하고 우리에게 모습을 드러낸 것 같아. 그리고
그쪽에서 그런 생각을 가지고 우리에게 접근했다면 우리도…….'

요령이는 자신감 넘치는 표정으로 싱긋 웃으며 우리들에게 손가락
으로 브이 자를 그리더니 말을 이었다.

'까짓, 놀아주자.'

"뭐?"

너무 놀란 나는 눈을 휘둥그레 뜨고 요령이를 바라보며 소리쳤다가
깜짝 놀라 황급히 마이크를 손으로 덮었다. 내 실수에 눈살을 찌푸린
요령이는 하지만 곧 여유만만하게 웃으며 내게 부연 설명을 덧붙여 주
었다.

'놀아주자고. 우리 쪽에서도 오히려 잘된 걸지도 몰라. 저놈들이 이 연극판을
깨지나 않을까 걱정해야 하는 판에 오히려 저쪽에서 저렇게 협조적으로 나와주니
이게 잘된 거지 뭐겠어? 우리도 연극인 척하면서 한판 놀아보자. 저런 놈들은
힘으로 눌러줘야지, 안 그러면 어쩔 수가 없어. 다들 연극인 줄 아니만 정체도 들
킬 염려 없고 잘됐어. 정말 잘됐어! 뭐, 아쉬운 점이 있다면 무대 위에서 싸우긴
힘들 테니 상금받기는 어렵겠다는 거지. 뭐, 하지만 이것도 나름대로 좋은 경험
이었으니까.'

그때 가람이의 목소리도 내 마음속으로 들려왔다.

'그래, 요령이의 말이 맞다. 어쩌면 차라리 잘된 일일지도 모르겠다. 어차피
저쪽과는 한번 부딪쳤어야 했어.'

신중한 가람이까지 그렇게 생각한다니 내 마음도 조금씩 유천 쪽과
한판 붙어서 결판을 내는 쪽으로 마음이 기운다. 나는 잠깐 고민하다

가 결국 고개를 끄덕였다.

'잘 생각했어. 아참, 한마디 덧붙이자면, 무슨 핑계를 대서라도 저기 자빠져 있는 청도는 꼭 살려내. 이미 지금의 상황은 내가 마음속으로 다 설명했으니까.'

요령이의 말에 나는 고개를 끄덕였고 마음속으로의 말을 마친 요령이는 정색을 하고 유천 무리를 바라보며 말했다.

"너희들은 도대체 누구냐? 황교삼협이라고? 그런 집단 따위는 들어 본 적도 없어!"

우리 말에 남자는 씩 웃더니 말했다.

"정식으로……."

'재치가 넘치는 아가씨로군요.'

헉! 이 녀석 보게! 입과 마음속, 양쪽으로 동시에 말을 하고 있잖아!

나는 귀와 동시에 마음속으로도 신경을 집중했다.

"소개하지. 우리는 세외에서 온 황교삼협이라고 한다. 모두 너희들 같은 애송이와는 상대도 되지 않는 고수로 이루어져 있지. 나의 이름은……."

'소개하겠습니다. 뇌신자 백태청이라고 합니다.'

"합신운사 뇌신자다. 그리고 내 뒤에 계신 분의 이름은……."

백태청이라고 자신을 소개한 남자는 손으로 유천을 가리켰다. 그리고 그 순간, 마음속으로 유천의 건방이 철철 넘쳐흐르는 목소리가 들려왔다.

'이미 알고 있겠지? 유천이다.'

"부활제 후황자이시다. 그리고 마지막으로 저기 소저의 이름은……."

'처음 뵙습니다. 수신녀 백화련입니다.'

이번에는 맑은 여자의 공손한 목소리가 우리의 마음속으로 울려 퍼졌다. 아무래도 저 여자의 목소리 같은데. 어쨌든 백태청은 이미 여자가 스스로 마음속으로 소개를 했음에도 불구하고 극 중의 대사를 끝마쳐야 하기 때문인지 소개를 계속 이어 나갔다.

"합신운사 수신녀라고 한다."

"너희들 같은 무명, 떠돌이 패거리들의 이름 따위는 전혀 궁금하지 않아! 너희들의 목적이나 말해 봐라! 너희들은 무슨 목적으로 우리의 정당한 복수를 방해하려는 거지?"

요령이의 통쾌한 공격! 요령이는 순식간에 유천 쪽 사람들을 '무명, 떠돌이 패거리' 따위로 깎아내리면서 동시에 유천네 패거리의 목적까지 물어보는 두 가지 작업을 훌륭하게 해내었다. 근데 사실 목적은 안 물어봐도 되는데. 어차피 뻔하지 뭐.

'세 발 까마귀의 패를 내놔.'

유천의 광기 어린 목소리가 섬뜩하게 우리의 마음속을 파고들었다. 그리고 백태청은 갑자기 손가락으로 나를 가리키며 외쳤다.

"우리의 목적은 하나, 흑풍존자가 가지고 있는 영패다!"

…역시 그랬었군. 나는 연극 중인 것처럼 싸늘하게 웃으며 태연하게 대답해 주었다.

"미친 소리."

물론 극 중에서 흑풍존자 백낙섭이 차갑고 잔인하고 냉정한 성격으로 나오기 때문에 나도 최대한 목소리를 차갑고 냉정하고 잔인하게, 즉 싸가지없게 내기 위해 노력했다. 그리고 백태청은 내 '미친 소리'라는 말에 기분이 상했는지, 아니면 연기를 하는 건지 인상을 살짝 찌푸리며 중얼거렸다.

"꼭 피를 봐야겠다는 것이냐?"

그때 요령이가 우리의 대화에 끼어들었다.

"잠깐! 기다려!"

"무슨 일이지? 너희들에게 용건은 없다. 그러니 끼어들지 말도록. 내가 용건이 있는 사람은 오직 오대신성 중 제일성이라고 불리는 흑풍존자 백낙섭이다. 흑풍존자 백낙섭, 어디 그 고명의 어디까지가 진실이고 어디까지가 허언인지 한번 볼까? 물론 네가 영패를 포기한다면 우리도 고이 물러나 드리지."

백태청은 천연덕스럽게 마치 실제로도 내가 요령이, 그리고 가람이와 별 상관이 없는 사람이라도 되는 듯 말했다.

으으, 과연 요령이와 가람이는 무슨 핑계를 대고 나를 도와줄 거지? 원래 죽이려던 상대를 도와줘야 하는 이유… 으, 아무리 생각해 봐도 머리만 아프다. 서, 설마 핑계가 없다고 도와주지 않는 것은 아니겠지?

그때 요령이가 끼어들었다.

"잠깐! 합신운사, 우리가 상관있는 일일 수도 있다. 너희가 흑풍존자의 영패를 가져가려 하는 이유는 무엇이지?"

"뭐?"

백태청은 그게 무슨 귀신 씨나락 까먹는 소리냐는 듯 눈살을 찌푸리며 요령이를 바라보았다. 아마도 영패를 가져가려는 이유 따위는 전혀 생각해 놓지 않은 듯하다. 그리고 요령이는 기세등등하게 말을 이었다.

"혹시 너희들, 영패로 검마를 부활시키겠다거나 하는 생각은 아니겠지?"

이런 식으로 몰아붙이면 상대 쪽에서는 어쩔 수 없이 '어떻게 알았지?' 따위로 대답해야 한다. 극의 전개상 여기서 '아닌데? 사실 우리 어머니께서 요즘 몸이 허하셔서 영패 팔아서 보약 좀 사드리려고 하는 거야' 따위로 대답할 수야 없는 노릇 아닌가. 과연 백태청은 기다렸다는 듯 요령이가 던진 미끼를 덥석 물었다.

"흐흥, 영패에 대해서 어떻게 아는지는 모르지만 칭찬해 주지. 그렇다! 우리는 영패로 검마를 부활시키려고 한다. 그래서 강호에 피바람을 몰고 올 것이다!"

"그렇다면 너희들의 행동을 보고만 있을 수는 없다!"

백태청의 말에 요령이가 마치 기다리고 있었던 양 빠르게 대답했다.

"뭐? 보고만 있을 수는 없다고?"

"그래! 검마를 부활시켜서 강호에 피바람을 몰고 올 것이라니, 그런 극악무도한 짓을 이루게 우리가 보고만 있을 것 같으냐!"

훗, 저런 식으로 나를 도와주려고 하는 것이군. 암, 강호의 평화, 그거 무지하게 중요하지. 강호에 파바람이 불면 안 되지. 암, 안 되고말고. 피바람, 그거 무서운 거지.

하지만 백태청도 나를 도우려는 요령이의 의도를 눈치 챘는지 어떻게 해서든 요령이와 가람이가 나를 돕지 못하는 방향으로 내용을 이끌어가기 위해 애쓴다.

"하하, 눈물겨운 정의감이로군! 그래서 너는 너의 사제와 동문, 너의 선배와 너의 스승을 모조리 죽여 버린 저 흑풍존자 백낙섭을 돕기라도 하겠다는 것이냐?"

"물론! 강호의 대의를 위해서라면 얼마든지 복수는 나중으로 미룰 수 있다!"

대의! 그거 좋은 거지. 암! 대의! 그거 지켜야 하는 거지!

"하! 미친 소리!"

"미친 소리가 아냐!"

갑자기 가람이도 뛰어들었다. 어떻게든 극 중 전개를 우리 쪽에 유리하게 만들기 위해서이다.

"미친 소리가 아니다, 이 강호의 정의도 모르는 것들! 정의를 위해서라면 자신의 사사로운 감정 따위는 묻어버려야 하는 것! 그것이 강호의 정의이고 그것이 협객의 마음가짐이다!"

가람이의 목소리는 격정에 넘쳐 있었다. 연기 솜씨가 늘어났는지 정말 멋들어지게 잘하는군.

"흑풍존자 백낙섭!"

열변을 토하던 가람이가 갑작스럽게 나를 부른다. 그리고 나는 화들짝 놀라서 대답했다.

"왜, 왜?"

"너는 영패를 가지고 있었지? 너는 그 영패로 검마를 소환해서 강호를 피바다로 만들 생각이 있었는가?"

그리고 나는 방금 전 잠깐 놀라서 흐트러져 버린 이미지를 추스르기 위해서 머리를 한번 쓸어 넘기고 차갑게 웃었다.

"웃기지 마라. 곧 내 것이 될 강호를 왜 피바다로 만드는가."

"그럼 되었다, 너를 돕겠다! 저 악마 같은 놈의 손에 영패가 들어가게 할 수는 없다!"

"마음대로."

요령이도 함께 외쳤다.

"공자! 저도 공자와 뜻을 함께하겠습니다!"

"고맙소, 소저."

결국 연극은 이렇게 해서 완전히 우리 쪽으로 기울어 버렸다. 그리고 백태청은 입술을 깨물더니 나지막하게 뇌까렸다.

"흥, 결국 셋 다 개죽음을 당하고 싶다는 것인가? 좋아, 마음대로 해 보시지. 너희 같은 떨거지들 따위야 백이 와도 상관없으니까."

자, 이제 청도를 살려야 할 차례인가? 나는 차가운 목소리로 백태청의 말을 끊었다.

"셋이 아냐."

"뭐?"

"우리 쪽에는 한 명이 더 있다!"

백태청은 내 말에 당황했는지 얼굴빛이 변했다.

"그게 무슨 소리냐?"

"아까 영패를 가져다가 어디에다 쓰겠다고 했지? 검마의 부활에 쓰겠다고 했나?"

내 질문에 백태청은 '갑자기 웬 뜬금없는 소리냐' 는 듯 멍하니 나를 바라보다 결국 내키지 않는지 쓰게 입맛을 다시며 고개를 끄덕였다.

"그렇다."

그리고 나는 마음속으로 준비했던 대사를 말했다. 최대한 '흑풍존자' 라는 이름이 아깝지 않도록 노력하면서. 나는 세 발 까마귀의 패를 꺼내 들고 천천히 쓰다듬으며 말했다.

"이런 고귀한 물건을 고작 어떤 미친놈의 부활에 쓴다는 것은 너무 아까운 일이지."

'그, 그것은 세 발 까마귀의 패! 어서 내놔!'

　마음속으로 흥분한 유천의 목소리가 울려 퍼졌지만 나는 유천의 목소리 따위에는 일말의 신경조차 쓰지 않았다.

　"이것으로는 무엇이든지 할 수 있거든. 검마 따위 미치광이나 살리기에는 너무나 아까워, 너무나. 너희들에게 보여주마. 영패가 얼마나 무서운 힘을 가지고 있는지! 영패여, 저자의 혼을 다시 일깨우라! 깨어나라, 암영흑귀여! 나의 충실한 종으로 다시 살아나라!"

　나는 영패로 청도를 가리키며 외쳤다. 그리고 동시에 마음속으로 세 발 까마귀를 애타게 불렀다.

　'이봐요, 세 발 까마귀님, 세 발 까마귀님!'

　『오, 영준 아닌가? 오래간만이군. 잘 지냈나?』

　'덕분에요. 인사는 나중으로 미루기로 하고… 세 발 까마귀님, 죄송하지만 잠깐만 세 발 까마귀의 패로 빛을 좀 뿜어주실 수 있으세요?'

　『아니, 갑자기 밑도 끝도 없이 빛이라니?』

　'지금 설명할 시간이 없어요. 빨리요! 부탁드려요!'

　죄송해요, 세 발 까마귀님! 나중에 꼭 자세히 설명해 드릴게요! 나는 마음속으로 잔뜩 미안함을 느끼면서 세 발 까마귀에게 간절히, 그리고 급하게 부탁했다.

　『뭐, 어렵지도 않은 일이니 들어주긴 들어주겠다만… 이것 참, 당황스럽군.』

　세 발 까마귀는 당혹스러움이 섞인 목소리로 대답했다. 그리고 세 발 까마귀의 말이 끝남과 동시에,

　번쩍!

　자줏빛 빛이 무대 전체를 뒤덮었다. 그리고 마치 태양이 무대 위에 떠오른 것처럼 무대가 눈부시게 빛났다.

“우, 우왓! 눈부셔!”

“장난 아니다! 진짜 멋있어!”

세 발 까마귀의 패에서 빛이 터져 나오면서 관객석에서 잇따라 탄성이 터져 나왔다. 그럴 수밖에. 나도 처음에 세 발 까마귀의 빛인 홍적색의 빛을 보고 눈이 부시도록 아름답다고 생각했으니까.

『이 정도면 되었나?』

세 발 까마귀의 말이 마음속으로 들려왔다.

‘예, 정말 감사합니다!

『그래. 나중에 무슨 상황인지 설명해 주리라 믿네.』

세 발 까마귀는 그 말을 남기고 조용해졌다. 동시에 무대 위를 찬란하게 비추던 자줏빛 광채도 천천히 잦아들기 시작했다. 그리고 나는 다시 한 번 마음속으로 미리 준비해 놓은 대사를 읊었다.

“이제 암영흑귀는 내 충실한 종으로 다시 부활할 것이다!”

스윽.

내 말이 끝남과 동시에 청도는 비척비척 일어섰다.

“암영흑귀.”

“예, 주인님.”

“오—”

생각지도 못했던 극의 흐름에 관객석에서 감탄사가 일어났다.

“너는 이제부터 나의 충실한 종이다. 알고 있느냐?”

“알고 있습니다.”

그리고 나는 만족한 미소와 함께 다시 물었다.

“영패의 힘은 너를 부활시키면서 동시에 너의 힘을 극상까지 끌어올려 놓았다. 느낄 수 있느냐?”

내가 이 대사에 숨긴 속뜻은, 우리에게 했던 것처럼 연극하듯이 사정 보지 말고 저놈들에게는 전력을 다해서 두들겨 패달라고 부탁하는 것이다. 청도는 내 말뜻을 알아들었을까?

청도는 음울하게 어깨를 들썩이며 웃었다.

"으흐흐흐… 과연 그렇군요. 제 앞을 가로막는 것은 그 누구라도 쓰러뜨릴 수 있을 것 같습니다. 주인님의 명령만 있다면 아주 박살을 내도록 하지요."

"잘되었군."

내 말을 알아들었군. 나는 왼쪽 입술을 들어서 뒤틀린 웃음을 지은 후 백태청에게 말했다.

"자, 이제 어디 한번 싸움을 시작해 볼까? 황교삼협이라고 했지? 어디서 듣도 보도 못한 패거리들과 내가 겨루어주는 것만 해도 고맙게 여겨라."

마침 때맞춰 유천의 짜증 섞인 목소리가 우리의 마음속으로 들려왔다.

'도대체 뭘 하자는 거지! 너희들의 연극 놀음에 맞춰주는 것도 이젠 지겹다! 어서 덤비던지 세 발 까마귀의 패를 내놓고 썩 꺼져 버려!'

그리고 백태청의 목소리도 마음속으로 들려왔다.

'후황자님께서 어지간히 지겨우신가 보군요. 이제 공격을 시작하겠습니다.'

마음속으로 들려오는 백태청의 목소리는 대사를 읊을 때의 약간은 어눌한 모습과는 거리가 먼, 차분하면서도 무게감이 실린 목소리였다. 그리고 말투도 확 바뀌어서 우리에게 꼬박꼬박 존대를 해주고 있었고. 역시 아까는 '극 중 모습' 이었던 걸까?

그건 그렇고 백태청이라는 저 녀석, 유천을 존대해서 부르네? 원래 친구가 아니었나? 문득 나는 유천과 백태청, 그리고 백화련을 처음 봤을 때가 떠올랐다. 그때 백태청은 유천의 말을 '왜 남의 대화를 엿듣는 거냐고 물어보셨습니다' 라고 존대해서 번역했었지. 그때는 백태청이 우리말이 서툴러서 존댓말을 제대로 사용하지 못하는 거라고 생각했었는데, 이제 보니 존댓말을 잘못 사용했던 것이 아니라 진짜로 유천의 밑에 있었던 거군. 친구가 아니었어.

무대 위는 곧 터져 버릴 것 같은 폭탄처럼 팽팽한 긴장감 속에 휩싸여 있었다. 우리는 서로를 노려보면서 금방이라도 뛰쳐나갈 듯 양팔과 다리의 근육에 힘을 잔뜩 주었다.

"잠깐!"

그런데 요령이가 손을 들며 우리와 유천 쪽을 동시에 바라보며 말했다.

"무슨 일인가."

"이 흑사미궁은 장소도 너무 협소하고 건물도 너무 약하다. 우리가 상승무공을 쓴다면 건물이 박살날 우려가 있으니……."

요령이는 엄지손가락을 어깨 너머로 옮기며 말했다.

"흑사미궁 밖 연무장으로 자리를 옮기자."

"그거 좋은 생각이군."

백태청도 고개를 끄덕여 요령이의 생각에 동의했다. 흑사미궁이란 무대에 대한 은유이다. 즉, 요령이는 무대 밖으로 내려가서 싸우자고 제안한 것이다. 백태청은 그 제안을 받아들인 것이고. 역시 백태청도 무대가 부서질까 봐 불안했던 모양이군. 암, 그럼 그렇고말고. 저 무대가 얼마짜리인데. 뭐, 얼마짜리인지는 잘 모르겠지만 상당히 비싸지 않을까? 우리가 부수면 물어줘야 될 것 아냐?

서로 합의를 본 우리는 그때까지 얼굴에 쓰고 있던 핸즈프리 마이크를 벗어서 바닥에 내려놓고 빠르게 무대 뒤로 돌아서 운동장 한가운데를 향해 뛰었다. 물론 몸을 날려서 조명대 위를 뛰어넘어 가는 것이 몇 배는 더 멋있겠지만, 우리가 진짜 강호인인 것도 아닌데 그럴 능력이 있을 리가 없는 것이다.

그런데 유천은 그 10단짜리 조명대를 수직으로 밟으며 타고 올라 넘었다! 꼭 TV에서 보는, 영양이 수직의 절벽을 타고 올라가는 모습을 보는 것 같았다. 관객들은 눈이 휘둥그레져 환성을 질렀다.

"대단하다!"

나 역시 그 모습에 신음을 흘렸다.

"마, 맙소사……!"

"경공 하나는 정말 뛰어나군."

가람이도 유천의 경공에 감탄한 듯 유천의 경공을 칭찬하며 고개를 끄덕였다.

이윽고 주위에 거칠 것이라고는 아무것도 없는 운동장까지 도착한 우리, 저 멀리에 이미 먼저 도착해 있던 유천이 양손에 자신의 무기인 단봉을 붕붕 휘두르며 우리를 기다리고 있었다.

아직 상황 파악을 못한 관객들은 웅성거리며 무대 주위에 그대로 남아 있었다. 그나마 다행이군. 이윽고 백태청과 백화련, 그리고 우리 넷이 운동장에 도착했다. 물론 가장 늦게 도착한 것은 나였다. 내가 뭐 달리기라고 잘하겠나? 어휴, 숨차. 그냥 천천히 걸어가도 될 것을 왜 뛰고 그래? 그래도 죽을힘을 다해서 뛰어서 운동장에 간신히 다른 사람들에게 뒤처지지 않고 도착한 나는 무릎을 잡고 허리를 푹 숙인 채

숨을 헐떡였다. 허억! 헉! 헉!

"다 왔습니까?"

운동장의 한복판, 유천의 옆에서 그를 호위하듯이 선 백태청은 주위를 둘러보며 사람이 모두 왔는지를 확인했다. 이윽고 모두 왔다는 것을 확인한 그는 양 주먹 끝에서 폭발시키듯 누런 힘을 분출시키며 외쳤다.

"시작합니다!"

쐐액!

말을 마치자마자 백태청은 무서운 속도로 나를 향해서 돌진해 왔다.

"당신이 세 발 까마귀의 패의 주인인 것을 알고 있습니다! 세 발 까마귀의 패를 내놓으십시오!"

우, 우왓! 위험해!

나는 허리를 번쩍 들면서 엉겁결에 부채를 펴 들었다. 하, 하지만 저놈은 너무 빠르다! 어느새 내 눈앞까지 와 있잖아! 나는 당황하며 반사적으로 부채로 얼굴을 가렸다. 순간,

"이놈!"

팟!

어느새 내 앞을 가로막은 가람이가 백태청을 향해 멋들어지게 일권을 날렸다. 그러나 백태청은 그 권을 가볍게 피하며 옆으로 물러서더니 가람이를 향해 달려들며 외친다.

"아무래도 내 상대는 당신이 될 것 같군요!"

휴! 일단 이것으로 한숨 돌렸다. 그런데 백태청의 뒤를 바싹 따라오고 있었는지 어느새 유천이 내 눈앞에서 하늘로 떠오르며 내 머리를 겨냥한 채 단봉을 후려칠 듯 높이 들어 올렸다.

우악! 어쩌면 좋지? 에라! 되든 안 되든 해보자! 나는 죽기 아니면 까무러치기라는 심정으로 온 힘을 모조리 부채로 쏟아 부으며 부채를 위로 치켜 올렸다. 연극 때 흑풍존자가 마지막 결전에서 자주 쓰던 기술, 회선풍이다!

"회선풍!"

바우우웅!

내 생각보다도 훨씬 큰 광풍이 내 주위를 휘감으며 하늘로 솟구쳤다.

우와! 이게 정말 되잖아! 생각지도 못했던 기습이었는지 유천은 당황하며 그대로 회오리바람에 휩쓸려 하늘로 솟구쳐 올라가 버렸다. 이거 멋진걸!

"어떠냐, 임마! 이제 내 힘을 똑똑히 봤지? 와하하!"

나는 기고만장해져 호쾌하게 웃었다. 지긋지긋한 유천이 놈을 단 한 방에 저 하늘의 별로 만들어 버린 것이다! 그런데 갑자기 청도의 고함 소리가 들려온다.

"야! 조심해, 임마!"

"뭐?"

나는 반사적으로 하늘을 올려다보았다. 이미 회오리바람이 걷혀 버린 하늘에서는 유천이 일그러진 미소를 띠고 봉을 나를 향해 똑바로 세운 채 일직선으로 낙하해 오고 있었다.

이, 이런! 나는 옆으로 피하기 위해 몸을 재빨리 틀었다. 그런데, 그런데!

몸이 말을 듣지 않는다!

"제, 젠장!"

방금 전의 공격으로 힘을 다 써버려서인지 몸은 꿈쩍도 하지 않았다. 이를 어쩌면 좋지? 빌어먹을, 젠장! 다리야, 제발 움직여라! 이러는 동안에도 시시각각 유천은 나에게로 가까워지고 있었다. 우왓! 이러다 맞겠다!

그런데 갑자기 무엇인가 비호같이 내 머리 위를 스치고 지나면서 유천의 봉을 후려쳐서 틀었다.

딱!

나무와 나무가 부딪치는 소리와 함께 유천은 핑그르르 돌더니 그대로 땅에 깔끔하게 착지했다. 경공술에 능숙해서 그런지 내가 분명히 최소한 5~10m 정도는 하늘로 올려 버렸음에도 땅에 착지한 유천은 다친 곳 하나 없어 보였다. 그건 그렇고 나를 구해준 녀석은 누구지?

"이 자식아! 몸을 움직여야 될 거 아냐, 몸을! 바로 위에서 저놈이 너를 죽이겠다고 실실 쪼개면서 날아오는데 넌 멀뚱멀뚱 보고만 있냐!"

청도였다. 청도의 타박을 들으면서 긴장이 풀려 버린 나는 다리에 힘이 빠지는 것을 느끼며 주저앉아 버리고 말았다.

털썩.

내 귀로 청도의 기막혀하는 목소리가 들려왔다.

"야, 앉냐? 앉어? 지금 앉아지냐? 이제 아예 포기했다 이거냐?"

"힘이 없어……."

나는 느릿하게 중얼거리며 세 발 까마귀의 패를 쥐었다. 따스한 기운이 내 몸으로 천천히 스며드는 것이 느껴졌다. 휴, 갑자기 몸 이곳저곳이 마구 쑤시고 저려왔다. 힘을 급하게 뿜어내느라 몸에 무리가 많이 갔나 보다. 청도는 다시 투덜거렸다.

"쳇. 어이구, 그러기에 평소에 힘 좀 기르지."

그리고 곧 유천을 돌아보며 말했다.

"할 수 없지. 네 상대는 나다."

휴, 다행이네. 그런데 요령이는 어디에 있지?

"우와앗!"

타이밍도 좋게 목소리가 들리는군. 나는 고개를 돌려 요령이의 목소리가 들려온 곳을 보았다. 백화련과 요령이가 어우러져 있었다. 요령이가 아무래도 백화련의 공세에 밀리는 것 같은데?

"하압!"

지지직!

백화련의 포개진 양손에서 치직 하는 소리와 함께 푸른 스파크가 일어나더니 이윽고 무서운 기세로 요령이를 향해 쏘아져 나갔다.

퍼엉!

요령이는 왼쪽으로 몸을 날려서 백화련의 번개 공격을 간신히 피해냈다. 백화련의 번개가 떨어진 땅은 시커멓게 그슬린 채 움푹 패여 있었다.

"젠장! 저런 건 스치기만 해도 중상이겠는데! 얌전하게 생긴 아가씨가 뭐 저리 드세? 우와앗!"

"합!"

파직!

다시 한 번 백화련의 손끝에서 번개가 쏘아져 나갔다. 물론 요령이는 궁시렁거리면서도 아슬아슬하게 피해냈다.

그런데 정말, 요령이의 말처럼 얌전하게 생긴 아가씨가 무슨 능력은 저렇게 세냐? 나는 백화련을 다시 한 번 바라보았다. 가는 선의 생김새라든지, 가냘픈 몸매라든지, 길고 검은 생머리를 얌전하게 빗어 넘긴 모습이라든지, 수수해 보이는 흰색의 블라우스에 갈색 체크 무늬 치마 따위가 도대체 번개랑 무슨 관련이 있는 거지? 모두 번개 따위와는 전혀 안 어울리는 모습이잖아!

"이얍!"

목소리조차도 저렇게 가냘픈데 말야. 어쨌든 요령이는 잘 피하다가 갑자기 몸을 틀면서 손끝으로 검은색 기의 구체를 쏘았다.

투웅!

"맞았어!"

똑바로 백화련을 향해 날아가는 구체. 요령이는 회심의 미소를 지으며 주먹을 팍! 움켜쥐었다. 맞아, 요령이의 말대로 저건 틀림없는 명중이다! 완전히 빈틈이야!

백화련은 요령이의 갑작스러운 공격에 허둥지둥대다가 결국 주저앉으며 비명을 질러 버렸다.

"꺄아악!"

번쩍— 콰드드드득!

"뭐, 뭐야!"

놀랍게도 백화련이 비명을 지르자 갑자기 백화련의 주위로 어마어마한 두께의 새파란 뇌전의 벽이 나타나더니 순식간에 백화련 주위의 것을 모조리 초토화시켜 버렸다.

퍼버버벅!

뇌전은 푸른색 불꽃과 함께 주위의 땅을 무서운 기세로 헤집더니 잠시 후 사라졌다.

"흐흑… 흑흑, 훌쩍……."

방금 전 요령이의 '상대적으로 별것 아닌 것이 되어버린' 공격으로 인해 너무도 놀라 버렸는지, 아니면 자기가 한 짓에 자기 스스로 놀라 버렸는지 백화련은 주저앉은 채로 하염없이 눈물을 쏟았다. 아니, 하염없이 눈물을 쏟으려면 좀 어울리는 짓을 하고 눈물을 쏟던가!

나는 어안이 벙벙해져서 멍하니 백화련을 바라보았다. 분명 눈물을 흘리는 저 백화련의 애처롭고 가냘픈 모습은 많은 남자들의 심금을 충분히 울릴 수 있으리라. 하지만 백화련의 주위는 지금 땅이 온통 시커멓게 그슬리고 반경 약 2m가량은 마치 폭격이라도 맞은 듯이 움푹 패였으며 아직도 그 엄청난 에너지가 땅에서 흐르고 있는지 가끔씩 지직대면서 스파크가 튀어 오르고 있었다.

"거 대책없이 터프한 아가씨네……."

요령이는 질려 버렸는지 일그러진 미소를 띠며 중얼거렸다. 정말 무지하게 강한데! 요령이는 어떻게 대처해야 될까? 제임스를 쓰러뜨렸던 어마어마한 속도의 펀치도 사용할 수 없다. 가까이 붙었을 때 백화련이 또 방금 전처럼 울면서 주저앉으면 아마도 십중팔구 죽어버릴 것이 분명하니까. 참으로 우스운 사실이지만 또한 섬뜩한 사실인 것이다. 그렇다고 멀리서 있자니 백화련이 계속해서 손에서 번개를 쏘아대서 요령이를 공격할 것이 틀림없고. 요령이는 무슨 생각을 하고 있을까? 백화련은 주저앉은 채 계속 울고만 있었다.

"훌쩍, 훌쩍… 흑… 흑……."

그리고 요령이는 이런 상황이 상당히 당황스러운지 계속 입술을 치켜 올린 일그러진 미소를 띠면서 과연 백화련이 어떻게 나오나 기다리기로 한 듯 팔짱을 끼고 계속 백화련을 바라만 보고 있었다. 앞으로 한동안은 저러고만 있을 것 같군.

가람이는? 가람이는 어쩌고 있지?

꽝! 꽝!

가람이를 떠올리는데 땅을 울리는 굉음이 갑자기 귀에 들려왔다. 아마 요령이와 백화련과의 싸움을 지켜보는 데 신경을 쓰느라고 가람이 쪽에서 들려오는 굉음이 귀에 들어오지 않았었나 보다. 나는 고개를 돌려 가람이와 백태청의 싸움을 바라보았다. 그건 그렇고 내 힘은 언제쯤이나 다시 차게 되는 거지? 조금씩 몸이 편해지는 걸로 봐선 분명히 어느 정도는 힘이 찬 것 같은데 말야.

"하압!"

백태청은 기합과 함께 땅을 한 번 후려쳤다. 순간 가람이가 서 있던 땅에서 송곳처럼 돌덩이가 뽀족하게 솟아올랐다. 뭐, 뭐야, 저건! 가람이는 몸을 날쌔게 날려 백태청의 공격을 피했다. 아까의 굉음은 저 공격을 인해 흙이 파이면서 생긴 것이군!

"하압!"

다시 한 번 백태청이 땅을 후려쳤다.

꽈앙!

다시 한 번 땅에서 뽀족한 돌덩어리가 하늘을 향해 날카로운 첨탑처럼 솟아올랐다. 그리고 이번에도 가람이는 옆으로 재빨리 몸을 날리면서 피했다. 하지만 곧 이어 다시 백태청이 땅을 후려치는 소리가 들려왔다.

꽈앙! 꽈앙! 꽈앙!

"칫! 젠장!"

가람이는 빙글빙글 돌면서 옆으로 피하다가 마지막 공격은 하늘로 뛰어올라 피하면서 백태청을 향해 손을 뻗었다.

"허기영결탄!"

부우욱—

가람이의 주위로 수십 개 영기의 공들이 맺히더니 쐐애액! 하는 파공음과 함께 백태청의 주위로 쏟아져 들어갔다. 그리고 백태청은 여유롭게 웃으며 손을 하늘로 치켜들었다.

"하! 쓸데없는 짓입니다!"

쾅!

땅이 울리면서 백태청의 주위로 흙의 벽이 둘러쳐졌다. 흠, 아까부터 생각한 건데, 저 녀석은 땅의 힘을 사용하는 녀석인가? 계속해서 땅을 이용한 공격과 방어만을 펼치는군 그래.

콰광!

가람이가 쏜 허기영결탄은 모조리 백태청의 주위에 둘러쳐진 흙의 벽과 부딪쳐 폭발해 버렸다. 이윽고 허기영결탄의 공격이 모조리 끝나자 백태청은 재빨리 손을 흔들었다. 그러자 흙의 벽의 잔해가 순식간에 무너져 버렸다.

"그런 것 말고 좀 더 제대로 된 걸 써보시죠!"

"내가 진짜 제대로 된 걸 쓰면 너는 죽는다!"

가람이는 분하다는 듯 외치면서 하늘로 다시 한 번 치솟아올랐다. 하긴, 전에 한수와의 싸움 때 보여줬던 염옥지상강림술 따위를 쓴다면 상대방을 확실히 보내 버릴 수야 있겠지. 그럼 지금 가람이는 어쩔 수 없이 힘을 조절하고 있는 건가?

하늘에서 빙글빙글 돌던 가람이는 이윽고 백태청을 바라보며 양손을 나란히 앞으로 뻗으며 외쳤다.

"쌍황포!"

투홍!

이번에는 두꺼운 푸른 빛의 기둥이 앞으로 뻗어져 나갔다. 이번 것은 꽤 큰데! 아마 흙의 벽으로 막았다간 흙의 벽이 뚫어져 버릴 것 같았다. 하지만 백태청은 여전히 별것 아니라는 듯 오른손을 펴고 치켜들었다가 허공에 귀찮다는 듯 휘둘렀다. 그리고… 쩌엉! 순식간에 땅 속에서 나온 흙과 돌로 이루어진 거대한 손이 가람이의 쌍황포를 터뜨려 버렸다.

"별것 아니군요."

백태청은 손을 탁탁 털며 말했고 땅에 착지한 가람이는 분하다는 듯 이를 악물었다. 그런데 그때, 백태청이 손을 위로 들어 올렸다가 마치 파리를 짓누르듯 아래쪽으로 휘둘러서 다른 손바닥에 마주쳤다. 응? 저게 무슨 짓이지?

"…뭐 하는 거냐?"

"귀찮은 파리가 있어서 살짝 눌러주었습니다."

가람이는 의심스럽다는 듯 백태청을 바라보았다. 그런데 가람이의 등 뒤에서 무언가 이상한 것이 천천히 소리없이 솟아오르고 있었다. 저, 저게 뭐지? 이윽고 지상으로 솟아오른 그것은 쫙 편 사람의 손이었다. 그리고 나는 그제야 백태청이 한 짓의 의미를 알 수 있었다. 나는 목청껏 외쳤다.

"가람아! 피해!"

"주인……?"

가람이는 갑자기 내가 비명을 지르자 의아하다는 듯 나를 바라보았다. 안 돼! 이 멍청아, 피해! 그러나 이미 늦었다. 백태청이 세운 손은 이미 가람이를 후려치고 있었던 것이다. 달빛에 반사된 그림자가 컴컴하게 자신의 주위로 드리우는 것을 보고서야 가람이는 손의 존재를 깨달았지만 때는 이미 늦어 있었다.

"우, 우와아앗!"

꾸웅—!

손은 가람이를 덮은 후 형체를 잃고 우수수— 하는 소리와 함께 흙더미로 변해서 가람이를 묻어버렸다. 그리고 나는 벌떡 일어나서 입술을 깨물며 고함을 질렀다.

"가람아아아앗!"

눈에서 불똥이 튀어 오르는 것 같았다.

백태청은 고통스러워하는 내 모습을 보면서 씩 웃더니 말했다.

"그러길래 실력도 없으면서 남의 일에 끼어들면 이렇게 되는 겁니다. 영준 씨, 당신도 마찬가지입니다. 만약 당신이 세 발 까마귀의 패를 진작 황자님께 넘기셨다면……."

"닥쳐!"

"네?"

나는 이를 악물며 천천히, 그리고 간신히 말이라는 것을 만들어내서 내뱉었다. 그리고 백태청은 잘 안 들린다는 듯 나를 보며 되물었다.

"닥치라고!"

"…그런 말투, 기분 나쁘군요."

"기분 나빠? 기분 나빠? 기분 나빠? 하하하하!"

이런, 분노로 인해 제정신이 아닌가 보다. 나는 미친 듯이 웃음을 터뜨리며 물었다.

"기분이 나쁘다고? 기분이 나빠? 그래, 나도 기분 나빠! 기분 나쁘면 사람을 저렇게 만들어도 되는 거야? 엉? 사람을 저렇게 만들어도 되는 거냐고!"

"싸움 중입니다. 어쩔 수 없었어요."

그래? 가람이는 너를 한 번에 죽여 버릴 수 있었지만 참았어. 싸움 중이지만 어쩔 수 없었어? 싸움 중이라서 어쩔 수 없었다고?

제임스와의 싸움 때는 비록 가람이가 제임스에게 크게 얻어맞았었지만 생사를 확실히 알 수 있었고, 의식까지 남아 있을 정도로 부상이 크지 않았던 데다 요령이가 제임스에게 가람이의 고통을 몇 배로 되갚아주었기 때문에 이렇게 화가 나진 않았다.

하지만 지금은 얼마나 다쳤는지, 죽었는지 살았는지조차 알 수 없잖아! 저 흙더미에 깔려서 생사조차 확인할 수 없다고! 제기랄! 그리고 보니 게다가 저 안에 계속 깔려 있으면 살아 있더라도 숨이 막혀서 곧 죽을 거야!

"어서 세 발 까마귀의 패를 내놓으시지요. 내놓으신다면 지금이라도 공격을 멈추겠습니다."

그리고 나는 눈을 부릅뜨며 나직하게 말했다.

"죽을지도 몰라, 조심해."

"예?"

"죽을지도 모르니 조심하라고."

나는 치우한님의 칼에 힘을 가하며 말했다. 백태청은 내 말에 폭소를 터뜨렸다.

"하하하! 죽을지도 모르니 조심하라고요? 혼자서는 아무것도 하지 못하는 주제에! 지금 그 내력 가지고 저를 보고 조심하라고 하는 겁니까?"

이것만은 연습해 놓았지만 절대로 쓰기 싫었다. 이건 정말 무서운 놈이 나타나기 전까지는 쓰지 않으려고 했었다. 하지만 나는 백태청의 비웃음에 대답 대신 치우한님의 칼을 쭉 잡아당기며 속삭였다.

"나의 활."

결국 살인 무기를 뽑아 들었다. 잘못은 전적으로 너한테 있어.

"빨리 너를 해치우고 가람이를 구해야겠어."

'나의 활'은 시위가 없고 화살도 없는 활대만 있는 활이다. 나는 왼손에 세 발 까마귀의 패를 쥔 뒤 활대를 겹쳐 잡았다. 이로써 '나의 활'에는 내 몸을 통해서 세 발 까마귀의 힘을 무한히 집어넣을 수 있다.

"그것 신기한 무기로군요. 부메랑입니까? 하하하! 능력있으면 어디 가람 군을 구해보시죠!"

백태청은 입 안 가득 비웃음을 흘리면서 천천히 나에게로 걸어왔다.

"장난질은 그만 하고 어서 내게 세 발 까마귀의 패나 내어주세요, 영준 씨. 이렇게 자꾸 쓸데없이 시간을 허비하다간 정말로 가람 군이 숨이 막혀서 죽을 수도 있습니다. 잘 생각해 보시죠."

"활시위."

지잉—

내 명령과 함께 활대의 위쪽 끝과 아래쪽 끝이 얄팍한 기의 선으로 연결되었다. 나는 천천히 활시위를 잡아당겼다.

부우우욱—

이윽고 활대의 끝에 둥글게 황금빛 기가 뭉치는 것이 나의 눈에 들어왔다.

"음?"

백태청이 조금 긴장한 눈빛으로 나와 활을 번갈아 바라보았다. 이제야 내가 무엇을 하려는지 조금 깨달았나 보군. 하지만 이미 늦었어. 나는 이를 악물고 내 몸이 터져라 기를 돌려가면서 활에 쉴 새 없이 세 발 까마귀의 힘을 불어넣었다.

우우우웅—

활대가 조금씩 진동하면서 활에 맺힌 기의 덩어리가 조금씩 커지기 시작했다. 온몸에서 열기가 솟구쳐 올랐다. 기가 무리하게 몸을 통과하면서 계속해서 내 혈들을 후려치는 것이다. 나는 이를 악물고 온몸이 부들부들 떨리는 고통을 참았다. 관자놀이 혈이 불거져 나왔다.

"이런! 위험한 무기로군요!"

위기감을 느낀 백태청이 나를 향해 달려들었고, 나는 그 순간 손을 놓았다.

터엉!

활 끝에 맺힌 기의 덩어리가 쏜살같이 쏘아져 나가 백태청을 향해 날아들었다.

"하! 이따위 것은 피하면 그만… 크억!"

번쩍!

백태청은 분명히 몸을 날렵하게 돌려서 자신을 향해 똑바로 날아오는 황금빛 기의 덩어리를 피했다. 하지만 그 순간 기의 덩어리는 몸을 틀어 백태청과 부딪치면서 엄청난 빛을 뿜어내며 폭발했다. 그리고 나는 무표정하게 백태청이 팅겨져 날아가는 모습을 바라보면서 다시 활에 기를 모으시 시작했다.

"크으으윽!"

멀찌감치 날아가 땅에 처박혔던 백태청은 잠시 후 비틀거리며 일어나더니 믿기지 않는다는 듯 나를 바라보며 핏발 선 눈으로 중얼거렸다.

"말도 안 돼… 분명히, 분명히 피했는데……!"

나는 킬킬거리고 웃으며 백태청에게 말했다.

"이게 뭔지 알겠나?"

"…활이라는 외형적인 모습을 둘러쓴 기 사출기로군요. 만약 힘을 오랫동안 모은다면 어마어마한 위력이 담긴 공격을 할 수 있겠죠."

"꽤나 똑똑하군."

내 말에 백태청은 이해가 가지 않는다는 듯 나를 노려보다 이윽고 천천히 입을 열었다.

"그런데… 쿨럭!"

백태청의 입에서 순간 격한 기침과 함께 피가 쏟아져 나왔다. 내상이 심한가 보지? 나는 불현듯 가람이가 걱정되었다. 이제 조금만 더 기를 모아서 제2타를 날리면 백태청 저놈이 무쇠로 만들어졌어도 견딜 수 없겠지.

백태청은 입에 가득 묻은 피를 닦으며 증오 섞인 얼굴로 나를 바라보았다.

"…도대체 어떻게 된 겁니까? 나는 분명히… 피했습니다. 그 따위 느려 빠진 공격쯤… 얼마든지 피할 수 있었고 실제로 피했단 말입니다. 도대체 어떻게 해서 나를 맞춘 겁니까?"

"내가 왜 그걸 대답해 줘야 하지?"

나는 싸늘하게 백태청을 바라보며 되물었다. 활에 맺힌 기는 어느새 어마어마한 규모로 커지고 있었다.

두두두―!

이제 잡은 채 버티고 있는 것만으로도 힘이 드는군. 슬슬 활시위를 놓아야겠는데.

"안 죽도록 조심하라고."

내 얼굴과 내 활에 맺힌 기의 덩어리를 번갈아 보던 백태청은 결국 얼굴을 감싸며 절망적인 얼굴로 중얼거렸다.

"아, 안 돼……."

그때 갑자기 콰앙! 하는 굉음과 함께 가람이가 묻혀 있던 흙더미가 파헤쳐지며 무언가 급히 뛰쳐나왔다. 우웃! 까, 깜짝이야! 하마터면 활시위 놓칠 뻔했네! 나는 황급히 활시위를 다시 부여잡고 과연 그곳에서 뭐가 튀어나왔나를 바라보았다. 물론 당연한 소리지만 그것은 가람이였다.

나는 놀라서 눈을 크게 뜨고 가람이를 불렀다.

"가, 가람아!"

"헉! 헉! 죽는 줄 알았군! 헉!"

가람이는 큰 숨을 몰아쉬며 고통스럽게 헉헉거렸다. 괴로워 죽으려고 하는 모습. 숨이 막혀서 정말로 고통스러웠나 보다.

"가람아! 괜찮아? 응? 괜찮냐고!"

내 부름에 가람이는 머리를 흔들어 머리칼에 묻은 흙은 털어내며 대답했다.

"머리가 좀 멍한 것과 숨 쉬기 힘든 것 말고는 괜찮다. 맞기 직전에 잘 막아서… 충격 때문에 정신을 잃기만 하고 실제적인 내상이나 외상은 별로 안 입었지. 하지만 정신을 잃은 것 때문에 그 안에 파묻힌 채 죽을 뻔했어. 그래도… 응? 주인!"

갑자기 가람이가 놀란 듯 나를 불렀다.

"어?"

"그, 그건… 그건!"

가람이는 놀랐는지 나를 보고 눈을 휘둥그레 뜨며 중얼거렸다.

“아, 이거? 별거 아냐.”

나는 재빨리 활을 하늘로 들어 활시위를 당겼다.

투웅!

직경이 1m 50㎝는 될 법한 거대한 황금빛 기의 구슬이 무시무시한 기세로 하늘을 향해 날아가다가 이윽고 사라졌다.

콰아아—

그리고 가람이는 멍한 눈으로 나를 바라보다 말했다.

“그걸… 쓰려고 했나?”

“아아, 그게… 빨리 너를 파내야 되는데 저놈이 자꾸 걸리적거리잖아. 그래서…….”

내 말에 가람이는 끔찍하다는 표정을 지으며 말했다.

“마침 타이밍을 맞추어서 나왔기에 다행이지 안 그랬으면 큰일 날 뻔했군… 주위를 봐.”

가람이의 말에 나는 어리둥절해하며 주위를 둘러보았다. 그리고 경악했다.

어느새 무대의 관객들이 모조리 운동장 주위로 몰려와서 우리를 구경하고 있었던 것이다!

“야, 정말 특수 효과 끝내준다!”

“그러게. 장난 아니다!”

“싸우는 것도 실제 같아!”

“맞아. 정말 대단해!”

젠장! 만약 아까 그걸 쏘았으면 살인 현행범으로 즉각 잡혀갈 뻔했군. 나는 씁쓸한 미소와 함께 가람이에게 물었다.

“이제 어떻게 할 거야? 다시 네가 백태청을 상대할 거야?”

"그래야 하겠지."

가람이는 고개를 끄덕이며 양손을 들어 올려 자세를 취했다.

"자, 다시 시작할까?"

그런데 백태청이 조금 이상하다. 초점없는 눈을 흐리게 뜨고 멍하니 허공을 바라보며 몸을 떨고 있는 것이, 방금 전 죽음의 공포를 느껴서 충격을 많이 받았나 보다.

"…충격이 심한가 본데."

"지금 공격하기도 좀 그런데."

그런데 갑자기 청도 쪽에서 고통에 가득 차 있는 비명 소리가 운동장에 있는 모두의 귀를 때렸다.

"크아아아악—!"

유천의 비명 소리였다.

"뭐얏!"

운동장에 있던 모두는 동시에 고개를 돌려 유천을 바라보았다. 유천은 막 청도에게 어깨를 얻어맞고 고통스러운 신음을 지른 것이다. 마침내 청도가 유천을 본격적으로 몰아붙이기 시작한 것이다. 청도는 다시 한 번 유천의 어깨를 후려쳤다. 유천은 비명을 지르면서 오른손에 들고 있던 단봉을 떨어뜨렸다.

"쿠윽!"

"흥, 엄살은. 내가 진짜로 세게 쳤으면 네 어깨는 벌써 몸에서 찢어졌어! 목검으로도 충분히 가능하지!"

…새삼스럽게 청도의 무서움을 깨닫게 하는 말이군. 어쨌든 청도는 태연한 얼굴로 빠르게 검을 돌려서 정신없이 유천을 몰아붙였다. 곧 이어 제3타가 유천의 허벅다리에 떨어졌다.

퍼억!

"우아아악!"

"젠장, 안 아픈 데만 골라 때리기도 힘들군."

그런데 갑자기 유천이 얼굴을 일그러뜨리며 고함을 버럭 지른다.

"크아아악—"

번쩍!

갑자기 유천의 몸에서 누런 빛의 기운이 주위로 폭사되었다. 그리고 청도는 당황한 표정으로 뒤로 스르륵 물러서며 검으로 방어막을 둘러 쳤다. 하지만 유천은 이 기세를 몰아붙이겠다는 듯, 몸을 재빠르게 날려서 뒤로 물러서는 청도를 따라가기 시작했다.

그런데 그때 청도가 씩 웃더니 장난스럽게 외쳤다.

"암영쌍신술!"

하! 저건 아까 연극 속에서 나온 암영흑귀의 기술이잖아! 암영흑귀, 아니, 빙긋 웃는 청도는 순식간에 몸이 두 개로 바뀌더니 하나는 유천의 앞에, 그리고 하나는 유천의 뒤에 나타났다.

"임마! 너, 킹콩이 왜 멸종 위기인 줄 알아?"

정말, 진짜 뜬금없고 상황과 별 관련도 없는, 자다가 봉창 두드린다 라는 표현이 딱 적당한 청도의 말. 하지만 유천은 앞뒤에서 청도가 알아듣지도 못하는 한국말로 지껄여 대자 꽤나 당황한 듯 창백한 얼굴로 두리번거렸다. 그리고 청도는 빙긋 웃으며 농담처럼 말했다.

"기어오르다 죽었어. 기어오르지 마, 자식아!"

푸핫! 그건 고교 시절 아이들이 서로에게 시비 걸 때나 쓰는 '진짜 유치한 말' 아닌가! 나는 실소를 터뜨렸다. 청도는 말이 끝남과 동시에 칼을 쥔 손을 슬쩍 움직였고 유천의 목으로 청도의 검이 떨어졌다.

“윽!”

틱!

분명 살짝 치긴 했지만 목검에 맞은 유천. 유천은 눈을 흐릿하게 뜨더니 이윽고 천천히 썩은 고목이 쓰러지듯 바닥에 넘어져 버렸다.

“하, 자식. 별것도 아니면서 까불고 있어.”

손을 탁탁 털며 여유롭게 웃는 청도. 이 중에서 고전하지 않은 것은 청도뿐이다. 그, 그런데 혹시 유천, 쟤 죽은 거 아냐? 나는 덜컥 겁이 나서 청도에게 물었다.

“야, 쟤 혹시… 죽은 거 아냐?”

“뭐? 하하하!”

청도는 당황스럽다는 듯 웃더니 대답했다.

“너, 지금 앞날 창창하고 전도유망한 청년 하나 살인자로 만들어 버릴 일 있냐? 안 죽었어, 임마. 저건 단지 기절한 것뿐이라고.”

“그렇군…….”

그런데 그때 갑자기 찢어지는 듯한 비명 소리가 요령이가 있는 쪽에서 들려왔다.

“유천니이이임—! 아아아아악!”

백화련이다! 으윽! 귀 따가워! 그런데 저 여자, 우리말을 할 줄 알잖아? 할 줄 알면서 왜 지금껏 우리말을 한마디도 하지 않은 거지? 어쨌든 백화련은 소리를 빽 지르더니 조그마한 주먹을 꽉 쥐고 눈물을 계속 줄줄 흘리면서 멍하니 앞만 보고 무어라 중얼거렸다. 그리고 깜짝 놀라 버린 요령이는 당황한 듯 주춤주춤 물러서면서 말했다.

“야… 나 쟤 막 무서울라 그래…….”

하하, 옛날 봄 MT때 청도가 유천을 보면서 느낀 공포랑 비슷한 감정을 요령이도 지금 느끼나 보다. 이기고 지고를 떠나서 그냥 상대하기 싫다는 순수한 공포감 말이다. 그런데 눈물을 줄줄 쏟으며 한참 동안을 작게 무어라 웅얼거리던 백화련이 마침내 주저앉으며 서러운 얼굴로 외쳤다.

"유천님… 어흑… 엉엉… 유천님… 이 죽었어……!"

뭐? 어이, 어이! 이봐, 잠깐만! 나는 당황한 얼굴로 백화련을 불러서 유천은 아직 죽지 않았다고 설명해 주었다. 아니, 정확히 말하면 설명하기 위해서 백화련을 불렀다.

"이봐요! 백화련 양! 이봐요! 내 말 좀 들어봐요!"

하지만 백화련은 그저 멍한 눈으로 앞만 바라보며 백치처럼 '유천님이 죽었어'라고 되뇌이기만 할 뿐 누가 부르든 말든 전혀 신경 쓰지 않는 듯했다.

"이, 이거 좀 무서운데……?"

조용히 백화련을 지켜보던 우리들. 마침내 청도까지도 억지 웃음을 지으며 농담처럼 말했다. 사실 나도 무섭다. 아까 백화련이 울음을 터뜨렸을 때 낸 그 힘으로 보아서 저 여자가 마음 한번 잘못 먹으면 어떤 참혹한 결과가 올지 모르기 때문이다. 마치 시한 폭탄을 보는 것 같은 두려운 마음으로 백화련을 보고 있었다. 그리고 우리를 빙 둘러싸서 바라보던 수많은 관객들의 속에서도 조금씩 동요가 일어나고 있었다.

"야… 저 여자 진짜 서럽게 운다……."

"응… 그래… 얼굴도 예쁜데 저렇게 우니까 진짜 안되어 보이네……."

"꼭 연기가 아니라 진짜 같아. 그치?"

"어… 근데 왠지 좀 광기 같은 것도 있는 것 같고……."

이 사람들아, 그럼 저게 연기냐! 니가 해봐라 저런 연기가 되는지!

갑자기 백화련이 머리를 감싸 쥐며 다시 비명을 질렀다.

"유천니이이이이임―!"

번쩍!

백화련의 비명이 끝남과 동시에 갑자기 백화련의 주위로 엄청난 기운이 폭풍처럼 일어나더니 모조리 하늘로 솟아올랐다. 그리고 갑자기 청도의 주위 하늘로 폭풍 같은 기운이 몰려들기 시작했다. 순식간이었다. 청도는 당황스러워하면서도 일단 먹구름의 중심에서 벗어나기 위해 뒤로 돌아 달리기 시작했다. 잠시 후,

꾸르릉!

"벼락이다!"

하늘 전체가 와르르 떨리면서 지금까지 단 한 번도 본 적이 없었던 어마어마한 크기의 번개 줄기가 청도의 뒤를 쫓아 땅으로 꽂혔다.

"으아아악! 뭐야! 이건 사기야!"

"맞으면 죽는다! 무조건 피해야 해!"

요령이가 찢어지는 목소리로 소리쳤다. 하지만 번개가 고정된 자리에 떨어지는 것이라면 또 모를까, 번개가 사람을 쫓아오는데 사람이 번개를 피할 수 있을 리가 없다. 청도는 곧 절망적인 목소리로 고함쳤다.

"우아아아악!"

그때 갑자기 검은 그림자가 청도를 가로막으며 뛰어들었다. 가람이었다. 가람이가 온몸의 기운을 극한까지 끌어올리고 청도의 앞을 가로막은 것이다.

"아, 안 돼!"

누가 지른 비명이었을까? 요령이? 가람이? 청도? 아니면 극에 빠져

버린 관중들 중 누군가? 이윽고 이 세상의 것이라고는 도저히 믿겨지지 않는 어마어마한 크기의 번개가 청도와 청도의 앞을 가로막은 가람이에게로 떨어졌다.

번쩍!

꽈우우웅!

지상의 모든 숨 쉬는 것들을 떨게 할 만한 굉음이 은은하게 울려 퍼지면서 세상이 온통 흰빛으로 타올랐다.

"크으아아아아악!"

그리고 청도의 것인지 가람이의 것인지 알 수 없는 비명이 벼락 소리와 뒤엉켜서 우리의 귀로 들어왔다. 도, 도대체 이게 어떻게 된 거야! 젠장! 눈이 부시니 뭘 볼 수가 있어야지! 잠시 후, 잦아드는 섬광 속에서 나는 흐릿하나마 두 개의 실루엣을 볼 수 있었다.

비틀거리며 서 있는 사람이 하나, 쓰러져 있는 사람이 하나.

누가 가람이고 누가 청도지? 그리고 도대체 무슨 일이 벌어진 거지? 제발 둘 다 무사해야 할 텐데……! 나는 가슴을 졸이며 두근대는 마음으로 조금이라도 더 둘의 모습을 자세히 보기 위해 눈을 잔뜩 찌푸렸다.

이윽고 빛이 완전히 사라졌다. 그리고 내 눈에 가장 먼저 들어온 것은 '황폐화'라는 말이 어울릴 정도로 완전히 초토화된 낙뢰점이었다. 맨 처음에 구름에서 벼락이 떨어진 지점과 청도, 그리고 가람이가 벼락을 맞은 지점은 꽤나 떨어져 있었다. 그래서였을까? 먹구름이 몰려들었던 지점에서 낙뢰점까지는 땅이 온통 파헤쳐져 있었고 시커멓게 그슬려서 마치 운동장 한가운데에 아스팔트 길이 생긴 것처럼 보였다. 그리고 낙뢰점은 벼락이 비스듬히 꽂혔다는 것을 단적으로 증명이라도 하듯 땅이 비스듬하게 패여 있었는데, 그 모양이 꼭 거인이 숟가락으로 푹 퍼낸 듯한 모습이었다. 얼마나 강력한 번개였는지 그 주위에 수십 개의 작은 번개가 다시 떨어진 듯한 흔적이 여기저기 널려 있었다. 물론 주위가 온통 시커멓게 그슬려 있었음은 두말할 필요도 없으리라. 가장 깊게 패인 곳은 2m도 넘을 것처럼 보였다.

그리고 그 가장 깊게 패인 곳 안에 가람이와 청도가 있었다.

"가, 가람아! 청도야!"

나는 급히 둘의 이름을 부르며 낙뢰점으로 달렸다. 그리고 요령이도 싸움이고 뭐고 다 잊어버린 듯 여전히 앉아서 청승맞게 울고 있는 백화련을 내버려 두고 가람이와 청도에게로 달려갔다.

"청도야! 가람아! 괜찮아?"

주위에서 웅성거리는 소리가 들렸다.

"…여, 연극이 아닌가 봐……."

"정말… 저게 연극이라니 저건 말도 안 돼……."

"으… 끔찍해라……."

젠장! 너희들 눈에는 아직도 이게 연극으로 보이냐! 소리를 버럭 질러주고 싶었지만 억지로 꾹 삼켜 넘기며 가람이와 청도의 상태를 확인했다. 서 있는 사람의 실루엣이 가람이, 그리고 쓰러져 있는 사람의 실루엣이 청도였다.

"으… 으윽… 주, 주인……."

가람이는 불쌍하게도 시커멓게 그슬린 채 온몸 군데군데에서 피를 줄줄 흘리고 있었다. 머리카락은 모조리 지멋대로 뻗쳐 있었고, 옷은 시커멓게 타서 너덜너덜해져 있었다. 그리고 등판에 시커멓게 찍힌 큰 점 하나가 그곳에 벼락을 떨어졌음을 간접적으로 말해 주고 있었다.

"가, 가람아! 괜찮아?"

"괜찮… 다, 다행히도 전력을 다해서… 방어막을 친 덕분에… 벼락이 우리를 통과하지는 못했어… 다행… 벼락은… 단지… 방어막만을 터뜨리고… 땅속으로… 난… 괜… 찮……."

"야, 지금 이 꼴이 괜찮은 꼴이냐! 응!"

나는 침통한 얼굴로 가람이를 흔들었다. 물론 살아 있다는 것만도 다행이긴 하지만, 지금 이 꼴을 앞에 두고 '참 다행이다' 라고 말할 수 있는 사람은 아마 없으리라. 그만큼 가람이의 상태는 눈으로 보기에도 심각해 보였다.

"청도는… 괜… 찮나……?"

가람이는 고개를 천천히 돌려서 청도를 바라보았다. 가람이가 몸을 던져서 막은 덕분인지 쇼크로 기절한 청도의 상태는 놀랍도록 깨끗했다. 그저 이곳저곳이 약간 시커멓게 그슬린 정도랄까?

"가람이가 막아준 덕분이야……."

내 옆에서 가람이와 청도의 상태를 바라보던 요령이가 안타까운 목소리로 내게 말했다.

"가람이가 막아준 덕분에… 번개도 맞지 않았고… 벼락이 떨어지면서 뿜어져 나온 강렬한 열기와 섬광도… 가람이가 가려준 덕분에 청도는 하나도 맞지 않았어… 정말… 기적 같은 일이지……."

우리가 옆에서 두런두런 이야기를 나눈 때문일까, 아니면 참혹한 가람이의 모습을 본 사람들의 경악에 찬 술렁거림 때문일까? 쓰러져 있던 청도는 부스스 눈을 떴다.

"으음… 도대체… 어떻게 된 거지……? 요령아… 그리고 영준아… 왜 내 주위에 있는 거야……? 싸움은… 어떻게 되었지? 이겼어, 졌어?"

청도는 어리둥절하다는 듯 눈을 비비며 주위를 둘러보았다.

"나는… 분명히 벼락을 맞고… 그리고… 쓰러져서… 가람이가 뛰어들었지… 그리고……."

청도는 갑자기 무엇인가가 생각났다는 듯 눈을 부릅뜨며 소리쳤다.

"가람이! 가람이는 어떻게 됐지?"

갑자기 벌떡 일어나서 마구 고개를 두리번거리는 청도. 몸을 마음대로 가눌 수 있는 걸 보면 확실히 멀쩡하긴 멀쩡한가 보다. 이곳저곳을 둘러봐도 가람이가 보이지 않자 더욱더 불안한 표정을 짓는 청도. 마침내 청도는 뒤를 돌아보다 시커멓게 그슬린 가람이의 얼굴과 정면으로 마주쳐 버렸다.

"가, 가람아!"

찢어지는 듯한 청도의 비명. 그리고 가람이는 억지로 웃음을 지으며 말했다.

"여… 무사한가… 본데……."

"너… 너… 이게 어떻게 된 거얏!"

"다행……."

가람이는 이 말을 마지막으로 천천히 무너지듯 주저앉더니 결국 앞으로 고개를 처박으며 쓰러지고 말았다.

"가, 가람앗!"

죽은 거 아냐? 죽은 거 아니냐구! 요령이가 황급히 가람이에게로 달려가서 손을 코에 대더니 안도의 한숨을 내쉬며 말했다.

"아직 살아 있어!"

"다, 다행이다!"

나는 가슴을 쓸어 내리며 큰 숨을 쉬었다. 하지만 가람이의 몸은 아무리 봐도 한시가 급해 보인다.

"어서 병원으로 옮겨야겠지? 자, 싸움이고 나발이고 저쪽도 유천이 쓰러진 마당에 더 싸우려는 생각을 먹지는 않을 거야! 어서! 앰뷸런스를!"

나는 재빨리 119에 전화를 걸었다.

[예, 119구조대입니다.]

"여기 지금 대한대학교 운동장인데요, 사람이 크게 다쳤어요!"

[왜, 어떻게 다쳤습니까?]

음… '마른하늘에 날벼락을 맞아서 감전을 당했습니다' 라고 대답해야 하나? 잠깐 고민한 나는 그냥 쉽게 대답했다.

"감전이요!"

다행히도 구조대 측에서는 꼬치꼬치 캐묻지 않고 '알았습니다, 5분 내로 출동하겠습니다' 라는 대답과 함께 전화를 끊었다. 휴우, 이제야 한숨 돌리겠군!

"앰뷸런스는 불렀어?"

요령이의 다급한 부름.

"응!"

"그럼 됐어! 어차피 지금 우리들로서는 이 상처에 손 못 써. 맘 편하게 기다리자고."

그런데 한참 동안 아무 말 없이 허공만 바라보던 청도가 갑자기 무언가를 결심했는지 이를 으득 하고 악물더니 자신이 쓰러져 있던 자리에 깔려 있던 목검을 집어 든다.

"야! 지금 뭐 하는 거야! 여기에서 기다렸다가 앰뷸런스 오면 가람이 옮기는 것 도와야지!"

"미안하지만 가람이는 니가 좀 옮겨줄래? 내가 지금 할 일이 있거든."

조용조용히 청도가 내게 속삭이듯 이야기했다. …뭐지? 지금껏 청도가 내게 이렇게 말한 적은 한 번도 없는데… 청도는 혼자서 우울하게 중얼거렸다.

"애초에 봐준 게 잘못이었어."

헉! 청도의 눈이 심상찮다! 나는 이렇게 심각한 청도의 얼굴은 맹세코 지금까지 단 한 번도 본 일이 없다. 청도는 증오로 활활 불타는 눈으로 이를 다시 한 번 빠드득, 소리가 나도록 갈더니 고개를 이리저리 돌렸다. 누굴 찾는 건지 나는 짐작이 간다. 이윽고 청도의 눈이 어느 곳에서인가 멈추었다. 유천이 쓰러져 있는 곳이었다. 유천이 쓰러져 있는 곳에는 우리가 가람이와 청도 주위로 모여든 것처럼 어느새 백태청과 백화련이 모여서 기절한 유천을 바라보면서 우울한 표정을 짓고 있었다.

"마침 거기 모여 있군. 잘됐어, 쫓아다니기도 귀찮은데 한꺼번에 몰아서 죽여주지."

결코 소리 지르지 않는, 나직하게 웅얼거리는 청도의 목소리. 평소의 그 '씩―' 하는 여유있는 웃음은 그 흔적조차 눈을 씻고 찾아봐도 찾을 수가 없다. 과연 이게 청도가 화가 난 모습일까? 이것이 그 유쾌하던 청도란 말인가? 나는 청도에게서 지독한 살의를 느끼고 몸을 떨어야 했다. 무섭다……!

청도는 칼을 꼬나 쥐고 잠시 백화련과 백태청을 노려보더니, 이윽고 질풍처럼 유천이 쓰러진 곳을 향해 달렸다. 그리고 얼굴이 창백해진 요령이가 그 뒤를 쫓아가면서 외쳤다.

"말려야 햇! 그대로 두면 누구 하난 죽게 될지도 몰라!"

청도.

300년 전부터 살아왔다는, 지금보다 검술이 훨씬 발달했던 조선 시대의, 그것도 국지전이 끊임없이 일어난 만주 지방에서 검술을 배운 가람이를 검으로 간단히 제압한 녀석.

사람은 도저히 따라잡을 수 없는, 야성 동물의 신체적 장점을 거의 그대로 가지고 있는 요령이를 속도로 간단히 제압하는, 이미 인간의 한계를 멀찌감치 뛰어넘어 버린 녀석.

자기 입으로 '내가 힘을 주면 사람 몸 따위는 목검으로도 간단히 찢을 수 있어' 라고 말하는 녀석.

그런 녀석이 화가 났다고……? 지금 검을 들고 상대방을 죽이겠다고 뛰어가고 있다고……?

말릴 수 없어. 아무리 요령이가 노력해도 말릴 수 없을 거야. 내가 보기에 청도는 분명 요령이보다 빠르거든. 나는 체념의 한숨을 쉬면서 어깨를 늘어뜨리고 미친 듯이 뛰어가는 청도와 어떻게 해서든 청도를 말리기 위해 필사적으로 그 뒤를 쫓는 요령이를 멍하니 바라보았다. 실제로 요령이는 죽을힘을 다해 뛰는 것 같았지만 청도를 따라잡지 못하고 있었다. 끝났어. 이렇게 많은 사람이 보는 앞에서 청도는 살인자가 되고 말 거야. 수천 명의 증인의 증언이 있겠지.

"빌어먹을! 이게 다 너 때문이얏! 너의 욕심 때문이라고!"

나는 이미 기절해 있는 유천을 향해 고래고래 소리를 질렀다. 새삼 증오심이 마구 피어올랐다. '나의 활' 이나 한번 퉁겨줄까? 아니다, 그래 봤자 무슨 소용이 있겠어. 게다가 저들은 어차피 청도에게 죽을 텐데. 나는 쓸쓸하게 미친 듯이 달려가는 청도의 뒷모습을, 그리고 그 뒤를 필사적으로 따라가는 요령이의 뒷모습을 바라보았다.

드디어 청도가 거의 백화련에게 도착했다. 붕― 몸을 띄우는 청도. 보나마나 무표정한 얼굴이겠지. 이제 곧 청도의 목검이 백화련에게로 떨어지고 주위에는 피가 가득 튀면서 사람들은 목이 터져라 비명을 질러대겠지…….

그 순간,

"어억?"

청도의 당황에 찬 비명 소리가 들렸다. 청도의 몸이 저절로 허공으로 떠올랐던 것이다.

"뭐, 뭐야, 빌어먹을!"

잠시 허공에서 머물던 청도는, 이윽고 뒤로 엄청난 속도로 물러나더니 그대로 바닥에 처박히고 말았다.

쐐애액― 콰앙!

"크아악! 어떤 자식이야! 백태청이냐 백화련이냐! 그래, 누구든 상관없어. 둘 다 죽여 버릴 테니까!"

청도의 증오에 가득 찬 비명 소리가 운동장을 울렸다. 곧 다시 벌떡 일어난 청도. 칼을 고쳐 쥐고 다시 한 번 백태청과 백화련을 향해 달렸다. 그런데 순간, 다시 한 번 놀랄 만한 일이 일어났다. 청도의 팔이 뒤로 꺾이며 청도가 칼을 놓친 것이다.

"우아이아악!"

털썩.

칼이 힘없이 흙먼지를 일으키며 운동장에 떨어졌다. 그리고 청도는 자기가 당하면서도 믿지 못할 사실에 눈을 휘둥그렇게 뜬 채로 누군가 억지로 꿇리는 무릎에 무릎을 꿇고 아등바등 저항하면서도 땅에 엎드려서, 양손을 뒤로 꺾인 채로 고개만을 쳐들어 외쳤다.

"도대체 어떤 빌어먹을 자식이 이따위 쓰레기 같은 짓을 하는 거야 아앗!"

청도는 처절하게 고함을 질렀다. 너무 분해서인지 청도의 눈엔 눈물까지 맺히고 있었다. 내가 알기로는 이런 짓을 할 수 있는 사람은 한 명밖에 없다.

"버르장머리없는 꼬맹이가 오랜만에 좋은 일 한번 하는군."

요령이도 나와 같은 사람을 떠올렸나 보군. 요령이는 씩 웃더니 청도를 향해 뚜벅뚜벅 걸어갔다. 청도는 여전히 바닥에 눌린 채 버둥거리며 이를 악물고 고래고래 고함을 지르고 있었다.

"놔! 죽일 거야! 죽여 버릴 거라고! 저놈들이 가람이를, 가람이를……!"

짜악—!

시원한 타격음과 함께 요령이가 청도의 뺨을 깔끔하게 올려붙였다. 청도는 기가 막혀서 말이 안 나온다는 듯 헛웃음을 짓더니 요령이에게 더듬거리며 물었다.

"왜… 왜 때려?"

"정신 차려, 임마. 지금 뭐 하는 거야? 어서 빨리 가람이를 옮겨야지 지금 뭐 하는 거냐고. 기껏 사람이나 죽이겠다고 날뛰고 말야. 사람 죽일 수 있는 놈이 사람 죽이겠다고 날뛰면 얼마나 무서운지 알아? 응? 그것도 사람 쫄게 진심으로 그러고 있어. 확! 어서 그만두고 나와 같이 가람이를 병원으로 옮기는 거나 도와줘."

"하, 하지만……."

청도는 고개를 마구 휘저으며 요령이에게 뭐라고 말하려 했다. 하

지만,

　퍼억!

　육중한 타격음과 함께 이번에는 요령이가 청도의 턱을 깔끔하게 올려붙였다. 그리고 이번에 청도는 아파서 말이 안 나온다는 듯 입을 다물더니 한참 있다가 그제야 기가 막힌지 소리를 버럭 질렀다.

　"왜 때려!"

　"정신 차려, 자식아! 응? 지금 너를 누르고 있는 게 누군지 알아? 니가 그렇게 버르장머리없고 배운 것 없다고 욕해댔던 그 7살짜리 꼬마 한수라고. 그 꼬마까지 너를 미친놈 보듯이 보고 있단 말야! 이게 무슨 추태야, 응? 정신 차려. 정신 차리라고, 임마!"

　요령이는 정말로 한심하다는 듯 청도의 뺨을 툭툭 치며 청도를 을러댔다. 그리고 한수는 요령이의 말에 멍한 눈으로 잠시 요령이를 바라보더니 이윽고 천천히 입을 떼었다.

　"…진짜야?"

　"그럼 내가 비싼 밥 먹고 할 일 없어서 너한테 거짓말이나 하고 있겠냐?"

　"너… 비싼 밥 먹고 거짓말 잘한다고 영준이가 그러던데?"

　청도가 볼멘 목소리로 투덜거리듯 말했고 요령이는 그제야 히죽 웃으며 말했다.

　"됐어. 그래야 청도답지. 한수야! 이제 그만 풀어줘!"

　이윽고 등 뒤로 꺾여서 하늘로 약간 떠 있던 청도의 팔이 축 늘어졌다. 그리고 청도는 믿을 수 없다는 듯 눈을 크게 떴다.

　"설마 정말로 한수가 잡고 있었던 거야……? 나를 진정시키려고 거짓말한 게 아니라……?"

요령이는 청도의 말에 눈살을 찌푸렸다.

"설마 그럼 내가 진짜로 거짓말한 줄 알았냐? 너, 나를 어떻게 보는 거야?"

"아, 아니, 그게 아니라……."

당황해하는 청도를 보며 요령이는 고개를 슬슬 젓더니 청도에게 물었다.

"나를 믿지 못하는가 본데… 응? …이러면 재미없어……?"

"그, 그게 아니고… 설마 그 꼬마가 어떻게 어른 한 명을 손도 안 대고 가지고 놀 수가 있겠어……? 그래서……."

청도가 계속 말을 더듬더듬거리면서 잘 믿지 못하겠다는 듯한 태도를 취하자 요령이는 할 수 없다는 듯 머리를 긁적이고 말했다.

"쳇, 하는 수 없네. 야, 한수야! 거기 있냐! 있으면 이리 와봐!"

그리고 잠시 후 인파 속에서 들려온 어린애의 대답 소리는 청도를 깜짝 놀라게 하기에 충분했으리라.

"응, 요령이 누나! 지금 갈게!"

"지, 진짜였잖아……."

청도는 경악을 금치 못하며 목소리가 들린 쪽으로 고개를 돌렸다. 이윽고 꼬마 아이 한 명과 소녀 한 명이 인파를 헤치며 천천히 걸어나왔다. 한수와 주희다. 요령이는 손가락 두 개를 경례하듯이 살짝 이마에 댔다 떼면서 한수에게 말했다.

"여, 한수. 연극은 잘 봤어? 아까는 정말 고마웠어."

한수는 별것 아니라는 듯 씩 웃으며 말했다.

"뭘, 저 형이 하도 미친 들소처럼 날뛰기에 진짜 무슨 큰일 하나 낼 것 같아서 잠깐 묶어놓은 것뿐이지. 그런데 요령이 누나 정말 대단하던걸?"

"뭐가? 연극 연기가?"

한수는 고개를 설레설레 짓더니 청도를 바라보며 웃었다.

"어떻게 길길이 날뛰던 청도 형을 말 몇 마디로 원상 복귀시켜 놨어?"

"내가 원래 미친놈 다루는 데는 선수거든."

"야!"

청도가 더 못 참겠다는 듯 소리를 버럭 지르고 한수와 요령이는 낄낄거리며 그런 청도를 비웃었다.

"오빠……."

"아, 주희도 왔니?"

주희가 청도를 보고 기어 들어가는 듯한 목소리로 조그마하게 말하자 청도도 주희를 보고 아는 체를 하며 얼굴에 미소를 띠었다. 그런데 주희가 아까의 주희가 아니다. 아까는 청도와 깔깔거리면서 잘 어울리더니 지금은 어째서인지 우물쭈물하면서 청도에게 잘 다가가지를 못한다.

"오빠… 화 많이 났어요?"

"으, 응?"

당황한 듯 움찔하는 청도. 그러나 곧 태연한 얼굴로 웃으며 고개를 가로젓는다.

"아니야, 나 이제 화 다 풀렸어."

"아까는 화 많이 났었어요?"

아니, 뭘 저렇게 꼬치꼬치 캐묻고 싶을까. 하지만 청도는 짜증도 내지 않고 무어라 대답해야 할지 모르겠다는 듯 잠깐 고민하다가 결국 고개를 끄덕인다.

"으… 응. 아까는 화 많이 났었어."

"왜요?"

보고도 모르겠냐? 나는 답답한 마음에 땅이 꺼져라 한숨을 쉬었다. 이 인간들아, 이럴 시간이 있으면 가람이를 빨리 병원으로 옮겨야 한다고! 하지만 청도는 끝까지 친절하게 대답해 주었다. 솔직히 앰뷸런스가 올 때까지 무슨 뾰족한 수가 있는 것도 아니다. 나는 한숨을 쉬며 청도의 대화 내용에 귀를 기울였다.

"아… 가람이가 많이 다쳐서 가람이를 다치게 한 사람들 때문에 화가 났었어."

"가람이 오빠가 다쳤어요?"

청도의 질문에 주희는 눈을 동그랗게 뜨고 되묻는다.

"으, 으응."

"왜요?"

"벼락을 맞았거든."

"어디에 있어요?"

"저기."

주희는 계속해서 청도에게 이것저것을 꼬치꼬치 캐물었고 청도는 전혀 짜증의 기색 없이 하나하나 차근차근 주희에게 대답해 주었다. 진짜 청도가 주희를 좋아하긴 좋아하나 보네. 그런데 요령이가 이상하다는 듯 중얼거렸다.

"주희가 저 정도로 바보 같은 애는 아닌데……?"

"무슨 뜻이야, 요령이 누나?"

한수가 기분 나쁘다는 듯 눈을 가늘게 뜨고 물었다. 그리고 요령이는 한수가 기분 나빠하든지 말든지 상관없다는 듯 한수의 태도에 신경 쓰지 않고 대답했다.

"말 그대로야. 주희가 저런 애는 아닌데. 저게 무슨 바보 같은 질문들이야? 왜 화가 났냐니? 그리고 왜 가람이가 다쳤냐니? 주희도 눈이 있다면 일련의 과정들을 다 봤을 것 아냐?"

그리고 그제야 한수는 무슨 말인지 알겠다는 듯 고개를 끄덕이며 요령이의 말에 대답했다.

"아, 그거… 그거야 당연하지. 우리가 누나들을 구경하기 위해서 온 건 얼마 안 됐으니까."

"그래?"

요령이는 의외라는 듯 되물었고 가람이는 고개를 끄덕였다.

"응. 사실 애초에는 구경을 오고 싶은 생각도 없었어. 척 분위기를 보아 하니 저기 중국 옷 입은 패거리들이 요령이 누나 쪽 사람들에게 시비를 걸더만. 혹시나 했는데 무대 부서질까 봐 자리 옮기는 거 보고 확실히 '싸움 붙었나 보다' 했지."

요령이는 한수의 말에 감탄했다는 듯 눈을 가늘게 떴다.

"호, 대단한걸. 멍청한 대학생들은 끝까지 연극 어쩌니저쩌니 하면서 궁시렁거리던데. 니가 나이 헛먹은 대학생들보다 훨씬 낫군 그래. 그런데 싸운다는 것을 눈치 챘다면 오히려 연극보다 더 흥미를 가지고 구경을 와야 정상 아닌가? 왜 싸움 구경인 줄을 알면서 구경을 안 온 거야? 싸움 구경은 별로 안 좋아하나 보지?"

요령이의 말에 한수는 고개를 저으며 대답했다.

"아니, 난 단지 보나마나 누나와 가람이 형 쪽이 이길 거 같아서 안 간 것뿐이야. 무엇보다 누나와 형들은 나를 이긴 사람이잖아. 그런 사람들이 그렇게 쉽게 질 리가 없거든. 그런데 꽤 오랜 시간이 지나도 계속 빛이 번쩍번쩍하고 승부가 안 나길래 좀 이상하다 생각했는데, 하늘에서 벼락이 떨어지는 것을 보고 '진짜 뭔가 내 예상이랑 다르게 되어가고 있는 것 아닌가?' 하는 생각이 들어 누나를 끌고 느릿느릿 와 봤더니 청도 형이 광분해서 사람 잡을 듯이 뛰는 게 눈에 들어오더라."

"그래서 말렸고?"

"응."

"어이구, 장하다, 김한수 어린이!"

요령이는 흐뭇하게 웃으며 한수의 볼을 쫙 잡아당겼다.

"우우우우! 화쥐 마! 와퐈! 우우우! 화쥐 말롸뉘간!"

한편 청도에게 가람이가 크게 다쳤다는 말을 들은 주희는 이리저리 두리번거리며 청도가 가리키는 방향으로 오다가 움푹 패인 구덩이 속에서 가람이의 처참한 모습을 보고 믿지 못하겠다는 듯 주저앉아 버리더니 손으로 가람이를 마구 흔들었다.

"가람이 오빠! 가람이 오빠!"

우왓! 무슨 짓이야! 나는 기겁을 해서 주희에게로 달려갔다.

"건드리지 마! 가람이는 많이 다쳤단 말야!"

하지만 주희는 내 말을 듣지도 않는 듯, 내 말에 꿈적도 하지 않고 가람이를 흔들며 애타는 목소리로 외쳤다.

"가람이 오빠! 일어나! 가람이 오빠! 눈 좀 떠봐, 가람이 오빠! 많이 아파? 가람이 오빠! 가람이 오빠!"

어휴, 이 고집덩어리! 너를 어떻게 말리겠냐! 젠장! 하지만 가람이는 환자란 말이야! 어린애 같은 짓도 제발 작작 좀 하라고!

내가 자기 때문에 속이 얼마나 썩어 들어가는지 알 리가 없는 주희
는 그대로 주저앉은 채 울음 섞인 목소리로 계속 가람이를 흔들어대었
다.

"으흑… 가람이 오빠… 제발 눈 좀 떠봐… 응? 오빠! 제발 눈 좀 떠
봐……!"

쩝. 그렇게 울기까지 해대니 차마 나도 못 말리겠다. 에휴. 어차피
주희가 가람이를 세게 흔드는 것도 아니고, 그저 슬쩍슬쩍 미는 정도이
니 별 탈은 없겠지.

계속 가람이를 흔들며 울먹이던 주희는 마침내 눈물을 주르륵 흘렸
다.

"흐윽……! 흑… 흑……!"

어느새 옆에 다가온 청도가 주희를 다독이며 달래었다.

"우는 거야… 주희야……?"

"응… 청도 오빠……! 가람이 오빠 너무 불쌍해……! 어떻게……!
많이 아프겠지?"

"괜찮아. 그만 울어. 이제 곧 병원차 와서 가람이 병원으로 실어갈
거야."

"흑흑… 아니야… 병원에서는 나 아플 때도 못 고쳤단 말야……! 병
원에서 병 고친다는 말 거짓말이야! 흐흑……!"

점차 눈물을 많이 쏟는 주희. 좀 측은해 보이기까지 한다. 확실히 생
각이 어려서 그런지 마음씨 하나는 비단결처럼 곱군. 청도는 주희가
우는 모습이 안타까운지 계속 주희를 달래기 위해 애썼다.

"아니야, 고칠 수 있어. 그러니까 이제 그만 울어."

"아니야! 못 고쳐! 우앙― 가람이 오빠 어떻게 해―!"

드디어 주희는 흐느낌을 접고 눈물을 터뜨리기 시작했다. 그리고 청도는 이제 사색이 되어서 주희를 말리려고 애썼다. 어휴, 정말! 병자 앞에 두고 뭐 하는 거냐!

"괜찮아, 괜찮아. 뚝. 울지 마. 알았지?"

"으앙— 가람이 오빠 불쌍해서 어떻게 해! 가람이 오빠 많이 아플 거야— 엉엉엉!"

쩝, 저러다 그치겠지. 나는 입맛을 다시며 구슬피 우는 주희에게서 고개를 돌렸다. 그런데 앰뷸런스 차는 왜 이리 안 오나 그래. 나는 핸드폰 폴더를 열어서 시간을 확인해 보았다. 5분은 이미 예전에 지나 있었다.

"뭐야! 5분은 이미 아까 지났잖아! 도대체 어떻게 된 거얏!"

나는 신경질적으로 폴더를 닫으며 버럭 소리를 질렀다. 아, 짜증난다! 모든 것이 짜증나려고 해! 왜 앰뷸런스는 안 오는 거야! 왜 요령이는 아무런 손도 안 쓰고 보고만 있는 거지? 왜 한수는 그 좋은 염력으로 가람이를 병원에 옮기지 않는 거지? 그리고 왜 청도는 가만히 앉아서 주희를 달래고만 있는 거야! 왜 주희는 주저앉아서 펑펑 울고만 있는 거냐고, 병자 앞에서 기분 나쁘게!

하긴, 그렇게 치면 나도 지금 가만히 서서 아무것도 못하고 불평만 투덜투덜 해대고 있는 것은 마찬가지이지. 휴, 내가 지금 왜 이러는 걸까? 너무 마음이 조급해서 불평만 늘어났나 보다. 나는 고개를 숙이고 한숨을 푹 쉬었다.

그런데 그때, 주희의 구성진 울음소리에 섞여 갑자기 청도의 기묘한 고함 소리가 들려왔다.

"어? 어? 어?"

“우아앙— 가람이 오빠 불쌍해—!”

“야! 영준아, 빨리 이리 와봐!”

너무 급하게 부르는 바람에 청도의 목소리는 이상하게 굴절될 정도였다. 왜 그러는 거지? 호, 혹시 가람이의 상태가 갑자기 악화되기라도 했나? 나는 청도의 급한 부름에 황급히 뒤로 돌아 가람이에게로 뛰었다.

그리고 본 광경은, 내 눈으로 보면서도 도저히 믿기 어려운 것이었다.

“이거… 말도 안 된다고 생각하지 않나?”

“으… 웅. 좀 말이 안 되는 것 같긴 한데… 이건 대체…….”

주희는 여전히 가람이를 흔들면서 눈물을 펑펑 쏟고 있었다. 그런데 놀랍게도 주희의 손에서 빛이 나면서 가람이의 상처가 조금씩 아물고 있었다!

“마, 맙소사. 이런 건 처음 봐.”

“나도 처음 봐.”

“으앙— 가람이 오빠, 눈 좀 떠봐!”

나는 황급히 요령이와 한수를 불렀다.

“요, 요령아! 한수야! 이리 와서 가람이 좀 봐!”

“무슨 일이야! 상태가 더 안 좋아지기라도 한 거야?”

“글쎄 일단 와서 보기나 해!”

내 말에 투덜거리며 달려오는 요령이. 요령이 역시 눈을 크게 뜨면서 중얼거렸다.

“…350년 평생 이런 건 처음 봐…….”

이제 가람이의 상태는 눈에 띄게 좋아지고 있었다. 피를 줄줄 흘리던 피부는 피의 흔적만 남기고 빠르게 아물어가고 있었고, 그슬려서 물

집이 생기고 진물이 줄줄 흐르던 화상 역시 물집이 저절로 터지면서
상처가 깨끗하게 아물어가고 있었다. 놀라지 않는 것은 오직 한수뿐,
이 광경을 지켜보던 나머지 사람들 모두가 경악으로 입을 크게 벌렸다.
심지어 우리 주위에서 구경하던 구경꾼 중에서는 무릎을 꿇고 기도를
시작하는 사람까지 있을 정도였다. 하긴, 눈앞에서 기적을 보았으
니……!

“이건 정말… 기적이로군…….”

요령이가 눈을 비비더니 작게 중얼거렸다. 이제 가람이 몸의 상처는
거의 다 아물었다.

“주희는… 역시 천사였어… 어쩐지…….”

청도가 작게 중얼거리는 소리도 내 귀에 들어왔다. 뭐 지금으로썬
별로 부인하고 싶은 마음이 없다. 세상에! 손에서 빛이 나서 환자를 고
치다니! 이게 도대체 현대 과학으로 설명이 되는 이야기란 말인가! 아,
물론 나를 포함한 내 주위의 모든 신비한 현상들이 현대 과학으로 설
명이 안 된다는 건 나도 알아. 인정해. 하지만 그래도 이 정도는 아니
라고! 이건 솔직히 너무 말이 안 되잖아!

마침내 완전히 건강한 상태를 되찾은 가람이는 편안히 숨을 쉬면서
눈을 감고 있다. 그리고 주희는 가람이가 나은 모습을 보더니 손으로
눈물을 쓱쓱 닦고 이슬을 잔뜩 머금은 꽃처럼 화사하게 미소 지었다.

“어, 가람이 오빠… 다 나았네? 에이, 그동안 나 놀래킨 거였구나?
헤헤.”

그리고 청도는 주희의 미소에 완전히 하늘나라를 구경하고 온 사람
처럼 얼이 빠져서 멍하니 주희의 얼굴만 바라보며 실실거리고 웃었다.
그래, 청도가 저러는 것도 어느 정도 이해는 간다. 방금 전 주희의 미

소는 나조차도 혹해 버릴 정도였으니까. 그런데 설마 주희는 자기가 가람이를 낫게 한 줄 모르나? 하긴, 주희는 정신없이 펑펑 울기만 했으니까 그럴 수도 있겠네.

"이거… 확실히 다 나은 거 맞어?"

눈으로 보고도 믿지 못하는 나는 신앙이 없는 것입니까? 나는 가람이를 한참 동안 바라보다가 마침내 손을 들어 툭툭, 가람이를 쳤다.

"야, 가람아. 가람아?"

"으… 응?"

맙소사! 주위에 둘러서 있던 사람들의 눈이 다시 한 번 커졌다. 가람이가 부스스 일어난 것이다! 우리는 주춤 뒤로 물러섰고, 가람이는 눈을 부비며 정신없이 자고 일어난 사람처럼 주위를 두리번거리더니 이윽고 천천히 말했다.

"분명히 나는 좀 전에 벼락 맞고 기절했는데……."

"응, 나도 좀 전까지는 그런 줄 알았어, 임마!"

나는 가람이가 다 나았다는 기쁨에 낄낄거리며 가람이의 등을 철썩철썩 후려치면서 대답했다. 그리고 가람이는 정말로 영문을 모르겠다는 듯 주위를 두리번거리더니 의심스러운 눈초리로 천천히 입을 열었다.

"도대체 어떻게 된 거지? 아까 난 분명히 어마어마한 벼락을 맞고 기절해 버렸어. 끔찍한 순간은 아직도 내 머리 속에 생생한데 왜 난 지금 이렇게 멀쩡한 모습으로 깨어 있는 거지? 주위의 초토화된 풍경들을 보면 내가 꿈을 꾼 거 같지는 않은데 말이야. 도대체 뭐가 어떻게 된 건지 아무리 생각해도 영문을 모르겠군."

그리고 가람이의 말에 요령이는 가람이의 마구잡이로 뻗친 벼락머리—주희의 놀라운 치유력으로도 이건 고쳐지지 않았다. 하하—를 헤집으면서 기쁜 목소리로 말했다.

"자식아, 지금 그런 거 걱정할 때냐? 어쨌든 너는 지금 멀쩡히 앉아 여기에서 헛소리나 지껄이며 멍청한 눈으로 주위를 둘러보고 있다고. 그러니 이제 일어낫! 집에 가자. 피곤하다. 아, 아니지, 오늘은 집에 가기도 귀찮아. 청도야?"

"왜?"

"오늘 너네 컨테이너에서 좀 자자."

"남이 들으면 언제는 허락받고 잔 줄 알겠다, 야. 말했잖아, 동아리 방이니까 아무나 써도 된다고."

"하하하! 알았어."

요령이는 듣는 사람이 상쾌한 기분을 느낄 정도로 맑게 웃으며 가람이의 손을 잡더니 가람이를 일으켜 세웠다.

"자, 가자."

그런데 가람이가 어깨를 으쓱하더니 물었다.

"흠, 상황은 이미 종료된 건가? 그놈들은 어디로 갔지?"

"…응?

아차, 생각해 보니 백태청과 백화련을 잊고 있었네! 그런데 요령이가 걱정할 것 없다는 듯 손가락을 들어서 까닥거리며 말한다.

"괜찮아, 괜찮아. 걱정하지 말라고. 그놈들은 이미 폐인 상태야. 유천이 기절해 버린 게 충격이 꽤나 컸는지 유천 옆에서 멍하니 하늘이나 보면서 주저앉아 있으니까 말야. 그놈들은 유천이 깨어나기 전에는 우리가 가버린 줄도 모를걸?"

요령이의 말에 고개를 돌려 유천이 쓰러진 쪽을 바라보니 정말로 백태청과 백화련은 넋이 나가 버린 얼굴로 하늘만 바라보고 있다. 정말 이네… 이대로라면 우리가 가버려도 저 녀석들, 눈치 채지 못하겠는 걸?

"그래, 그럼 그냥 몰래 슬쩍 가버리자. 저 녀석들도 이번 일로 함부로 덤비다간 호되게 당한다는 것을 알았을 테니까."

청도의 말에 우리는 전혀 미련없이 모두들 뒤로 돌아섰다. 물론 내 솔직한 중얼거림이 청도의 발걸음을 잠깐 멈칫거리게 만들긴 했지만.

"근데 사실 함부로 덤비다간 호되게 당한다는 것을 깨달은 것은 우리 쪽 같은데……?"

"아, 그러려니 하고 넘어갔으면 하는 소망이 있네 좀?"

괜히 짜증을 벌컥 내는 청도. 그래, 비록 지리하도록 긴 밤, 많은 일이 있기는 했지만 어쨌든 좋게 끝났으니까 서로서로 잘되고 좋은 거지 뭐.

"거기 서십시오!"

"…서로서로 잘되고 좋은 거지 뭐라고 끝낼라고 했는데 넌 또 뭐야!"

아, 짜증나네! 나는 성질을 벌컥 내며 뒤를 돌아보았다. 백태청이 우리를 바라보며 눈을 불태우고 있었다.

"지금 우리 후황자님의 정신을 잃게 하고 어디를 도망가려고 하는 것입니까!"

소리를 버럭 지르는 백태청. 그리고 나는 어이가 없어서 땅이 꺼져라 한숨을 한 번 쉬어준 뒤 맥 빠지는 목소리로 말했다.

"이런, 이런, 이런. 야, 너 있잖냐."

"왜 그러십니까?"

"너, 솔직히 말해 봐. 그 '뇌신자'라는 호칭 있잖아, 스스로도 무지하게 안 어울린다고 생각하지 않냐? 아니, 번개는 저 여자가 다 쓰는데 도대체 네 녀석이 어딜 봐서 '뇌신자'냐?"

"…뇌신자라는 이름은 능력과 상관없이 후황자님께서 '좌장'에 걸맞는 호칭이라고 붙여주신 것입니다! 더 이상 나의 그런 명예로운 호칭을 모욕하지 마십시오!"

그리고 나는 알았다는 듯 고개를 끄덕이며 양손을 주춤주춤 물렀다.

"아, 그, 그래. 그러자고. 모욕 안 하면 될 거 아냐. 난 또 뇌신자라 길래 당연히 니가 번개를 잘 쓰는 줄 알았지. 뭐, 살다 보면 그런 실수도 할 수 있는 거지 그런 걸 가지고 열을 내고 그래, 사람 무안하게. 어쨌든!"

"뭡니까!"

백태청은 눈을 번쩍이며 쏘아붙였다.

"…우리 그냥 보내주면 안 되냐? 이제 싸우기도 귀찮어……."

"안 됩니다. 당신들은 후황자 유천님을 쓰러뜨린 자! 당신들을 쓰러뜨리지 않으면 그에 따른 처벌이 저에게 돌아오게 됩니다! 특히 당신!"

백태청은 청도를 가리키며 말했다.

"당신만은 무슨 일이 있어도 쓰러뜨려야겠습니다."

그리고 청도는 눈을 크게 떴다.

"뭐, 나?"

"그렇습니다!"

백태청은 청도의 말에 고개를 끄덕이며 대답했다. 그리고 청도는 그 말에 머리가 아픈지 주먹으로 머리를 툭툭 치더니 갑자기 손가락으로 나를 가리키며 짜증난다는 듯 소리를 버럭 질렀다.

"왜 또 나야! 야, 세 발 까마귀의 패를 가지고 있는 건 애야, 애! 역사
학부 02학번 박.영.준! 응? 제발 좀 쓸데없는 사람 가지고 시비 걸지
말란 말야!"

"아뇨, 당신이 쓰러져야 합니다. 당신은 후황자 유천님의 정신을 잃
게 한 자, 당신은 호위 좌장인 나와 유천님의 이름에 먹칠을 하였으므
로 당연히 그 죗값을 받아야 합니다. 다 같이 덤비시려면 다 같이 덤비
시죠. 열이 되었든 백이 되었든 나는 하나도 무섭지 않으니깐!"

"야, 그런데 저기 백화련 양은 싸우지 않는 거야?"

나는 손가락 끝으로 여전히 유천의 옆에 주저앉은 채 눈물을 흘리며
어깨를 들썩이고 있는 백화련을 가리켰다. 내 질문에 백태청은 고개를
가로저으며 대답했다.

"그녀는 지금 싸울 수 있는 상태가 아닙니다. 저 혼자서도 충분히
당신들쯤은 상대할 수 있습니다."

청도는 귀찮다는 듯 어깨를 한 번 으쓱 하더니 결국 우리를 돌아보
며 말했다.

"야, 그냥 나 혼자서 후딱 다녀올게."

그리고 나는 고개를 끄덕였다.

"그래, 얼른 처리하고 와라. 귀찮다."

사실 아까 본 백태청 정도의 실력은 청도라면 충분히 제압할 수 있
을 만한 정도로 보였다.

"아빠, 빨리 와. 맛있는 거 사 와야 해— 아빠, 빠빠이—"

요령이가 내 옆에서 귀엽게 손을 흔들며 깜찍하게 윙크했다. 그리고
청도는 그런 요령이에게 볼을 내밀며 말했다.

“자, 우리 요령이, 아빠한테 뽀뽀해야지?”

짝—!

청도의 볼에 닿은 건 요령이의 입술이 아닌 따귀였다. 청도는 벌겋게 손도장이 찍힌 볼을 움켜잡고 팔짝팔짝 뛰며 벌컥 화를 내었다.

“아씨! 제발 말로 하자 좀!”

“꺄르르르! 아빠, 한 번만 더 이러면 그때는 주먹이야! 잘 갔다 와!”

마지막까지 아기의 웃음소리를 그대로 흉내 내어 웃으며 장난 정신을 잊지 않는 요령이. 정말이지 존경스럽다. 청도는 피식 웃더니 검을 방만하게 빙글빙글 돌려 대강 잡으며 느릿느릿 걸어나갔다.

“자, 나 혼자 나왔다. 어쩔 건데? 명예를 되찾아야 되겠지? 그럼 얼른 덤벼. 빨리 끝내고 가서 1분이라도 자게. 나 피곤해.”

상황이 끝난 줄 알고 느릿느릿 흩어지던 구경꾼들이 새로운 상황에 다시 몰려들고 있었다. 저 사람들이 아무리 둔해도 이제 이게 연극이 아니라는 것쯤은 알겠지? 저 중엔 과 동기나 과 선배 등등의 사람들도 있을 텐데 이를 어쩌나. 나는 갑자기 생겨난 고민거리에 머리를 싸쥐고 고민을 시작했다.

아아, 이제 나는 ‘이상한 놈’ 쯤으로 몰릴 거야! 안 그래도 친구도 없는데! 젠장!

…아냐. 흐흐흐, 어쩌면 오히려 잘된 일일지도 모르지. 만약 내가 리포트 좀 써달라고 협박하면 누가 거절할 수 있겠어! 으흐흐… 으흐흐흐!

“으흐흐… 으흐흐흐!”

갑작스럽게 백태청이 내 목소리와 똑같이 웃어 젖히는 바람에 나는 깜짝 놀라 버리고 말았다.

"흐흐흐… 혼자라? 당신, 나를 너무 무시하는 거 아닙니까?"

그리고 청도는 백태청의 말에 기분이 상한 듯 눈살을 찌푸리고 대답했다.

"너야말로 날 무시하는 거 아냐? 내가 아무렴 너 하나 정도도 어떻게 못하려고. 얼른 할 줄 아는 거나 다 해봐."

"내공 수위는 보통 인간을 약간 넘는 정도군요. 특별히 외적으로 몸이 단련되어 보이는 것도 아니고. 뭐, 상관없습니다. 어쨌든 저는 후황자 유천님과 저의 명예만 되찾으면 되니까요. 후회만 하지 마십시오."

"알았으니까 빨리 할 줄 아는 거나 다 해봐."

청도가 손사래를 치며 백태청을 재촉했다. 이제 청도도 완전히 지쳐버렸는가 보다. 정말로 얼굴에 귀찮아하는 표정이 덕지덕지 붙어 있었거든. 하지만 청도의 그런 모습이 백태청에게는 건방진 모습으로 비춰졌나 보다. 백태청은 입술을 꾹 깨물더니 청도를 노려보며 누런 기운을 극도로 끌어올림과 동시에 하늘로 떠오르며 외쳤다.

"현무신장!"

드드드!

갑자기 주위의 땅이 지진이라도 난 듯 흔들렸다. 갑작스러운 사태에 청도는 당황해서 비틀거리며 주위를 불안하게 바라보았다.

"뭐, 뭐지? 갑자기! 도대체 저 녀석이 지금 무슨 이상한 짓을 하려고 하는 거야?"

"합!"

백태청이 짧게 기합을 지르자 갑자기 흔들리는 운동장의 이곳저곳이 우지직, 우지직 하고 갈라지면서 부서진 돌덩어리들이 하늘로 솟구처 백태청의 몸을 감싸기 시작했다. 그리고 잠시 후, 백태청의 몸은 얼굴을 제외한 모든 부분이 돌과 흙더미 속으로 파묻힌 형상이 되었다.

"합!"

꾸웅!

연이어 백태청이 다시 한 번 소리 지르자 갑자기 땅이 크게 흔들리며 땅속에서 둥그스름한 타원형의 거대한 암석덩어리가 솟아올라서 백태청을 둘러싼 돌무더기의 아래쪽에 붙었다.

철썩!

백태청은 다시 한 번 고함을 질렀다.

"크앗!"

이번에는 백태청이 아까 가람이와 싸울 때 사용했던 거대한 손들이 땅속에서 쑥! 솟아 나오더니 공중으로 떠올라 백태청이 방금 전에 땅속에서 끌어 올린 둥그스름한 흙더미에 붙었다.

철썩!

"됐다!"

청도는 너무 놀라 버렸는지 무표정한 얼굴로 서 있었다. 그도 그럴 것이, 수미터는 족히 될 만한 흙으로 이루어진 거대한 괴물이 자신을 마주 보고 서 있는 것이다. 도대체 저건 뭔가? 하다 하다 안 되니까 이제 괴물까지 나온단 말인가? 이건 정말 너무하잖아! 괴물 앞에 선 청도의 모습을 솔직히 말해서 너무나도 작고 왜소해 보인다. 아무리 청도가 검을 잘 쓰고 빨라도 그것은 인간을 상대로 할 때나 쓸모있는 일. 저런 괴물은 청도가 상대하기에는 너무나 벅찬 상대다. 백태청은 통쾌하게 웃었다.

"으하하하! 이것이 제 몸에 합신시킨 현무의 힘을 극도로 이용한 '현무신장' 입니다! 자, 청도 씨가 원하는 대로 제가 보여드릴 수 있는 것은 모조리 보여드렸으니, 이제 한 번 제대로 겨루어보도록 합시다!"

그리고 청도는 당황한 표정으로 비척거리며 칼을 뽑아 들며 말했다.

"…이게 다야? 뭐야, 너무 시시하잖아."

뭐? 나는 순간 내 귀를 의심했다. 하지만 청도는 지금 분명히 백태청과 백태청이 불러낸 괴물을 '별것 아닌 것' 으로 치부하고 있다! 나는 멍한 얼굴로 청도와 거대한 암석괴물을 번갈아가며 바라보았다. 그리고 백태청은 청도의 그런 말에 언성을 높였다.

"그런 말은 우선 저와 이 현무신장을 쓰러뜨린 뒤에 하셔도 늦지 않습니다! 합!"

백태청은 거대한 현무신장의 왼손을 들어 올리더니 청도를 향해 휙 하고 내려쳤다.

쩌엉―!

"우왁!"

청도는 깜짤 놀랐다는 듯 소리치며 간신히 몸을 옆으로 날려 피했다. 그러나 공기를 가르면서 현무신장의 오른손이 다시 한 번 청도를 향해 날아오고 있었다.

"으아아!"

후웅!

무서운 소리와 함께 허공을 가른 현무신장의 오른쪽 흙손! 하지만 이번에도 청도는 허공에서 몸을 뒤틀어서 현무신장의 공격을 피했다. 다시 한 번 백태청이 현무신장의 왼손을 휘둘렀지만 청도는 이번에도 뒤쪽으로 몸을 날려 현무신장의 공격을 피했다.

"우어엇! 한 대만 맞아도 죽어버리겠는걸?"

말은 저렇게 하지만 청도의 얼굴에서 긴장감이라고는 전혀 찾아볼 수가 없다. 백태청은 다시 한 번 현무신장의 양손을 들어 올리더니 마치 허공에서 앵앵대면서 사람을 귀찮게 하는 모기를 잡듯이 그대로 마주쳤다. 그리고 우리는 모두 머리를 직접 후려치는 것 같은 소음에 귀를 막아야 했다.

쩌어엉!

난 나도 모르게 고함을 질렀다.

"우으으윽! 그 박수 소리 한번 더럽게 크네!"

구경꾼들 사이에서 군데군데 비명 소리가 나기 시작했다.

"우윽!"

"악! 귀야!"

"윽! 귀청 떨어지겠네!"

어이구, 이 사람들아, 아직도 안 가고 거기 있었어? 참 할 일도 없는 사람들이네! 나는 한심하다는 표정으로 아직 천 명은 확실히 넘게 남아 있는 구경꾼들을 바라보았다.

청도는 백태청의 공격 자체는 피했지만, 그 폭발하는 듯한 굉음에 충격을 입었는지 꼭 술 취한 사람처럼 비틀거리고 있었다.

"우으… 얼얼해."

청도는 괴로운 목소리로 중얼거렸다. 그 순간이었다. 백태청은 기회라는 듯 다시 한 번 현무신장의 손을 들어서 청도를 내리쩍었다.

"우악!"

꽝!

하지만 청도는 정신이 없는 가운데에서도 반사적으로 옆으로 뛰었다. 휴! 아슬아슬했네!

"정신 차려야지, 큰일 날 뻔했네!"

그런데 청도가 땅에 다시 착지하는 순간, 갑자기 백태청이 자신의 바로 아래쪽 땅을 후려쳤다.

쩡!

청도는 다시 한 번 빠르게 옆으로 몸을 날렸다.

우지직, 쾅!

청도가 몸을 날림과 동시에 청도가 착지했던 자리에 아까 백태청이 가람이와 싸우면서 땅을 쳤을 때 그랬던 것처럼 커다란 바위 송곳이 삐죽하게 솟아 있었다. 청도는 실망인지 현무신장 속의 백태청을 향해 목소리를 높였다.

"뭐야, 아까 보여준 기술이잖아! 아까 네가 이걸 쓰는 걸 곁눈질로 슬쩍 봤다고. 이런 것 말고 딴 건 없어?"

"아까 가람 군에게 썼던 것처럼 한두 개씩 솟아 나오는 작은 기술 따위가 아닙니다! 그래도 현무신장의 덩치가 있는데 그런 기술을 쓸 수는 없지요!"

백태청은 기세등등하게 외치며 현무신장의 양손을 머리 위로 번쩍 들더니 한차례 기합과 함께 거세게 내리찍었다.

"하앗!"

꾸웅―!

땅이 은은하게 진동하더니 잠시 후 수백 개의 뾰족한 바위들이 땅속에서 일제히 솟아올랐다.

꽝! 꽈앙! 꽝! 꽝!

그리고 청도는 당연히 이래야 한다는 듯 미소를 지으며 소리 높여 외쳤다.

"우웃! 멋진걸? 그래, 덩치가 크면 최소한 스케일이 이 정도는 되야지!"

청도는 몸을 교묘하게 돌려서 도저히 찾기 힘들 것 같은 빽빽한 바위 송곳의 틈새들을 찾아내더니 발을 디뎠다. 하지만 다시 한 번 백태청의 손이 머리 위로 높이 솟았다가 땅으로 떨어져 내렸다.

꿍! 콰드드득!

이미 솟아 있는 돌 송곳 사이로 다시 한 번 수백 개의 돌 송곳이 겹쳐 솟았다. 우와! 저래서야 발을 디딜 공간조차 없겠어! 하지만 청도는 이번에도 별로 개의치 않는다는 듯 씩 웃으며 송곳의 측면을 밟고 교묘하게 이곳저곳으로 뛰었다. 그리고 백태청은 짜증이 나는지 기계적으로 현무신장의 손날을 세워서 청도를 향해 후려쳤다.

후두두둑!

백태청이 손을 휘두르는 길에 있던 돌 송곳들이 와르르 하는 요란한 소리를 내며 한꺼번에 부서져 내렸다.

"으랏차!"

청도는 힘찬 기합과 함께 고개를 숙여 다시 한 번 백태청이 휘두른 현무신장의 손을 날쌔게 피했다.

"이익! 쳇!"

드드득!

백태청은 현무신장의 손을 재빨리 하늘로 들었다가 주먹을 쥐며 끌어 내렸다. 그러자 놀랍게도 굉음과 함께 땅 위로 솟아올랐던 수백 개의 거대한 바위 송곳들이 일제히 땅으로 도로 내려갔다. 원상 복귀도 된단 말야! 그렇게 운동장을 다시 바위 송곳들이 튀어나오지 않은 원래의 모습으로 바꾸어놓은 백태청은 자신의 공격이 청도에게 먹히지 않아서 짜증이 나는지 마치 파리를 잡는 사람처럼 현무신장의 양손을 머리 위로 높이 들어서 마구잡이로 땅에 후려쳐 댔다.

쾅! 쾅! 쾅! 쾅!

매캐한 흙먼지가 일어나면서 땅이 요란하게 울렸다. 답답해진 나는 손 나팔을 만들어 입에 대고 목청껏 소리쳤다.

"야! 청도, 뭐야! 지금까지 한 대도 못 때리고 계속 밀리고 있잖아! 도대체 어떻게 된 거야! 우—"

물론 역시 청도도 몸놀림 하나만큼은 무지하게 재빨라서, 휙휙 하고 몸을 전후좌우로 움직이며 마구 후려쳐 대는 현무신장의 공격을 요리조리 잘도 피하고 있었다. 하지만 최선의 방어는 공격이라고 옛날에 누군가 그랬잖아? 아무런 공격도 하지 않고 저렇게 이리저리 피하기만 한다면 어떻게 이길 거야? 청도야, 이제 졸린데 빨리 끝내고 좀 자러 가야지?

"으으으! 이것도 피하는지 어디 봅시다!"

백태청은 화가 머리끝까지 난 목소리로 청도를 향해 소리친 후, 현무신장의 양손을 번쩍 들어 올렸다.

쿠드드!

이윽고 땅속에서 천천히 흙과 돌로 이루어진 거대한 구체가 솟아 나오더니 백태청의 현무신장이 떠 있는 높이까지 느릿느릿 떠올랐다.

"저건 대체 또 뭐지……?"

청수가 기대감 섞인 목소리로 말하며 눈을 들어 하늘에서 둥실둥실 떠 있는 돌 조각을 바라보았다. 그런데 갑자기 콰앙! 하는 소리와 함께 폭발하면서 수백 개의 날카로운 돌 조각들로 바뀌어서 일제히 청도를 향해 쏟아져 날아오기 시작했다.

이런! 청도의 사방 진로를 모두 돌 조각들이 덮어버렸잖아! 저건 피하지 못할 텐데! 과연 청도는 어떻게 할 셈이지? 그런데 청도는 재밌다는 듯 웃고 있었다.

"에이, 이런 거 말고 좀 더 재미있는 건 없어?"

청도는 생각보다 별로라는 듯 실망한 목소리로 말하며 칼을 휘둘렀다.

우왓! 역시 현란한 청도의 칼 솜씨! 청도의 목검이 갑자기 수십 개로 불어나 버린 듯 빠르게 움직이며 수십 개의 돌 조각들을 하나하나 쳐서 주위로 날려 버렸다.

따라라라라라락!

그리고 백태청은 청도의 그런 여유만만한 모습을 이를 갈며 외쳤다.

"좀 더 재미있는 걸 보여달라니 말씀대로 보여드리지요! 현무대붕격!"

휘이익!

말이 끝남과 동시에 백태청은 허공에 띄워놓았던 현무신장을 땅으로 착지시켰다. 그리고 청도는 멀뚱히 그 모습을 바라보며 중얼거렸다.

"지금 뭐 하는 거지? 도대체 뭘 보여주려고 땅으로 내려오는 거야? 하늘에서 그냥 머물러 있는 것이 유리하다는 사실은 백태청 자신이 더 잘 알 텐데?"

그런데 내가 보기에 현무신장은 그냥 곱게 땅으로 내려오는 것 같지가 않았다. 현무신장의 주위에서 갑자기 일렁이는 황색 기운이라던지,

현무신장이 땅으로 내려오는 속도가 비정상적이라던지 하는 점으로 미루어볼 때 힘을 잔뜩 실어서 땅을 내리찍으려 하려는 것처럼 보인 것이다.

꽈아아앙!

내 생각대로 현무신장은 땅으로 내려오는 것이 아니라 땅을 내리찍는 것이었다! 거대한 몸체의 현무신장이 땅을 직접 자신의 거대한 몸으로 후려쳤다.

콰앙!

운동장 전체가 미친 듯이 흔들렸고 현무신장은 땅속으로 몇 미터를 푹 박혔다. 그리고 현무신장이 추락한 주위의 땅은 굉음을 내면서 이리저리 거미줄처럼 쩍쩍 갈라져 버렸다.

"으윽!"

나는 땅이 갑자기 마구 흔들리는 바람에 균형을 잃고 주저앉고 말았다. 으윽, 엉덩이 아파라.

현무신장이 땅에서 떨어짐과 동시에 쩍쩍 갈라진 땅에서 사람 머리통만한 돌덩이들이 일제히 하늘로 솟아 올라가다 어느 지점에서 누가 붙잡기라도 한 것처럼 멈추어 버렸다.

"받으십시오! 이게 현무대붕격의 진짜 공격입니다!"

백태청은 기세등등한 목소리로 외치며 현무신장의 손을 들어 올렸다 땅을 향해 휘둘렀다. 그리고 그 동작과 함께 허공에서 멈추었던 돌들이 일제히 땅으로 떨어져 내렸다.

"우와아아앗!"

저건 정말 피하기가 힘들겠는걸! 돌들이 너무 커! 저런 건 한 대만 맞아도 최하 중상에다가 아까의 돌 조각들처럼 쳐서 날려 버리기도 힘들 텐데? 청도 역시 당황했는지 괴성을 질렀다.

그런데 청도를 자세히 관찰한 나는 뭔가 이상한 점을 느꼈다. 청도의 목소리는 공포의 신음을 지르는 반면 청도의 입은 뭐가 좋은지 싱글싱글 웃고 있었던 것이다! 뭐지? 저런 무시무시한 공격조차 쉽사리 받아낼 자신이 있다는 건가?

청도의 앞으로 첫 번째 바윗돌이 떨어져 내렸다.

"찻!"

청도는 가볍게 기합을 지르며 검을 한 번 휘둘렀다. 그리고 다음 순간, 청도의 앞으로 날아온 바윗돌은 가루처럼 부서져 버렸다.

콰릉!

그리고 나는 그 말도 안 되는 광경에 경악하며 외쳤다.

"마, 말도 안 돼! 한 번밖에 안 베었는데 어떻게 저렇게 바위가 박살이 나버릴 수가 있지? 서, 설마 눈에 안 보이는 속도로 순식간에 수백 번을 베어서 돌을 가루로 만들어 버린 건가?"

그런데 내 외침을 들은 요령이가 한심하다는 듯 나를 바라본다. 이윽고 요령이는 그것도 모르냐면서 내게 핀잔을 주었다.

"으휴, 바보야! 힘을 집중해서 팍, 하고 끊어 쳤으니까 돌이 쉽게 부서진 거지! 청도가 검의 신이라도 되냐, 우리 모두의 눈을 피하고 수백 번을 베게? 아니, 검의 신이라고 해도 그건 불가능하겠다!"

"그, 그래?"

내 말에 요령이 대신 가람이가 대답했다.

"그렇다. 청도는 지금 끊어 치기로 자신을 향해 날아오는 바위들을 가볍게 박살 내고 있어. 하지만 저 완벽하게 절제된 동작… 적절한 순간 정확한 타점을 정확히 끊어서 때림으로써 최소한의 힘으로 최대한의 효과를 거두고 있다. 정말이지 보면 볼수록 감탄만이 나오는 걸."

"인정."

요령이도 청도가 지금 보여주는 모습이 대단한 거라는 가람이의 말에 고개를 끄덕였다. 확실히 수백 개의 돌덩이들을 모조리 박살 내버리는 청도의 솜씨는 예사 솜씨라고는 도저히 볼 수 없다.

"이, 이럴 수가……!"

백태청은 현무대붕격을 자신의 승부수라고 생각했었나 보다. 백태청은 현무신장을 도로 하늘로 띄우더니 자포자기한 목소리로 외쳤다.

"젠장! 잘도 피하시는군요! 하지만 당신이 저를 공격해서 강한 타격을 입히지 못하는 한 당신은 결코 저를 이길 수 없습니다! 저는 여기 떠 있을 테니 어디 한번 마음대로 해보십시오! 어떻게 공격하실 생각입니까?"

그리고 청도의 당황한 목소리가 들려왔다.

"아… 그래? 그럴 거냐?"

확실히 백태청의 말이 맞긴 하다. 백태청은 지금 저 하늘에 떠 있는데 어떻게 청도가 공격할 수 있겠어! 과연 청도는 어떤 회심의 공격을 보여줄까? 청도는 어떻게 저 하늘에 떠 있는 백태청을 공격할 수가 있을까?

청도는 백태청의 말에 일리가 있다는 듯 고개를 끄덕이더니 별로 어렵지도 않은 문제라는 듯 씩 웃으며 대답했다.

"네가 이겼다. 네가 짱이야."

"…그게 무슨 말씀이십니까?"

완전히 당황해 버린 백태청의 목소리. 그리고 청도는 볼멘소리로 투덜거리며 대답했다.

"거기 떠 있는데 내가 무슨 신선도 아니고 거기까지 어떻게 날아가서 널 이기냐. 그냥 명예고 나발이고 너 다 가져. 네가 나 이겼어. 세상 너 다 가져라."

"…푸하하하!"

엄지손가락까지 치켜들며 승자에 대한 예의를 보여주는 청도. 청도의 말에 결국 나는 웃음을 터뜨리면서 박수를 치고야 말았다.

"깨끗해! 아주 깨끗한 승부야! 깨끗했어! 청도 패! 백태청 승!"

"이, 이건 말도 안 됩니다!"

백태청이 승부에 이의가 있다는 듯 외쳤다. 아니, 저 자식은 자기가 이겼다는데도 불만이야 그래. 나는 얼굴을 찌푸리며 말했다.

"뭐가 불만인데?"

백태청은 내 말에 손가락을 들어 올려 청도를 가리키며 말했다.

"내 목적은 저자를 쓰러뜨리는 것이지 하찮은 승부 따위를 가리자는 게 아니란 말입니다!"

불만 가득한 백태청의 목소리. 그런데 백태청의 말에 결국 청도가 짜증을 벌컥 내며 소리쳤다.

"아니, 그럼 끝까지 쫓아와서 쓰러뜨리던가!"

"예? 그게 무슨……?"

"나는 졌으니까, 나를 쓰러뜨리고 싶으면 쓰러질 때까지 그거 타고 둥실둥실 떠다니면서 졸래졸래 쫓아다니든지 말든지 마음대로 하라고! 도대체 공격도 안 하겠다, 방어만 하겠다, 승부는 인정 못하겠다, 그게 뭐야! 인정을 하든지 말든지, 너 혼자서 벽 잡고 평생을 싸우든지 네

멋대로 해라! 야! 가자!"

청도는 말을 마친 후 뒤도 돌아보지 않고 몸을 돌리더니 우리를 향해 다가왔다. 그런데 그 행동이 백태청에게는 상당한 모멸감을 주었나 보다. 백태청은 고함을 지르더니 그대로 현무신장의 주먹을 치켜들어 괴성과 함께 청도를 향해 내리찍었다.

"우아아아아앗!"

하지만 청도는 몸을 빙글 돌려 백태청의 공격을 가볍게 피하더니 오히려 백태청의 주먹을 밟고 '현무신장'의 얼굴 부분, 백태청이 조종하는 부분을 향해 엄청난 속도로 뛰어 들어갔다.

"어, 어어……?"

탁, 탁, 탁!

몇 번 발자국 소리가 연이어서 들리고, 다음 순간 청도는 어느새 백태청의 미간에 목검의 끝을 겨누고 있었다. 백태청은 눈을 홉뜨며 신음을 흘렸다.

"이, 이럴 수가……!"

그리고 그 모습을 재밌다는 듯 바라보던 청도는 씩 웃더니, 백태청을 겨눈 칼끝으로 백태청의 미간을 툭, 툭 몇 번 쳐주고 도로 현무신장에서 내려왔다.

"마, 말도 안 돼… 이 정도라면… 애초에 처음부터… 봐준 것……?"

백태청의 중얼거림이 들려왔지만 청도는 듣지를 못한 것인지, 아니면 혼잣말이니 무슨 말을 하든 자신과는 상관없다는 것인지 대답하지 않았다. 대신 청도는 우리를 향해 손으로 브이 자를 그리며 씩 웃었다.

"가자. 내가 이겼어."

"아빠, 왔어? 아빠, 까까 줘!"

요령이가 무사 귀환한 청도를 반기며 농담을 걸었다.

"어이구, 우리 딸. 아빠 왔는데 뽀뽀―"

청도는 다시 한 번 볼을 내밀며 시시껄렁한 농담으로 대답해 주었다. 그리고 요령이는 전혀 망설임없이 주먹을 날렸다.

퍼억!

"아빠, 두 번째는 주먹 날아간다고 말했잖아?"

"아, 그래? 우리 딸 주먹 맵기도 하지. 아후후… 너, 남자 여럿 울렸겠구나, 주먹으로."

청도는 눈물까지 찔끔 흘리면서 맞은 부분을 정신없이 쓰다듬었다. 이제 정말로 끝난 것 같군. 나는 컨테이너를 향해 발걸음을 옮겼다. 내 옆에서 요령이가 우리를 둘러싼 구경꾼들에게 쉿쉿거리는 소리가 들렸다.

"아, 뭐 해요! 비켜요, 비켜! 연극은 아~까 전에 끝났다고! 이 눈치 없는 사람들아!"

도대체 구경꾼들은 뭐가 궁금해서 아직도 가지 않는 것일까? 하긴, 저 사람들도 오늘 평생에 두 번 보기 힘들 좋~은 구경 했지.

우리는 구경꾼들을 헤치며 지긋지긋한 운동장에서 걸어나왔다.

"무지하게 긴 밤이었는데 제대로 된 건 하나도 없는 것 같아."

컨테이너까지 가는 길을 조용히 걸어 올라가는데 문득 요령이가 아쉽다는 듯 중얼거렸다. 생각해 보니 정말 그렇다. 나는 요령이의 말에 맞장구를 쳤다.

"맞아. 유천네 패거리와도 관계를 확실히 하기는커녕 오히려 사이가

더욱 나빠지기만 해버렸고… 거기다 따끔하게 혼을 내주겠다는 계획
도 실패해서 오히려 우리가 유천네한테 많이 당해 버리고… 거기다가
개개인의 망가지는 모습도 많이 보이고… 결국 마지막까지 제대로 된
게 하나도 없었지."

"거기다가 연극도 결국 제대로 끝맺지 못했잖아. 제길, 아주 지긋지
긋해 죽어버릴 것 같은 밤이었어."

청도 역시 내 옆에서 동조한다는 듯 고개를 끄덕이며 중얼거렸다.

아차, 그러고 보니 우리 상금은 어떻게 되는 거지?

"야, 이번 축제 상금은 결국 누가 탔을까?"

내 물음에 청도는 고개를 갸웃하더니 대답했다.

"글쎄, 잘 모르겠는데. 우리 때문에 우리 뒤의 행사가 제대로 진행되
긴 했을까?"

청도의 말에 한수가 고개를 가로저으며 끼어들었다.

"아니. 내가 봤는데 전혀 제대로 진행 안 됐어. 하나도. 일단 관객들
이 있어야 폐막제 행사를 진행하던지 말던지 하지. 형들 싸움하는 거
구경하느라고 관객들이 대부분 운동장으로 가버려서 결국 정상 진행
못 되었어."

"그래? 그럼 우리가 상을 탈 수 있는 가능성도 있는 거네?"

청도가 화색이 완연한 얼굴로 외쳤다. 하지만 요령이가 그 말에 냉
정하게 타박을 놓았다.

"꿈 깨서, 꿈 깨. 입장을 바꿔서 생각해 봐라. 만약 네가 주최 측이
면, 우리처럼 행사를 망쳐 놓은 사람들에게 상금 주고 싶겠냐? 우리는
이미 글렀어. 미운 털이 콱! 박혀 버렸거든."

"…그런가? 하아… 미안해서 어쩌지? 괜히 고생만 시키고… 쓸데없

이 연극은 해서 큰일만 만들어 버리고."

청도가 아쉽다는 듯 한숨을 쉬었다.

"됐어. 덕분에 좋은 경험 했는데 뭐. 이번 연극 준비하는 거 나름대로 재미있었어. 그러니까 너무 신경 쓰지 마. 그리고 이번 싸움, 결국 끝마무리는 청도 네가 했잖아?"

요령이가 좋은 말로 청도를 위로했지만 청도는 그래도 힘이 빠지는지 고개를 푹 숙였다. 그렇게 한참을 힘없이 느릿느릿 걷던 청도. 갑자기 무언가 생각난 듯 고개를 휙! 들더니 주희를 부른다.

"주희야, 주희야!"

"응? 왜 불러, 오빠?"

"아까 오빠 싸우는 거 봤어?"

"어."

주희는 고개를 끄덕였다. 그리고 청도는 씩 웃더니 물었다.

"멋있었어?"

"아니, 이상했어. 별로 멋없었어. 오빠는 계속 도망만 다녔잖아. 청도 오빠는 도망쟁이. 헤헤헤! 그 대~따 큰 로보트가 훨씬 더 멋있었어!"

주희는 상상만 해도 신나는지 양손을 쫙 펼치며 그 '대~따 큰 로보트' 의 크기를 묘사하기 위해 애썼다. 그리고 청도는 주희의 '별로 멋없었어', '청도 오빠는 도망쟁이' 등등의 말에 더욱 기운을 잃고 축 늘어져서 속사정을 모르는 사람들에게 의문을, 속사정을 아는 사람들에게는 무한한 안타까움과 비웃음—나는 조금 나쁜 놈일지도 모르겠다—을 선사해 주었다.

"그런데 우리 설마 학보사나 교지 같은 데에 나오거나… 그러진 않겠지?”

나는 문득 아까 갑자기 떠올랐던 고민이 생각나서 말을 꺼냈다. 그리고 내 말에 요령이가 귀를 쫑긋 세우더니 내게 물었다.

“학보사? 학교 신문 말하는 거야?”

“응. 학보사 기자들이 축제 때 사진을 찍으려고 카메라를 가져왔을 것 아냐? 만약에 우리가 싸웠던 모습을 찍어서 신문에 싣거나 하면 어쩌지?”

“그러고 보니까 네 말대로 그럴 가능성도 충분히 있겠다.”

나와 요령이의 대화를 옆에서 주의 깊게 들은 청도는 안 그래도 무거운 마음에 근심이 하나 더 붙어서 더욱 무거워졌는지, 다리를 추욱 늘어뜨리며 이젠 아예 상체로 하체를 질질 끌어오는 것처럼 걸었다. 쳇. 친구 된 도리로써 말해 줘야겠군.

“넌 다 좋은데 너무 오버를 해.”

내 날카로운 지적에 청도는 씩 웃더니 똑바로 걸으며 말했다.

“재밌으라고. 그건 그렇고 정말 신문에 우리 나오면 어떻게 하지? 에휴… 그런 문제는 상상도 못했어. 만약 정말로 신문에 우리 사진이 나온다면… 어휴……. 이제 난 어쩌면 좋나!”

그리고 요령이는 영문을 모르겠다는 듯 나와 청도에게 물었다.

“왜? 학교 신문에 나오면 안 돼? 별 상관 없지 않나?”

그래, 너나 가람이나 한수나 주희는 우리 학교 학생이 아니니까 별 상관이 없겠지. 그리고 유천이나 백태청이나 백화련은 애들 성격 보아하니 절대 창피함 같은 것을 모를 애들이고, 게다가 정 창피하면 자기 모국 중국으로 날아가 버리면 되겠지.

하지만 나와 청도는 뭐냐? 나와 청도는 4년 내내 이 대학에서 학창

시절을 보내고 졸업장까지 따서 나가야 된단 말이다! 그리고 졸업한 뒤에도 동문으로 따라다닐 거라고! 그런데 만약에 이번 일 때문에 과 선배나 동기, 아니면 미래에 입학할 내 후배들이 슬슬 피해 다니거나 뒤에서 수군대거나 하면 학교 생활이나 졸업한 후 동문회 생활을 고달 퍼서 어떻게 하겠냐!

내 이런 길고 긴 문장으로 표현되는, 요령이의 궁금증에 대한 대답을 청도는 단 한 마디로 깔끔하게 정리해 내었다.

"쪽팔리잖아."

"…아… 그렇구나……."

잠시 모두들 입을 다물고 아무 말 없이 걸었다. 한 것은 하나도 없고 고생만 죽도록 했다는 생각 때문인지 주위의 분위기는 침울하게 내려 앉아 있었다.

"그래도 오늘 달은 밝아서 좋군."

가람이가 모두의 축 늘어진 마음을 느꼈는지 짐짓 힘차게 말하며 뒤를 돌아 휘영청 뜬 달을 바라보았다. 가람이의 말대로 오늘은 황금빛 만월이 높이 떠오른 날이었다.

"야~ 볼 만한데!"

"맞아. 서울이 별은 없어도 달 하나는 볼 만하단 말야."

"가끔 보라색도 되더라고."

우리는 기분 전환을 위해 잠시 걸음을 멈추고 보름달을 바라보며 이 런저런 이야기를 나누었다. 그런데 주희가 눈을 동그랗게 뜨더니 청도 의 옷자락을 잡아당기며 물었다.

"청도 오빠, 청도 오빠."

"왜?"

"저게 뭐야?"

"응?"

"저거."

주희는 가늘고 긴 손가락을 들어 달 아래에 둥둥 떠 있는 희끄무레한 그림자를 가리켰고, 주희의 손가락을 따라 시선을 옮긴 청도는 잠시 눈을 찡그리며 주희가 가리킨 흐릿한 실루엣을 뚫어져라 쳐다보다가 곧 얼굴을 팍 찡그리며 내씹듯이 말했다.

"현무신장이잖아! 아, 백태청 저놈은 왜 달 보는 사람 기분 나쁘게 달 아래에 저걸 띄워놓고 그래. 그건 그렇고 지금 돌아가는 건가? 저런 걸 타고 집에 돌아가다니 배짱도 좋아."

"저긴 아까 우리가 있던 운동장의 그 자리잖아."

조용히 내뱉는 가람이의 말. 그리고 가람이의 말에 모두들 움찔하면서 한마디씩 꺼낸다.

"…뭐?"

"그럼 저놈 아까부터 지금까지 꼼짝도 안 하고 저기서 저러고 떠 있는 거야?"

"저거 독종일세……."

난 오싹한 기분을 느끼며 멍하니 달 아래에 뜬 현무신장을 바라보았다. 저 지독한 놈. 왜 계속 저기에 저렇게 가만히 있는 걸까? 너무 분해서? 아니면 뭔가 다른 이유가 있는 건가?

"으아아아아아아악―!"

갑자기 백태천의 분노 섞인 고함 소리가 들리며 현무신장의 실루엣이 폭발하듯 산산이 부서지더니 천천히 땅으로 쏟아져 내렸다.

깜짝!

　모두들 처절한 백태천의 비명 소리에 오싹한 마음으로 몸을 부르르 떨며 서로를 마주 보았다.
　문득 조용한 청도의 중얼거림이 이상하리만치 내 맘속에 파고들었다.
　"확실히 오늘이 뭔가 좀 안 좋은 날이긴 한가 보네… 그것참… 이젠 달도 못 보게 하나?"

〈4권 끝〉

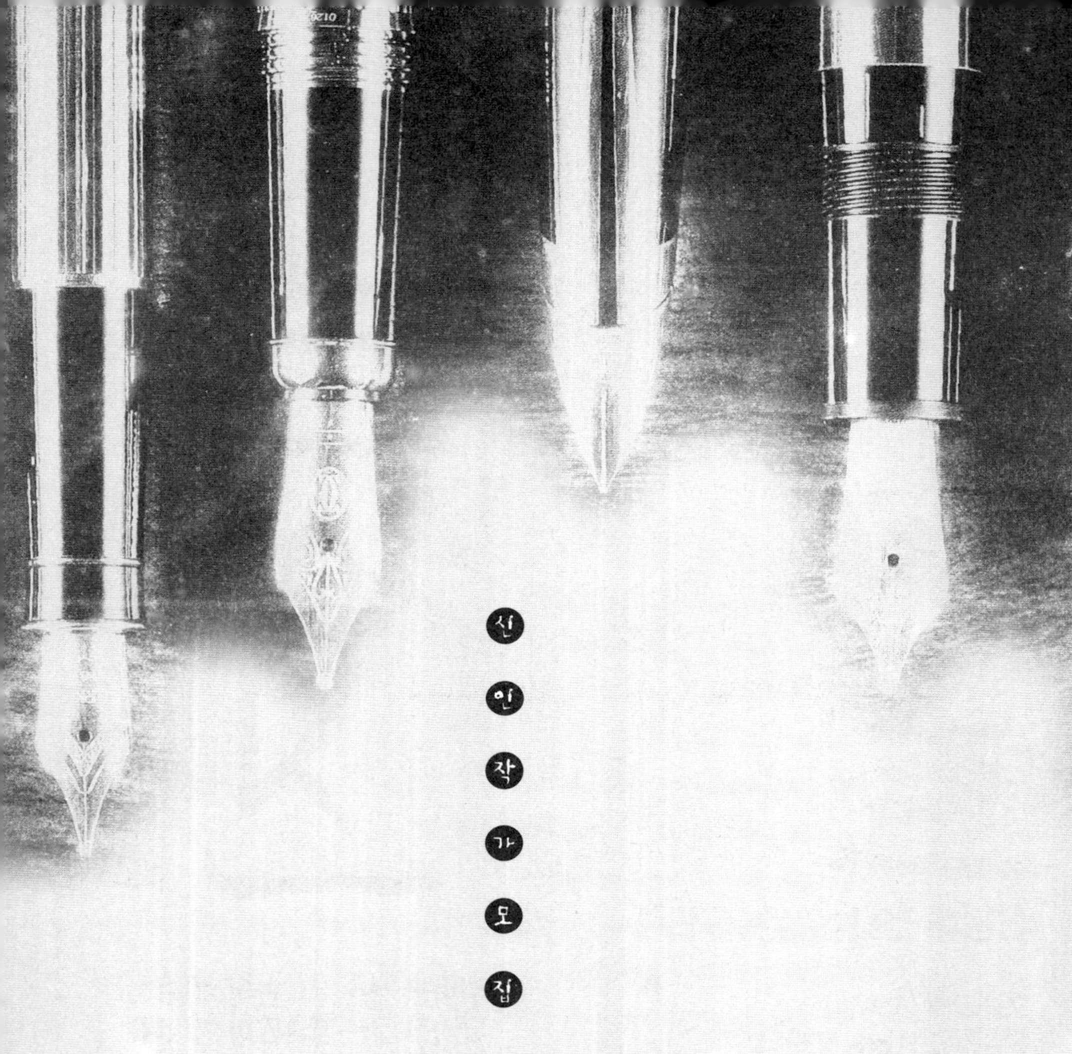
신인작가모집

시작이 반이라고 했습니다.
작가의 길에 대한 보이지 않는 벽을 과감히 깨뜨리십시오!
청어람은 작가 지망생 여러분들의
멋진 방향타가 되어드리겠습니다.

저희 도서출판 청어람에서는
소설 신인 작가분들을 모집합니다.
판타지와 무협을 사랑하시는 분들의 많은 참여를 바랍니다.
소정의 원고(A4용지 150매)를 메일이나 우편으로 보내주시면
검토 후 출판 여부를 알려드리겠습니다.

주소:경기도 부천시 원미구 심곡1동 350-1 남성B/D 3F 우편번호420-011
TEL:032-656-4452 · FAX:032-656-4453
http://www.chungeoram.com
e-mail:chungeoram@chungeoram.com